T0349171

Hate Mail

DONNA MARCHETTI

Hate Mail

TRADUCCIÓN DE
Paula Blàzquez

CHIC

Primera edición: octubre de 2024
Título original: *Hate Mail*

© Donna Marchetti, 2024
© de la traducción, Paula Blàzquez Bonnín, 2024
© de esta edición, Futurbox Project S. L., 2024
Se declara el derecho moral de Donna Marchetti a ser reconocida como la autora de esta obra.
Todos los derechos reservados, incluido el derecho de reproducción total o parcial.

Ilustración de cubierta: Leni Kauffman
Corrección: Isabel Mestre

Publicado por Chic Editorial
C/ Roger de Flor, n.º 49, escalera B, entresuelo, oficina 10
08013, Barcelona
chic@chiceditorial.com
www.chiceditorial.com

ISBN: 978-84-19702-36-4 (edición tapa blanda)
ISBN: 978-84-19702-40-1 (edición especial tapa dura)
THEMA: FRD
Depósito Legal: B 16541-2024 (edición tapa blanda)
Depósito Legal: B 16542-2024 (edición especial tapa dura)
Preimpresión: Taller de los Libros
Impresión y encuadernación: Liberdúplex
Impreso en España – *Printed in Spain*

Lista de reproducción

- ♥ «invisible string» – Taylor Swift
- ♥ «Now I'm In It» – HAIM
- ♥ «Mess It Up» – Gracie Abrams
- ♥ «Late Night Talking» – Harry Styles
- ♥ «Ghost of You» – Mimi Webb
- ♥ «Feel Again» – OneRepublic
- ♥ «Nonsense» – Sabrina Carpenter
- ♥ «get him back!» – Olivia Rodrigo
- ♥ «Someone To You» – BANNERS
- ♥ «I Wish You Would» – Taylor Swift
- ♥ «Motivation» – Normani
- ♥ «People Watching» – Conan Gray
- ♥ «Die For You» – The Weekend, Ariana Grande
- ♥ «Stuck In The Middle» – Tai Verdes
- ♥ «goodnight n go» – Ariana Grande
- ♥ «Kiss Me» – Sixpence None The Richer
- ♥ «Death By A Thousand Cuts» – Taylor Swift
- ♥ «Complicated» – Olivia O'Brien
- ♥ «Heaven» – Niall Horan
- ♥ «Back To You» – Selena Gomez
- ♥ «Paper Rings» – Taylor Swift
- ♥ «What if» – Colbie Cail lat
- ♥ «This Love» – Taylor Swift

Las chicas guapas reciben amenazas de muerte

Naomi

—Creo que acabas de batir un récord. Solo llevas dos semanas saliendo en la tele y ya recibes cartas de fans.

Anne tiene la costumbre de acercarse sigilosamente a la gente, así que, cuando oigo su voz a mis espaldas, me giro sobresaltada en la silla. Me parece que la culpa es de sus zapatos. Son demasiado silenciosos, incluso sobre las baldosas. Ella sonríe y ondea una carta que sostiene en una mano.

—No sabía que las meteorólogas recibieran correo de seguidores. ¿Debería preocuparme? —digo.

—Las guapas sí que lo reciben. —Anne me guiña un ojo—. Pero, como he dicho, recibir una carta cuando solo llevas dos semanas saliendo en la tele es todo un récord. Esperemos que tu fan no sea un acosador.

Le arrebato la carta y le doy la vuelta al sobre blanco y liso. Mi nombre y la dirección del canal de tele están escritos a mano. Anne me observa, y ni siquiera hace un esfuerzo por disimular su expectación. Deslizo un dedo por debajo de la solapa, abro el sobre y, sin querer, lo rompo en dos.

—¿Quieres que te busque un abrecartas? —propone Anne.

—No hace falta, puedo hacerlo con las manos.

—Vale, pero no te cortes con el papel —me advierte.

La verdad es que no me importa.

—Siempre he abierto las cartas así.

Introduzco los dedos en el sobre roto y extraigo una sola hoja de papel de cuaderno que está perfectamente doblada. Es una carta escrita a mano. Es breve, simple y directa:

Querida Naomi:

Espero que te parta un rayo y mueras mientras se emite tu próxima previsión del tiempo. Sería irónico, ¿verdad?

L.

Se me escapa una carcajada involuntaria. Intento reprimirla, pero, ahora que ya he empezado, no puedo dejar de reír. Anne frunce el ceño y me arrebata la carta para ver qué es tan gracioso. La miro con los ojos llenos de lágrimas mientras los suyos se abren como platos y se pone roja.

—Ay, Dios mío —exclama, preocupada—. Lo siento muchísimo. No sabía lo que era. No sabía… ¿Estás bien? ¿De qué te ríes?

Respiro hondo para tranquilizarme y luego cojo el sobre roto de nuevo. Menuda decepción que no lleve remite.

—¿De dónde la has sacado?

Anne sacude la cabeza. Claramente, está confundida con mi reacción.

—Ha llegado con el correo de esta mañana. No hay remite. ¿Sabes de quién es?

Asiento. Noto cómo la sonrisa regresa a mis labios.

—Sí, aunque llevaba dos años sin saber nada de esta persona.

Mi respuesta desconcierta todavía más a Anne.

—¿Es una broma? ¿O es que tienes un acosador psicópata del que deberías habernos informado?

—Es una larga historia, y un poco difícil de explicar.

Anne agarra la silla de la mesa de al lado y se sienta.

—Tengo tiempo.

Me levanto y empiezo a recoger mis cosas. Ya he terminado la jornada laboral, y, honestamente, no quiero que mis compañeros de trabajo escuchen esta conversación.

—Estaba a punto de irme —digo. Anne parece decepcionada—. ¿Vamos a por un café? Te lo contaré todo.

Querido Luca:

Estoy muy emocionada de ser tu nueva amiga por correspondencia. Mi profesora dice que vives en California. Nunca he conocido a nadie de California. ¡Creo que es muy guay! ¿Vas a la playa cada día? Si yo viviera allí, creo que lo haría. Debe de gustarte mucho.

Yo vivo en Oklahoma. Siempre he querido vivir en algún sitio cerca de la playa para poder ir cuando me apetezca. No hay mucho que hacer en mi ciudad, excepto ir al centro comercial o al río, aunque no se puede comparar con lo bonito que es el océano.

¿Qué te gusta hacer en California? ¿Tienes alguna mascota? Yo tengo un hámster, pero me encantaría tener un gato. Mi madre dice que podré tener un gato cuando sea un poco más mayor, pero lleva diciendo eso desde que tengo uso de razón. Ahora tengo diez años y siento que soy lo bastante mayor para cuidar de un gato. O de un hurón. Si no puedo tener un gato, entonces quiero un hurón. ¿Y a ti? ¿Te gustan los hurones?

Con cariño,

Naomi Light

Estaba en quinto curso cuando le escribí la primera carta a Luca. La profesora hizo un sorteo para que eligiéramos a un amigo por correspondencia y saqué su nombre de un sombrero. Así fue como acabé escribiéndole a un niño que se llamaba Luca Pichler y que vivía en California. Fue emocionante hacer un nuevo amigo que viviera en otro estado. Nunca había tenido un amigo por correspondencia, y no estaba segura de cómo debía terminar la carta. Mamá siempre me había hecho firmar todas mis cartas con un «Con cariño, Naomi», así que opté por terminarla así. Pero cuando lo hube escrito, me pregunté si no era raro escribir «Con cariño» a un chico que no conocía. Hasta ese momento, solo había escrito cartas a mi familia.

Ya era demasiado tarde para reescribir la carta y no quería hacer un tachón encima y parecer descuidada. La señora Goble iba caminando por el pasillo hacia mi pupitre y recogía todas las cartas a su paso. Metí la mía en el sobre y se lo entregué.

Nos explicó que las cartas se enviarían por correo postal la mañana siguiente y que pasarían unos días hasta que nuestros amigos las recibieran. Entonces, volverían a pasar algunos días más hasta que tuviéramos noticias de nuestros nuevos amigos de California.

Recibimos las cartas de nuestros amigos por correspondencia dos semanas después. Me hacía mucha ilusión recibir una carta que no fuera de algún familiar. Cuando abrí el sobre, lo primero que me llamó la atención fue que la letra de Luca Pichler era atroz. Si la hubiera escrito con cuidado, habría tardado la mitad de tiempo en leerla.

Querida Naomi:

Pareces una chica muy aburrida. Mi madre dice que Oklahoma está en medio del Cinturón de la Biblia y que lo más probable es que te quedes embarazada a los dieciséis. Además, los hurones apestan. Si quieres una mascota de verdad, tiene que ser un perro, porque los gatos también son aburridos. Aunque, pensándolo bien, tal vez un gato sería perfecto para ti.

¿Hay huracanes en Oklahoma?

Con cariño,

Luca Pichler

El hecho de que tuviera que esforzarme tanto para descifrar su horrible letra lo hacía más exasperante. Mi carta había sido muy amable y alegre, y él había contestado con… ¿esto? Me temblaba el labio. No podía dejar que la señora Goble me viera de esa manera. Doblé la carta, respiré hondo y parpadeé para quitarme la humedad de los ojos. Entonces, desdoblé la carta y la releí. Había firmado «Con cariño», igual que yo. Me pregunté si era algo que su propia madre le había enseñado o si solo me estaba copiando. Quizá lo había puesto para terminar con ironía una carta odiosa. ¿Los chicos californianos de quinto curso eran capaces de emplear ese tipo de ironía? Lo dudaba. Lo más probable era que intentara reírse de mí, como con el resto de la carta.

Con cuidado, arranqué una hoja de papel de mi cuaderno, cogí un bolígrafo y le contesté.

Querido Luca:

Tu letra es horrible. No entiendo lo que has escrito en tu carta. Parece que tienes cinco gatos y que tu pasatiempo favorito durante el fin de semana es limpiarles el arenero. Es un poco raro. Probablemente deberías dejar de beber tanta agua salada. Pensándolo bien, puede que vivir lejos del océano no esté tan mal.

Y sí, aquí hay huracanes.

Con cariño,

Naomi

Su siguiente carta fue más fácil de entender. Estaba claro que se había tomado su tiempo y había hecho un esfuerzo por escribir de una forma más clara. Para mí, fue como una victoria, aunque esta carta fue más cruel que la primera.

Querida Naomi:

He escrito esta carta más lento para que tu mente simple de Oklahoma pueda seguirme el ritmo. Lamento saber que tus padres son hermanos. He oído decir que eso puede causar muchos defectos de nacimiento, lo que explicaría por qué has salido así.

13

Me alegra leer que en Oklahoma hay huracanes. Con un poco de suerte, alguno destruirá tu casa e impedirá que tus padres tengan más hijos como tú.

Con cariño,

Luca

La segunda carta me enfureció. No entendía por qué alguien era tan miserable y asqueroso. La doblé, la metí en el cajón de mi pupitre y juré que nunca volvería a escribirle. Cuando recibí la primera carta, pensé que tal vez había tenido un mal día, pero ahora estaba claro que simplemente lo hacía porque era un ser humano deleznable.

—Pero le contestaste, ¿verdad? —pregunta Anne—. Has dicho que llevabas dos años sin saber nada de él. ¿Es que ha seguido escribiéndote todo este tiempo sin que tú le contestaras?

—Le escribí. Al final, lo hice.

—¿Tu profesora llegó a ver las cartas?

—No. —Me encojo de hombros—. Siempre nos entregaba los sobres cerrados. Creo que daba por hecho que nuestros amigos por correspondencia se comportaban, dado que ninguno de nosotros se quejaba. Al final me vino bien, porque después de eso me volví bastante cruel.

—Pero ¿estabas enfadada de verdad o solo lo hacías para ver su reacción?

Lo medito durante un segundo.

—Al principio estaba enfadada. Creo que, con el paso del tiempo, empecé a esperar las cartas con ganas. Quería ver lo malvado que podía ser. A partir de entonces, convertirme en alguien peor que él fue mi objetivo.

Anne baja la mirada hacia la carta, que está en la mesa.

—Parece que la pelota ahora está en tu tejado.

Tomo la carta, la miro y paso los ojos por encima de esa caligrafía que me resulta tan familiar.

—El sobre no tiene remite —le recuerdo—. ¿Cómo se supone que voy a contestarle?

—Podrías probar con la dirección de hace dos años —sugiere.

—Ya lo hice. Le envié una carta hace un año y medio, pero me la devolvieron. En general, cuando uno de los dos se mudaba, incluíamos la nueva dirección en el remite de la siguiente carta. Esta vez, se ha cambiado de casa, pero no ha enviado nada.

Anne frunce los labios mientras piensa.

—Creo que te está retando —asegura al cabo de unos segundos.

—¿Me está retando?

—Sí, a que lo encuentres —explica—. Si no contestas, entonces él tiene la última palabra y termina con años de guerra por carta. ¿Estás dispuesta a dejarlo ganar?

—Ni loca. Voy a encontrarlo.

Hermanos y hermanas

Luca

Pensé que la idea de escribirle a un amigo por correspondencia era una estupidez. No tenía nada que decirle a un niño o niña cualquiera de otro estado. Es probable que fuera el único de mi clase al que no le apetecía. Mientras el resto se leían las cartas los unos a los otros y hablaban de lo que planeaban responder, yo permanecía sentado al fondo de la clase, ansioso por irme a casa a jugar a videojuegos.

Tampoco nos iban a subir la nota por escribir las cartas; seguro que la señora Martin ni se las leía.

—Luca —dijo la profesora para llamar mi atención—. ¿Querrías compartir con nosotros lo que pone en tu carta?

—La verdad es que no —respondí, y sacudí la cabeza.

—En ese caso, ¿por qué no se la lees a Ben? —Me ofreció una sonrisa comprensiva.

Mi amigo Ben se sentaba en la mesa de al lado. Parecía tan emocionado como yo. Deslicé la carta por encima de la mesa, la leyó y me la devolvió.

—Habla mucho del océano —comentó.

—Lo sé. —Estaba totalmente de acuerdo.

—¿Qué contestarás?

—No tengo ni idea. Esto de las cartas es una tontería.

—Tú crees que todo es una tontería.

—No me falta razón.

—Tienes que responder a su carta —dijo Ben.

—¿Por qué?

—Porque, si no lo haces, será la única de su clase que no reciba una.

Puse los ojos en blanco y, con un suspiro, abrí mi cuaderno por una página vacía. Miré la carta de Naomi una vez más y, entonces, escribí la mía. Cuando terminé, me sentí muy satisfecho. Arranqué la hoja de mi cuaderno y se la mostré a Ben.

—No puedes enviarle esto —me advirtió—. Te meterás en un lío.

—La señora Martin ni siquiera la leerá —susurré.

—Qué cruel. La harás llorar.

—¿Y qué? No la conozco.

Me devolvió la carta, la doblé y la metí en el sobre que nos había proporcionado la profesora. Pensé que la cosa terminaría ahí. Naomi Light pediría que le asignaran un nuevo amigo por correspondencia y yo no tendría que escribirle a nadie más.

Pero la cosa no terminó ahí. Dos semanas después, la señora Martin repartió las cartas que acababan de llegar. No podía creer que Naomi me hubiera respondido. Ben también parecía sorprendido. De hecho, esperó a que yo abriera la mía antes de hacer lo mismo con la suya.

—¿Qué te dice? —preguntó sin siquiera dejar que terminara de leerla. Su carta me enfureció.

—No ha entendido lo que le escribí y, además, se inventa cosas.

Abrí mi cuaderno y empecé a preparar mi respuesta. Iba por la mitad de la primera frase cuando la taché. En eso tenía razón, mi letra no se entendía. La señora Martin siempre me pedía que hiciera caligrafía, e incluso mi madre me había dicho que debía practicarla. Giré la página y comencé de nuevo. Esta vez escribí más despacio, con cuidado de que todas las letras estuvieran separadas y pudieran leerse.

Al terminar, se la mostré a Ben. Sus cejas se dispararon hacia arriba mientras la leía y luego frunció el ceño.

—Eso es asqueroso —dijo—. ¿La gente de Oklahoma realmente hace eso? ¿Casarse con sus hermanos y hermanas?

—No creo. —Me encogí de hombros. Doblé la carta y la metí en el sobre.

—¿Por qué eres tan cruel con ella? Lo más seguro es que le hiciera ilusión tener un amigo por correspondencia.

Ben miró a los demás alumnos de la clase y yo seguí su mirada. Todas las chicas sonreían embelesadas mientras leían las cartas que habían recibido y comentaban lo que iban a responder. Sabía cuál era la intención de Ben. Intentaba hacerme ver a Naomi como una de ellas: una persona real en lugar de un trozo de papel que llegaba por correo.

—No quiero tener que escribirle a alguien durante todo el año. Si ella en algún momento deja de contestar, entonces no será culpa mía y la señora Martin me dejará en paz.

Cerré el sobre y escribí el nombre de Naomi y la dirección de su colegio para dejarlo en la cesta que la señora Martin había designado para nuestras cartas. Fui el primero en depositar el sobre. La profesora me sonrió.

—Qué rápido —comentó.

Me encogí de hombros y le ofrecí lo que yo creía que era mi sonrisa más encantadora.

—Es fácil escribirle a mi amiga por correspondencia. Estoy ansioso por saber lo que responde.

Pasaron dos semanas hasta que recibimos las respuestas. La señora Martin se paseó por la clase mientras repartía los sobres. Cuando llegó a mi mesa, se detuvo para revisar las cartas que tenía en la mano. Extrajo una del montón y se la dio a Ben. Llegó al final de la pila y empezó otra vez.

—Hummm… —suspiró cuando estaba claro que no había ninguna para mí—. Lo siento, Luca. Parece que esta vez no tengo carta para ti. Debe de haberse separado de las otras, a veces ocurre. Lo más probable es que llegue en uno o dos días.

—Oh. —Traté de sonar decepcionado, aunque no me costó demasiado. Sin embargo, me sorprendió descubrir que en realidad lo estaba un poco. Mientras esperábamos las respuestas, tenía la esperanza de que Naomi me contestara con una carta llena de sarcasmo para poder replicarle con algo todavía peor.

Sabía que el objetivo de enviarle cartas mezquinas era que dejara de escribirme, pero no esperaba conseguirlo tan rápido. En ese momento, era el único de la clase que no tenía una carta para leer.

Al día siguiente, me pasé por la mesa de la señora Martin después del patio.

—¿Ha llegado alguna carta para mí? —le pregunté, ante lo que ella sacudió la cabeza.

—Lo siento, Luca. Por ahora no. ¿Tal vez mañana?

Tampoco recibí nada al día siguiente. Ni al otro.

Cuando llegó la próxima ronda de cartas, ya me había dado por vencido. Ni siquiera levanté la mirada cuando la señora Martin empezó a pasearse por el aula para repartirlas. Estaba trabajando en unos deberes cuando dejó un sobre en mi mesa. La miré sorprendido. Me guiñó un ojo y luego retomó su camino para repartir el resto.

—Supongo que tu plan no ha funcionado del todo —comentó Ben.

Lo ignoré y abrí el sobre.

Querido Luca:

No iba a contestarte después de lo que me dijiste la última vez. No me gusta usar palabrotas, pero quiero que sepas que eres imbécil. Me he dado cuenta de que seguramente solo decías esas cosas tan desagradables para librarte de la obligación de enviarme cartas, así que he decidido que el mejor castigo es seguir escribiéndote.

Creo que deberías saber que mis padres no son hermanos. Además, me parece bastante raro que pienses eso. Debes de tener unas fantasías bastante asquerosas. Espero que tú no tengas ni hermanos ni hermanas y, si es el caso, seguro que no quieren tocarte ni con un palo de tres metros. Tienes una personalidad horrible, y estoy convencida de que también eres horrible por fuera.

Por cierto, ¿qué tiempo hace en California esta temporada del año?

Con cariño,
Naomi

Querida Naomi:

En realidad, no soy nada feo. Todas las chicas de mi clase piensan que soy un pibón. Mi profe pilló a dos chicas de mi clase pasándose notas, y habían puesto eso, así que estás equivocada. Además, no tengo hermanos. Es realmente asqueroso que creas que fantaseo con hermanos y hermanas. ¿Por qué lo has pensado? ¿Acaso tus fantasías son así? Qué asco.

El tiempo está bastante bien durante esta época del año. Hoy casi llegamos a veintiséis grados. Creo que iré a la playa después de clase.

Con cariño,
Luca

Querido Luca:

Las chicas de tu clase no tienen razón, porque los chicos de quinto no son «pibones». Cuando te llaman eso, seguramente se refieren a que eres un palillo. Mi prima mayor dice que los chicos no pueden estar buenos hasta el instituto. Pero, mira, si eso te ayuda a dormir por las noches...

Me da mucha envidia el tiempo que tenéis allí. Aquí hace mucho frío y el cielo está cargado de nubes. Ahora mismo, me encantaría estar tumbada en la playa. ¿Estás bronceado? Ojalá yo me pusiera morena.

Con cariño,
Naomi

Querida Naomi:

Deja de hablar del tiempo y de bronceados para intentar que seamos amigos. No funciona. Además, no deberías tumbarte en la playa, alguien podría pensar que eres una ballena. Antes de que te dieras cuenta, estarías rodeada de gente que intenta devolverte al océano.

No me importa lo que tu prima diga de los chicos. Si es más vieja que nosotros, entonces seguro que no piensa que los de quinto están buenos. Y, por si fuera poco, no solo estoy delgado: tengo abdominales.

Con cariño,

Luca

Para cuando llegaron las vacaciones de Navidad, yo era uno de los pocos de mi clase que seguía recibiendo correo de mi amiga por correspondencia. Incluso Ben estaba harto del tema. Al volver a clase en enero, solo nos esperaba una carta. Era para mí. La clase entera se dio la vuelta para mirarme cuando la señora Martin anunció que yo había recibido una carta de mi amiga por correspondencia. Era como si todos se hubieran olvidado de que aún existían.

Metí el sobre en la mochila para leer la carta más tarde y sin público. Cuando le contesté, cambié la dirección del remite para poner la de mi casa en lugar de la de la escuela. No quería que nadie supiera que yo era el único que seguía en contacto con su amiga por correspondencia.

Los nombres son difíciles

Naomi

—Tengo la sensación de que han pasado más cosas —dice Anne—. Esto no acaba aquí, con dos niños de quinto que se insultan y se dicen cosas feas.

—Hay más, mucho más, ya te he dicho que era una larga historia.

—¿Has guardado las cartas?

—Estoy segura de que las tengo en alguna parte. —Me encojo de hombros.

Es mentira. Sé exactamente dónde tengo todas y cada una de las cartas. Están guardadas a buen recaudo en una caja de zapatos en el estante de arriba de mi armario, organizadas de forma cronológica. Incluso tengo guardadas las cartas sin abrir que me devolvieron después de que Luca se mudara.

—Me cuesta creer que nunca me hayas contado nada de esto —declara Anne—. ¿No se supone que a una buena amiga deberías contarle algo así?

—Cuando te conocí, ya le había perdido la pista —le recuerdo—. Supongo que nunca he encontrado el momento.

La verdad es que nunca se lo he contado a nadie. Mis padres eran los únicos que lo sabían, porque veían las cartas yendo y viniendo. Y, bueno, mi compañera de habitación de la universidad intuía algo porque me vio escribirle alguna que otra vez, pero nunca hablamos del tema ni leyó ninguna carta.

Oigo que la puerta de la cafetería se abre a mi espalda y los ojos de Anne deambulan hacia quien sea que haya entrado. Incluso en medio de una distracción, no deja el tema.

—Bueno, y ¿cómo vas a encontrarlo?

—No tengo ni idea. ¿Una búsqueda por el registro público? No sé ni por dónde empezar.

—Tienes su nombre y apellido, ¿no?

—Sí, pero no sé dónde vive ahora.

—¿Y si pruebas en Facebook?

Saco el móvil del bolso.

—Claro —murmuro—, ¿por qué no lo había pensado?

Sus ojos se abren como platos y después frunce el ceño.

—¿De verdad no lo has buscado nunca? ¿No sentías curiosidad por saber cómo era?

—Por supuesto que lo busqué, pero hace mucho. En su foto de perfil aparecían cinco tíos, por lo que no estaba segura de cuál era.

Los ojos de Anne se centran otra vez detrás de mí, hacia el mostrador. Me giro para ver qué está mirando y reconozco a uno de mis vecinos, que está pidiendo un café. No me extraña. Incluso de espaldas, Jake Dubois es un tío atractivo. Tiene el pelo oscuro y unos músculos que rellenan muy bien la camiseta. La manga corta abraza sus bíceps cuando estira un brazo por encima del mostrador para pagar el café. Nos deleitamos con las vistas durante un momento y luego me giro hacia ella y centro mi atención en el teléfono. Abro Facebook y escribo «Luca Pichler» en el buscador. Aparecen varios usuarios.

—¿Crees que será alguno de estos? —pregunta Anne, que se inclina por encima de la mesa para mirar la pantalla.

Bajo un poco por la lista.

—Estos no viven en Estados Unidos. No lo sé, supongo que es posible que se haya mudado, pero no creo que sea ninguno de estos. Después buscaré con más calma.

Una figura se cierne sobre la mesa. Anne es la primera en mirar a Jake y trata de disimular un chillido de sorpresa.

—Hola —lo saluda ella, ruborizada.

Estoy segura de que yo estoy igual de roja. Me pregunto si se habrá dado cuenta de que hace un minuto lo estábamos mirando.

—Hola —responde él a Anne, y luego se vuelve hacia mí. Sus ojos, de ese azul como el hielo, nunca dejan de sorprenderme cuando me mira. Son el tipo de ojos que hacen imposible desviar la mirada y, sin embargo, siento que, si no la aparto, de algún modo podría perderme en ellos.

—Me preguntaba si eras tú —dice—. ¿Ya has terminado de informar del tiempo por hoy?

—Vaya, vaya. Dos fans en un día —comenta Anne—. No está nada mal.

Resoplo y me llevo el café hacia los labios, pero entonces recuerdo que la taza está vacía.

—Anne, este es mi vecino.

—Oh. —Suelta una risita nerviosa y aparta la mirada.

Él se queda callado por un momento. Me doy cuenta de que está mirando mi teléfono, donde aparece una lista con todos los Luca Pichler del mundo. Apago la pantalla de inmediato y vuelve a poner su atención en mí.

—Quería preguntarte si te apetecería cenar conmigo algún día. Eh, ¿a lo mejor este fin de semana?

Su pregunta me pilla por sorpresa. Tardo un segundo en procesar que me está pidiendo una cita. Me lo he encontrado por el edificio varias veces, pero solo hemos hablado en dos de ellas. La primera fue cuando se mudó al edificio hace seis meses y le sujeté la puerta cuando yo iba a salir y él entraba cargado con una caja. Él dijo «gracias» y yo respondí con un «de nada».

La segunda vez fue más o menos hace una semana. Yo iba hacia abajo para buscar el correo y él subía. Se paró justo delante de mí para bloquearme la salida de las escaleras y dijo:

—Ey, tú eres la presentadora del tiempo, ¿verdad? ¿Naomi Light?

—Sí, la misma —respondí.

Eché un vistazo a la placa con su nombre que llevaba en el uniforme quirúrgico, pero no alcancé a deducir dónde trabajaba.

—Genial. —Fue todo lo que dijo antes de apartarse de mi camino y subir las escaleras.

Nos hemos cruzado otras veces, pero nuestras interacciones se limitan a algún saludo con la cabeza o una sonrisa; en otras ocasiones, nos ignoramos por completo.

Ahora me doy cuenta de que ha pasado casi un minuto y todavía no he respondido a su pregunta.

—Sí, eh, claro —tartamudeo, y sueno muy nerviosa.

—Genial —dice. Sus ojos se posan en la taza de café vacía—. ¿Puedo invitarte a otro café?

Esta ya era mi tercera taza del día, pero me sorprendo al decir:

—Sí, eh, claro. —Qué vergüenza, es exactamente lo mismo que he contestado antes. Me obligo a salir del estupor—. En realidad, estaba a punto de irme.

—Para llevar, entonces.

Se da la vuelta y regresa al mostrador. Lo miro por encima del hombro con el corazón a mil. Anne se aclara la garganta, pero evito mirarla. Deduzco, por el aumento de temperatura de todo mi cuerpo, que estoy roja como un tomate. Cuando al fin la miro, veo que me observa con una gran sonrisa.

—Eso ha sido lo más incómodo y emocionante que he presenciado en mi vida.

—Pues tienes que subir el listón para lo incómodo y lo emocionante. —Me aparto el pelo de la cara mientras intento calmarme un poco—. ¿Dónde está el problema?

—Naomi Light tiene una cita con un tío *sexy* este fin de semana —canturrea Anne mientras baila en la silla—. Y ni siquiera has necesitado una *app* de citas para conocerlo. ¿Ya has pensado qué vas a ponerte?

—Todavía no he tenido tiempo, literalmente —respondo mientras pongo los ojos en blanco y lucho contra la sonrisa que me crece en la boca.

—Nunca me habías dicho que tenías un vecino tan guapo. Solo me has hablado del que hace demasiado ruido.

La mando callar y luego me giro otra vez para asegurarme de que él no nos oye. Está pagando con la tarjeta en el mostrador. Miro de nuevo a Anne.

—¿Por qué debería hablarte de todos mis vecinos?

—No de todos, pero… —Hace una pausa y su mirada vuelve a posarse en Jake—. Este valía la pena.

Jake camina hacia nuestra mesa con un café recién hecho en la mano. Anne y yo nos levantamos. Se acerca a mí y, antes de que llegue Jake, susurra:

—Ya me dirás si encuentras la dirección de Luca Pichler. Quiero estar al tanto.

—Serás la primera en saberlo.

Anne se marcha justo cuando mi vecino llega a mi lado. Le doy las gracias por el café y salimos de la cafetería.

—Te acompaño a casa —propone.

Me río y echo un vistazo a nuestro edificio, que está exactamente cruzando la calle.

—¿Qué harías si te digo que no?

Él se detiene para reflexionar.

—Probablemente, esperar diez segundos y después seguirte con la cola entre las patas.

—Está bien, puedes acompañarme a casa.

La sonrisa que me dedica me hace sentir mariposas en el estómago. Lo he visto sonreír antes, pero, cuando su sonrisa es para mí, se me acelera el corazón, y creo que podría necesitar que me cargue en brazos para cruzar la calle. Me obligo a apartar la mirada de su rostro; si quiero volver a casa de una pieza, tengo que hacerlo. Mis ojos se posan en su brazo, y me lo imagino llevándome en volandas y con la cabeza apoyada contra ese musculoso pecho… Está bien, quizá no debería observar ninguna parte de su cuerpo. Miro la calle con la esperanza de que el efecto que tiene sobre mí no sea demasiado evidente.

Esperamos a que el tráfico disminuya y cruzamos la calle. Incluso sin mirarlo, soy consciente de cada paso que da, de lo lejos que está de mí en todo momento y de cada una de sus miradas. Me las arreglo para llegar al otro lado sin dar un traspié. Él abre la puerta y la sujeta para que yo entre. Cuando paso por su lado, huelo su colonia, o quizá sea el jabón, un aroma mezclado con el olor que desprende el café que lleva en la mano. Lo inhalo durante el fugaz instante en que paso junto a él por la puerta. Me encamino hacia las escaleras cuando me doy cuenta de que él se dirige al ascensor. Vacilo: la última vez que me subí al ascensor, se averió y me quedé atrapada durante media hora, hasta que vinieron los bomberos y me rescataron. Según cuentan los vecinos, ya lo han arreglado y la mayoría lo utilizan, pero yo no he querido tentar a la suerte.

Él me observa con las cejas levantadas mientras yo cambio de rumbo de las escaleras al ascensor. Estoy a punto de decirle que me da miedo subirme, pero trato de mantener la calma. Pulsa el botón y las puertas se abren. Tengo que respirar hondo antes de seguirlo al interior.

—¿Pasa algo? —pregunta mientras pulsa el botón de su planta.

—No, nada. —Yo le doy al del tercer piso, e ignoro el hecho de que siento los latidos de mi corazón en los oídos.

—¿Seguro? Porque parece que tienes pánico al ascensor.

—*Nop*. Para nada.

—Te has quedado blanca como la leche. ¿Tienes claustrofobia? —Se le forma una arruga en el entrecejo.

—Solo es mi tono de piel —digo y fuerzo una sonrisa—. Gracias.

—Venga, podemos ir por las escaleras, si quieres. —Se dispone a apretar el botón para que las puertas se abran, pero, justo en ese momento, el ascensor empieza a moverse. Tiembla y después se para entre el vestíbulo y el segundo piso.*

Se me escapa un sonido que es una mezcla entre un chillido y un jadeo. Me cubro la boca con la mano que tengo libre.

* En Estados Unidos, llaman primer piso a la planta baja, la que está a nivel de la calle, por lo que el segundo piso es en realidad el primero. *(N. de la T.)*

—Esta es la razón por la que no quería subir con el ascensor —gimo—. Siempre me tiene que pasar esto a mí.

—¿Te ha pasado antes? —Sus ojos se abren como platos—. Ah, por eso te daba miedo. —Mira el panel de control—. Y yo solo he empeorado las cosas, ¿no?

Me reclino contra la pared y respiro hondo. Suelto el aire poco a poco para calmarme. Saco el teléfono para ver si hay cobertura, aunque sé que no la hay. No pude llamar a nadie durante los treinta minutos que pasé atrapada aquí la última vez.

—Por favor, dime que tienes cobertura —ruego mientras mira su teléfono.

—No, lo siento. —Examina el panel de control y presiona un botón. Suena una señal de llamada y luego reconozco la voz del vigilante de seguridad del vestíbulo. Al menos han arreglado el botón de «ayuda» desde que me quedé encerrada.

—Hola, Joel —saluda Jake—. Nos hemos quedado atrapados en el ascensor.

—¿Naomi está contigo? —La voz de Joel suena seria a través del altavoz—. Parece que tiene mala suerte con ese ascensor.

—Eso he oído.

—Pediré ayuda —dice Joel—. Ánimo, no tardarán mucho.

La llamada finaliza y nos quedamos solos de nuevo. Un silencio sepulcral llena el ascensor. Ojalá hubiera un hilo musical para rebajar la tensión.

Miro hacia el techo y me pregunto si podría llegar a la segunda planta si moviera la placa que hay ahí arriba y saliera por ahí. La última vez no era una opción porque no me quedé atrapada con alguien tan alto. Estoy segura de que podría subirme a sus hombros y…

—No funcionará —suelta, e interrumpe mis planes.

—¿El qué? —pregunto con el ceño fruncido.

Señala el techo con el café.

—No serías capaz de abrir esa compuerta aunque llegaras. —Me deja boquiabierta.

—¿Lo he dicho en voz alta?

—No, pero solo con mirarte la cara veía cómo maquinabas. —Se ríe.

—Estoy segura de que sería capaz. Estoy en forma.

—Quizá, pero, aun así, no es seguro. ¿Qué pasa si el ascensor empieza a moverse contigo ahí arriba?

—No lo había pensado —suspiro.

—Será mejor que esperemos a que nos ayuden.

Asiento. Sé que tiene razón, pero aún estoy ansiosa. No sé por qué. Tampoco es que tenga ningún compromiso esta tarde.

—Por lo menos tenemos café —comenta.

—Y el uno al otro —añado—. La última vez estaba sola, pensé que me volvería loca.

—¿Crees que aguantarás hasta que vengan? ¿O tengo que preocuparme por si empiezas a hiperventilar o a gritar?

—No tienes nada de lo que preocuparte si nos sacan pronto de aquí. —Camino de una punta a la otra del reducido espacio.

—Seguro que esto lo solucionan en un momento. Lo único que he hecho es darle a un botón.

Noto que el pánico se adueña de mí. Respiro hondo otra vez para intentar tranquilizarme.

—¿Qué hiciste la última vez que te quedaste atrapada?

Pienso en ello.

—Pasé los primeros diez minutos moviendo el teléfono para ver si conseguía cobertura. Luego, aporreé la puerta mientras gritaba para pedir ayuda, hasta que me quedé sin voz. Al cabo de un rato, abandoné la idea de salir de aquí e intenté decidir cuál de mis extremidades me comería primero para sobrevivir, hasta que llegaron los bomberos y abrieron la puerta haciendo palanca.

Sus cejas demuestran que está preocupado, pero una sonrisa se asoma por la comisura de sus labios, como si no supiera si puede reírse de mis desgracias.

—Fueron tiempos complicados —añado—. Casi no vivo para contarlo.

—Menuda experiencia —comenta mientras lucha contra la sonrisa—. Te alegrará saber que no creo que ninguno de los dos tenga que recurrir al canibalismo.

—Me alegra que pienses así, pero todavía no estoy preparada para descartarlo.

Resopla.

—Vale. Recuérdame que nunca vaya de acampada contigo.

La idea de acampar con él me enciende. Me separo la camisa del estómago para rebajar los nervios.

—Puedo soportar lo de acampar. En la naturaleza no hay ascensores.

Su mirada se desliza hacia abajo y se posa en mi estómago. Me doy cuenta de que, por cómo me sujeto la camisa, parece que estoy a punto de quitármela. La suelto y me aclaro la garganta mientras recoloco la prenda en su sitio. Él gira la cabeza y noto que las orejas se le han puesto rojas.

—No puedo creer que haya evitado el ascensor todo este tiempo solo para quedarme atrapada de nuevo.

—¿De verdad no lo has usado desde entonces?

Niego con la cabeza.

—Subo por las escaleras.

Mira al botón de la tercera planta, que sigue iluminado.

—¿Dos tramos de escalera dos veces al día? ¿Y si vas cargada? ¿No te cansas?

Me encojo de hombros y señalo a nuestro alrededor.

—Creo que me cansaría de esto mucho más rápido.

—Tienes razón. Dicen que soy bastante insufrible.

—No me refería a eso. —Le doy un manotazo en el brazo.

Lo aparta y finge que le he hecho daño.

—¡Ay!

—Venga ya, no te he dado tan fuerte. —Río.

—Sí, lo has hecho. Eres más fuerte de lo que pareces. —Señala las puertas del ascensor—. Apuesto a que podrías abrirlas.

Pongo los ojos en blanco. Le paso mi café para que lo sostenga, me sitúo delante de las puertas e intento abrirlas. Sé que no funcionará. Ya lo probé la última vez.

—*Nop* —respondo mientras recupero mi café—. Supongo que necesito ir al gimnasio más a menudo.

—Qué va, no necesitas ir al gimnasio. Solo tienes que subir las escaleras haciendo el pino cada día. Serás lo bastante fuerte en poco tiempo.

Casi se me escapa el café por la nariz.

—Eso sería un espectáculo. —Miro la hora en el móvil—. Uf, ¿cuánto tardarán?

Tomo otro sorbo del café, aunque me arrepiento, porque ahora me están entrando ganas de ir al baño, y no me hago ningún favor metiéndole más líquidos a mi cuerpo. Decido sentarme en el suelo con las piernas cruzadas. Él también se agacha y se acomoda a mi lado. Respiro con cierta dificultad, pero su cercanía me hace olvidar lo mucho que odio el ascensor, al menos durante un momento.

Él parece tranquilo, no está ansioso por salir de aquí como yo.

—Bueno… —dice. Giro la cabeza para mirarlo y espero a que continúe. Se le curva la comisura del labio. Aparto la mirada de su boca y me encuentro con sus ojos, que me miran fijamente. Me quedo sin aire—. Os he oído a ti y a tu amiga hablar de mí.

Noto que me pongo colorada mientras recuerdo todo lo que Anne ha dicho. Me da miedo preguntar cuánto ha oído, pero tengo que saberlo.

—Exactamente, ¿qué has oído?

—Que tienes un vecino ruidoso. —Sonríe.

Tierra, trágame. Si sabe eso, entonces no hay duda de que ha oído todo lo demás.

—¿Me dejas tu teléfono un momento? —pregunta.

—¿Para qué? —Se lo paso.

—Para guardar mi número.

Introduce su información de contacto. Miro de reojo y veo que se guarda en la agenda como «Vecino *sexy*». Pongo los ojos en blanco.

—No necesitas abuela, ¿verdad?

Se encoge de hombros y me devuelve el teléfono.

—Solo estoy aceptando el apodo que me habéis puesto.

Le envío un mensaje y, para mi sorpresa, lo recibe a pesar de la mala cobertura que hay aquí dentro.

—Bueno, pues ahora ya tienes el mío.

Observo su rostro cuando el mensaje aparece en su pantalla. No trata de ocultar su sonrisa.

—¿Con qué nombre me guardarás en tus contactos? ¿«Chica rarita del ascensor»?

—Para nada. —Se ríe.

Miro la pantalla mientras escribe «Meteoróloga mona» en su agenda. Esbozo una sonrisa y, por supuesto, vuelvo a sonrojarme.

—Mona, ¿eh? —digo en tono burlón—. ¿A cuántas mujeres del tiempo conoces?

—A muchas. Te sorprendería. He tenido que crear un sistema de numeración para todas las meteorólogas de mi lista de contactos.

Me apoyo contra la pared.

—Me siento un poco decepcionada por no ser una de ellas. «Meteoróloga promedio número siete» suena bastante bien.

Sacude la cabeza y agita el teléfono.

—No. Hazme caso, este nombre te pega más.

El ascensor tiembla y me sobresalto. Luego, empieza a subir.

—Oh, gracias a Dios.

Los dos nos levantamos justo cuando se abren las puertas en la tercera planta. Salgo al rellano. Él pone una mano en el sensor de la puerta para evitar que esta se cierre.

—Deberíamos repetirlo otro día —propone.

Miro al interior del ascensor y me encojo de hombros.

—Ni de broma. —Hace un puchero—. Dejaré que me invites a cenar si no hay ascensores de por medio.

—Trato hecho. —Sonríe.

Cuando llego a mi apartamento, continúo con la búsqueda en Facebook de Luca Pichler. Intento restringirla a las ciudades en las que sé que ha vivido en algún momento y empiezo por San Diego, de donde procedió tanto su primera carta como la última antes de que desapareciera. No hay resultados. Lo intento con la siguiente ciudad, y con la siguiente, pero sin suerte. Parece que todos los Luca Pichler que aparecían en la búsqueda inicial viven fuera de Estados Unidos. Miro sus perfiles, soy consciente de que es posible que se haya mudado a otro país, pero ninguno de estos hombres promete.

Mi vecino de arriba camina dando pisotones. Oigo que algo se arrastra, o ¿rueda?, justo antes de escuchar un estruendo en la otra punta de la habitación. Agacho la cabeza como si el ruido fuera en mi propio apartamento, y entonces pongo los ojos en blanco, tanto por lo que acabo de hacer como por mi vecino ruidoso. Parece que la persona que vive ahí arriba tenga una bolera en el salón. Pongo algo de música para camuflar el ruido.

A pesar del vecino escandaloso y del infame ascensor, este sitio no está mal para vivir. Es uno de los mejores edificios residenciales de esta área de Miami. No tenemos portero, pero está Joel, el guardia de seguridad. A veces, cuando se aburre (algo que sucede a menudo), le gusta abrir la puerta a los residentes del edificio. Lleva trabajando aquí lo suficiente para saberse los nombres de todos nosotros. Es uno de los servicios que echaré de menos cuando compre una casa y me mude.

Me preparo la comida y, mientras como, me vibra el teléfono. Lo agarro y enciendo la pantalla con la esperanza de ver un mensaje de Jake, pero no es él. Es Anne. Me envía un enlace a una base de datos que se llama PeopleFinder* en la que puedo buscar a Luca Pichler.

> **Anne:** Podrías mirar aquí. Hay que pagar para acceder a las direcciones y todo eso, pero...

* En inglés, PeopleFinder se traduce como 'buscador de personas'. *(N. de la T.)*

Abro el enlace e introduzco el nombre de Luca en la barra del buscador. Aparecen varios resultados con su nombre. La versión gratuita de la página web solo muestra la edad y la ciudad. Las opciones que he revisado hasta ahora no me entusiasman. Uno de los hombres está en la cincuentena, otro tiene veintipocos y el último de la lista, casi ochenta. O mi Luca Pichler no se encuentra en esta lista o se han equivocado con la edad. De todos modos, decido pagar la suscripción. Siempre puedo cancelarla después de conseguir lo que necesito. Se procesa el pago y se recarga la página, esta vez con toda la información. Resulta que el Luca Pichler anciano vive en una residencia en Seattle. El Luca Pichler de mediana edad vive con su mujer, sus suegros y sus seis hijos en Rhode Island. El Luca Pichler joven vive en una residencia de discapacitados. Suspiro. Esto no tiene buena pinta. Ahora soy veinte dólares más pobre y lo más seguro es que mi identidad se haya vendido al mejor postor.

> **Naomi:** No ha habido suerte. Si no hubiera recibido la carta de hoy, creería que Luca está muerto.

> **Anne:** Qué raro. Me pregunto si sus padres aún viven en su casa de la infancia. ¿Tienes la dirección?

Es una buena idea, y ya lo había pensado antes de que me enviara el enlace a PeopleFinder. Voy a mi dormitorio y saco la caja de zapatos del armario. Las cartas más recientes están arriba y las primeras, al fondo. Escribí su dirección en el reverso de cada hoja para saber dónde enviar mi siguiente carta en caso de que tirara el sobre.

Hago una foto de la dirección de San Diego con la cámara del teléfono. Estoy a punto de guardar las cartas cuando se me enciende la bombilla. Las repaso, me detengo en cada dirección nueva y le hago una foto a cada una. Las cartas de los primeros ocho años provienen de la misma dirección de San Diego. Después de eso, sus cartas llegaron de todo el país. Se mudaba a menudo, pero siempre se aseguraba de darme su nueva dirección; hasta hace dos años.

Sé que hay pocas probabilidades de que viva en alguna de sus antiguas casas, pero por algún lugar hay que empezar. Alguien, en algún lugar, tiene que saber dónde está.

Ya he bebido dos tazas de café cuando Anne llega al trabajo con la tercera. Mientras analizo el satélite y los datos del radar para preparar la previsión del tiempo, ella deja la taza humeante a mi lado.

—Gracias.

Sin apartar los ojos de la pantalla, agarro el café y le doy un sorbo. Oigo que acerca una silla y se sienta a mi lado.

—¿No tienes trabajo? ¿O Patrick te ha pedido que me observes mientras me bebo la taza entera?

—En realidad, solo tenía curiosidad por saber si has encontrado a tu enemigo por correspondencia.

—¿Mi qué?

—Tu enemigo —repite—. ¿Lo pillas? Como amigo por correspondencia, pero él es tu enemigo. Enemigo por correspondencia.

—Qué lista. —Todavía no he despegado la vista de la pantalla, estoy concentrada en los mapas. En unos diez minutos tengo que salir en antena—. Ya te dije que no lo encontré en PeopleFinder. A no ser que vaya a San Diego, no sé cómo seguirle la pista.

—¿Ya te tomas un descanso, Anette?

Las dos nos giramos y vemos que Patrick entra tranquilamente en la oficina con una pila de papeles entre las manos. Siempre pasea el mismo montón por la oficina cuando quiere parecer ocupado aunque no esté haciendo nada realmente productivo. Además, nunca se dirige a Anne por su nombre, pero supongo que «Anette» se parece lo suficiente para que todo el mundo sepa a quién se refiere.

—Solo le traía el café a Naomi —responde ella.

—No sabía que repartir cafés requería sentarse.

Pongo los ojos en blanco y me centro de nuevo en mi ordenador. Ella murmura una disculpa y se va por patas. Como siempre, sus zapatos no hacen ruido cuando camina por la moqueta. Patrick observa cómo se marcha y se gira hacia mí.

—Quería decirte que estás haciendo un trabajo excelente, Naomi.

Es una de esas personas que pronuncia mi nombre como «Nai-o-mi», por mucho que lo haya corregido millones de veces. Ya ni me molesto en hacerlo, pero me pregunto si se da cuenta de que es la única persona del canal que lo pronuncia de esa manera.

—Gracias, Patrick. Se lo agradezco.

—Estás en tu salsa cuando sales en directo —continúa—. Y tus mapas son impresionantes. Además, tus predicciones siempre dan en el clavo. Muy buen trabajo. Emmanuel estaría orgulloso.

—Oh, gracias. ¿Sabía que yo le preparé los mapas a Emmanuel durante sus últimos dos años? De hecho, no miró ni un radar durante el año y medio previo a su jubilación.

—¿Llevas aquí dos años? —pregunta Patrick—. Vaya, no parece que haga tanto tiempo.

—*Sip*. Dos años que han pasado volando.

Se pone rojo como un tomate. Arruga los papeles que lleva en las manos. Le ofrezco una sonrisa para intentar que no se sienta tan avergonzado. Se marcha de la sala y, poco después, Anne regresa. Intento que recapacite.

—Oye, si te quedas vas a meterte en un lío —la aviso.

Ella pone los ojos en blanco.

—¿Y qué hará? ¿Despedirme?

—Es probable —confirmo, y se ríe.

—Cuéntame lo de San Diego.

Tardo un instante en recordar en qué punto estábamos antes de que Patrick nos interrumpiera.

—Las primeras y las últimas cartas de Luca llegaron de allí. Deduzco que seguramente sigue en San Diego.

—Podemos dar por hecho que te vio dar el tiempo.

—Sí, pero podría haberlo visto desde cualquier sitio. Muchos canales locales emiten por internet y pueden verse sin necesidad de vivir en ese lugar.

—Cierto. Entonces, ¿qué vas a hacer?

—Esperaré a que me envíe otra carta. Quizá en la próxima incluya el remite.

—Pero ¿qué pasa si no hay próxima vez?

Aparte del parón de dos años, nunca he pasado más de un mes sin saber de él. La única diferencia es que ahora no puedo contestarle. Me pregunto si no ha incluido la dirección a propósito. Es lo más probable. Puede que solo le apetezca meterse conmigo. O quizá no quiere que su esposa sepa que me ha vuelto a escribir. Supongo que ella es la razón por la que no sé nada de él desde hace tanto tiempo. No la culparía si leyó la última carta que envié, la última antes de que el servicio de correos empezara a devolverme todas mis cartas. Yo me habría sentido de la misma manera si hubiera leído una carta como la que mandé. No había contemplado esa posibilidad, hasta después de enviarla y de que él nunca me contestara, de que alguien más, aparte de Luca, pudiera leerla. Ninguna cantidad de correo devuelto puede arreglar la situación. He pasado los últimos dos años con la sensación de que faltaba una parte de mí. Ahora la he recuperado, pero ¿ha vuelto de verdad? Él no enviaría una carta después de dos años y sin remite si no tuviera la intención de continuar.

—Enviará otra carta —digo.

Estoy convencida.

El dilema del pellejo

Luca

Muchas cosas cambiaron durante los tres años que pasaron desde quinto curso a octavo. Besé a una chica por primera vez el verano antes de sexto. A partir de entonces, tuve siete novias. Mamá y papá trajeron a un cachorro a casa mientras estaba en séptimo curso. Lo llamé Rocky y se convirtió en mi mejor amigo. Pasé de ser un chico larguirucho de primaria a lo que imaginé que se refería la prima de Naomi con «pibón de instituto». Cuando aún estaba en quinto, me miré detenidamente en el espejo y llegué a la conclusión de que Naomi tenía razón. Estaba delgado y no me había currado los abdominales de los que estaba tan orgulloso. Papá compró unas máquinas de gimnasio ese mismo verano, las montó en el garaje y empezamos a entrenar juntos.

De todos modos, muchas cosas seguían igual. Ben y yo íbamos en bicicleta cada día al instituto, y coincidíamos en casi todas las clases. Todavía vivía en la misma casa, en la misma ciudad. A veces, cuando salía y respiraba el aire salado del océano, pensaba en Naomi y saber que ella estaba celosa del lugar donde yo vivía me hacía sonreír. Aún nos enviábamos cartas. Podría haberle contado muchas cosas durante los tres años que llevábamos escribiéndonos… Sin embargo, nada de lo que escribíamos tenía importancia.

En su lugar, nuestras cartas se habían convertido en una competición para ver quién superaría al otro. Aunque no siempre éramos crueles. A veces me daba cuenta de que empezaba a cansarse de escribirme, porque sus cartas eran lo más aburrido que había leído jamás. Cuando hacía eso, siempre le contestaba con una carta tan aburrida (eso esperaba) o incluso más que la suya.

> Querido Luca:
> Esta mañana me he levantado. Me he lavado los dientes. He ido al instituto. He hecho los deberes. Me he metido en la cama. Entremedias he comido.
> Besos,
> Naomi

> Querida Naomi:
> Me he olvidado de levantar la tapa del váter para mear y he salpicado el asiento. No lo he limpiado.
> Besos,
> Luca

Mis padres eran los únicos que sabían que todavía intercambiaba cartas con Naomi. Mamá creía que era adorable, pero eso se debía a que no las había leído. Papá nunca me dijo lo que pensaba. Ben solo me preguntó acerca de Naomi una vez después de que empezáramos a enviarnos las cartas a casa. Me encogí de hombros y fingí que no sabía de lo que hablaba.

Una mañana, de camino al colegio, metí la última carta de Naomi en la mochila. Era la última semana de octavo. Mamá se había olvidado de revisar el buzón el día anterior y, como sentía curiosidad por si había recibido una carta, lo comprobé al salir de casa. Ben estaba llegando cuando me vio guardar el sobre en la mochila.

—¿Qué es eso? —preguntó.

—Nada.

Cerré la mochila, me la puse en la espalda y me subí a la bicicleta. Esa mañana hicimos el camino al instituto en silencio. Parecía que Ben siempre sabía cuándo no tenía ganas de hablar. Ese día estaba cansado. Me había pasado la noche en vela, intentando ahogar los gritos de mis padres discutiendo con los auriculares puestos y la música a todo volumen. Conseguí silenciar sus voces, pero notaba las vibraciones en las paredes cuando daban portazos mientras discutían por toda la casa, en todas las habitaciones menos en la mía.

Cuando nos quedaba una manzana para llegar al instituto, pedaleé más rápido para dejar atrás a Ben. Pero su bicicleta era mejor que la mía, y me alcanzó con facilidad. Las atamos en los hierros de la entrada y accedimos al interior del edificio.

—¿Son tus notas? —preguntó Ben.

—¿Qué?

—El sobre que te has metido en la mochila.

—Aún no las han enviado. —Fruncí el ceño.

—Entonces, ¿qué es? ¿Qué intentas esconder?

—No te escondo nada. Es que no es de tu incumbencia.

—Es de esa chica, ¿verdad?

Me giré para mirarlo.

—No. ¿Qué chica? —Él puso los ojos en blanco.

—Tu amiga por correspondencia de la clase de la señora Martin. Nunca dejaste de escribirle, ¿verdad?

—¿Cómo es posible que te acuerdas de esas cosas? Y no, ya no le escribo.

Sentí que la cara se me encendía como una bombilla roja. No pensaba que fuera un libro abierto.

—Y una mierda —soltó—. Te lo pregunté el año pasado e hiciste como que no sabías de qué hablaba. —Entonces, me imitó de forma exagerada y dijo—: Eh... Eh... ¿Quién?

—Yo no hablo así.

—Se te ve el plumero, Luca. Sé que todavía le escribes. ¿Es tu novia o algo así?

Mi cara se volvió todavía más roja.

—No. No es mi novia. Es que no deja de mandarme cartas. Además, es insoportable.

—Ah, ¿sí? ¿Y por qué le contestas?

¿La verdad? No quería que Naomi tuviera la última palabra, pero tampoco quería que Ben supiera que yo era tan rastrero. Me encogí de hombros.

—Así tengo algo que hacer.

Nos detuvimos cuando llegamos a nuestra clase. Ben me cerró el paso.

—¿Qué dice la carta?

—No lo sé. Todavía no la he abierto.

Enarcó las cejas y me incitó a que abriera el sobre. Suspiré, me quité la mochila de la espalda y lo saqué. Rasgué el sobre y le leí la carta en voz alta a Ben.

Querido Luca:

Espero que mañana te despiertes con un pequeño pellejo en el dedo y que, cuando vayas a arrancártelo, se haga cada vez más grande y doloroso. Espero que el padrastro te moleste tanto que no puedas evitar tocártelo, y que termines quitándote una rodaja finita de dedo. Después, ojalá que se te infecte y que la única solución sea amputarte la mano.

Eso me alegraría el día.

Con cariño,

Naomi

Ben me miraba fijamente, con los ojos como platos. Algunos estudiantes se habían quedado a nuestro alrededor y esperaban para entrar en clase.

—Estás impidiendo el paso —le recordé. Entró en el aula y yo lo seguí a nuestras mesas al fondo.

—¿Por qué diría algo así? —preguntó cuando ya estábamos sentados—. Es… —Apretó las manos como si, tras escuchar la carta de Naomi, tuviera un pellejo fantasma—. Es perturbador.

—Se le dan bien las palabras. —Introduje la carta en el sobre roto y lo guardé en la mochila.

—Pero ¿siempre escribe «Con cariño, Naomi» al final?

—A veces. ¿Por?

—Me parece un poco raro que termine la carta así, «con cariño», después de escribir esas cosas.

—Nunca lo había pensado.

En realidad, me lo planteaba cada vez que leía una de sus cartas. En general, copiaba lo que ella había escrito para despedirme, pero a veces ponía algo diferente.

—¿Qué vas a contestarle?

—Aún no lo sé. —Estaba demasiado cansado para elaborar algo creativo, y no podía continuar el intercambio con algo aburrido.

—Luca. Ben. —Los dos levantamos la vista para mirar a la profesora, que ya había empezado la lección mientras nosotros estábamos absortos en nuestra conversación—. ¿Queréis compartir algo con la clase?

Ben murmuró una disculpa y yo me erguí en la silla. El resto de la jornada pasó sin incidentes. Durante esa semana teníamos los exámenes estatales, por lo que la mayoría de los profesores solo revisaban el temario.

Mientras volvía a casa en bici, no pude dejar de pensar en la carta de Naomi que tenía en la mochila. Sentía que nada de lo que se me pasaba por la cabeza superaba lo que ella había escrito del pellejo. Atribuí la falta de imaginación al estrés por los exámenes, que estaban a la vuelta de la esquina. Seguro que se me ocurriría algo mejor cuando terminara el instituto.

Me sorprendió ver el coche de mamá en la entrada cuando llegué a casa. En general, no volvía del trabajo hasta después de las cinco. Aparqué la bici en el garaje y entré. La encontré sentada a la mesa de la cocina leyendo un documento. Tenía los ojos rojos.

—¿Qué pasa?

Parecía alarmada cuando levantó la vista. Creo que no me había oído entrar. Reorganizó los papeles que tenía delante y los metió en un sobre grande y amarillo.

—No pasa nada, cielo. Todo va bien.

No me convenció.

—Tienes pinta de haber llorado.

Forzó una sonrisa.

—Se me ha metido una cosa en el ojo justo antes de que entraras. Me ha dejado con los ojos llorosos.

Tenía los ojos demasiado húmedos y rojos para que fuera eso, pero decidí dejarlo pasar. Me quité la mochila y la dejé en el suelo.

—¿Te han puesto deberes? —preguntó.

—Esta semana tenemos exámenes —respondí mientras negaba con la cabeza.

—Entonces deja la mochila en tu habitación.

Y así lo hice. Cuando volví a la cocina, el sobre que había en la mesa había desaparecido. Ella estaba de pie al lado del fregadero y removía una taza de té.

—¿Qué hay para cenar? —pregunté. Se giró hacia mí y me sonrió.

—Pediremos una *pizza*.

Con el ceño fruncido, repuse:

—Pero hoy no es viernes.

—Haremos una excepción —dijo—. Podemos pedirla de lo que tú quieras.

—¿Qué pasa con papá?

Papá no me dejaba elegir los ingredientes. Siempre la pedíamos de lo que él quería.

—Tu padre no duerme en casa hoy —respondió mientras se giraba para darme la espalda.

—Oh. ¿Por qué no?

Se encogió de hombros, se obligó a girarse hacia mí y forzó una sonrisa.

—Tiene una cosa del trabajo. No volverá hasta dentro de unos días.

En ese instante, supe que algo iba mal. Mi padre nunca tenía «cosas del trabajo» que le impidieran regresar a casa. Además, mi madre se comportaba de una forma extraña. Nunca la había visto esforzarse tanto para fingir que todo iba bien cuando sus ojos contaban otra historia. Descolgó el teléfono inalámbrico y me lo dio.

—¿Quieres pedirla tú?

—Claro. —Lo cogí, y ella se apartó de mí. Miré el teléfono que tenía en la mano durante un minuto y luego me volví hacia la espalda de mi madre—. ¿Mamá?

Se detuvo, se dio la vuelta lentamente y me miró con el semblante preocupado. Quería presionarla para que fuera honesta conmigo, pero, con esa mirada, era incapaz de hacerlo.

—¿Puedo pedir un refresco? —pregunté en su lugar.

—Por supuesto, cielo. Pide lo que quieras. Hoy decides tú.

Papá tampoco volvió la noche siguiente, ni la otra. Podría haber dejado que su ausencia me distrajera, pero, en su lugar, me centré en los estudios y en trabajar duro para los exámenes. Contestar la carta de Naomi era la última de mis preocupaciones. Me olvidé de ella hasta que la encontré mientras vaciaba la mochila después de la graduación de octavo. Estaba decepcionado porque mi padre no se había presentado, pero supongo que era de esperar. Sabía que algo iba mal. Solo deseaba que mamá me lo contara.

Estaba sentado en la cama cuando encontré la carta. Rocky estaba tumbado a mis pies. Era un perro grande y ocupaba la mayor parte del espacio entre la cama y la pared. Saqué la carta del sobre y la releí. En ese momento, pensar en algún insulto para Naomi me pareció inútil. No tenía energía para escribirle. Estaba enfadado. Me di cuenta de que era irónico: las cartas empezaron porque aquel día en quinto estaba de mal humor, y ahora solo podía ser cruel cuando estaba de buen humor.

Justo en ese momento, escuché un golpecito en la puerta. Dejé la carta en la mesilla de noche y dije: «Adelante».

La puerta se abrió. Me sorprendió ver a mi padre, que entró en la habitación. Por un segundo, pensé que todos mis miedos y dudas eran infundados y que en realidad había estado ocupado con cosas del trabajo que le habían impedido volver a casa durante los últimos días. Pensé que a lo mejor entraba en mi habitación para disculparse por haberse perdido mi graduación, y que ahora podríamos salir a cenar en familia. Había rechazado la invitación a una fiesta a la que iba Ben con la esperanza de que mi padre volviera esa noche. Ahora estaba contento de haberlo hecho.

Pero, entonces, me fijé en su cara. Tenía el ceño fruncido y los labios curvados hacia abajo. Se metió las manos en los bolsillos. Cualquier cosa que hubiera querido decirle para saludarlo se desvaneció antes de salir por mis labios.

Se sentó a los pies de la cama y miró el suelo durante unos segundos. Rocky se estiró, se levantó y se acercó a él moviendo la cola; mi padre lo ignoró. Lo miré y esperé a que soltara lo que tenía que decir. Pasó un rato antes de que pronunciara palabra.

—Tu madre me ha dicho que debería hablar contigo.

—¿Sobre qué?

—Sobre lo que está pasando.

Quería señalar que mamá no me había contado nada de la situación, pero tenía miedo de que, si se lo decía, él cambiara de opinión y tampoco me contara nada. Suspiró y, entonces, continuó.

—Tu madre y yo vamos a divorciarnos. Quiero que sepas que no es culpa tuya. Tu madre y yo… Simplemente ya no podemos hacer que esto funcione. Pensamos que será mejor si nos separamos, así que yo… Eh… He conseguido un trabajo en Montana. He vuelto a por mis cosas y me voy esta noche.

—¿Qué pasa conmigo?

—Te quedarás aquí con tu madre.

Reflexioné.

—¿Por qué no puedo ir contigo?

—Tu madre te necesita aquí.

—¿Volverás?

Se quedó callado durante tanto tiempo que adiviné la respuesta.

—No.

—¿Por qué no?

—Creo que lo mejor es cortar de raíz. La situación con tu madre es... No pensaba volver en absoluto, pero necesitaba coger algunas cosas. Sabes que las despedidas no se me dan bien.

Me di cuenta de que, durante todo el tiempo que había pasado sentado en mi cama, no me había mirado ni una sola vez. Tampoco lo hizo cuando se levantó y salió de la habitación. Rocky lo siguió al pasillo sin dejar de menear la cola, aunque no le hubiera hecho ni caso. Me sentí celoso del perro, era felizmente inconsciente de la indiferencia de mi padre. Cuando oí el portazo de la puerta principal, supe que todo se había terminado. Mamá le había hecho la maleta para que no tuviera que estar aquí más tiempo que esos pocos minutos que tardó en decirme que ya no formaba parte de nuestra familia. Me encerré en mi habitación el resto de la noche.

Estaba enfadado. Sobre todo con mi padre, pero también con mi madre por haberlo forzado a marcharse de esa manera. Podría echárselo en cara, pero sabía que ella también sufría y no quería empeorar la situación. No podía llamar a Ben porque estaba en una fiesta. Tampoco estaba seguro de si quería contárselo. Miré la carta de Naomi, que estaba en la mesita de noche. Que me escribiera sobre un pellejo me parecía tan inmaduro, tan estúpido, tan intrascendente... Por otro lado, ninguna de nuestras cartas había tenido sustancia jamás. Hacía cuatro años que nos escribíamos, y todo eran tonterías insignificantes, mezquinas y aburridas.

Me pregunté si, como yo, ella esperaba estas estúpidas cartas con ansias. Me pregunté si le dolería si dejara de escribirle. Me pregunté si me consolaría si me sinceraba o si se reiría de mí por salirme de nuestra norma.

Querida Naomi:

Espero que en algún momento de tu vida tengas a alguien a quien quieras y respetes como a nadie, a no ser que ya tengas a alguien así. Espero que pienses que puedes contar con que esa persona siempre estará ahí, y que puedes contárselo todo. Y, entonces, espero que un día decida abandonarte y que ni tan solo te dé la oportunidad de marcharte con él. Que ni siquiera te mire mientras te dice que se va. Que no te diga que te quiere, y que tampoco se despida. Probablemente nunca te quiso, y le importa una mierda no despedirse porque todo era mentira. Te la han jugado.

Tienes un montón de buenos recuerdos juntos, pero él los ha arruinado por completo. Ahora ya no puedes recordar los buenos momentos sin pensar en cómo se fue, cómo evitó mirarte o decirte que te quería, porque no lo hizo. Porque eres una persona tan horrible que no te mereces una despedida de verdad. Y te plantearás, durante el resto de tu vida, si aquellos que aseguran quererte de verdad lo hacen, o si todo es una mentira y te abandonarán algún día, igual que hizo él.

No te sorprendas si no te escribo otra carta. Esto es una estupidez.

Adiós.

Luca

Querido Luca:

Esta debe de ser la décima vez que me dices que no volverás a contestarme, así que no te creo. Pero, por si acaso no vuelvo a saber de ti, quiero que sepas que, si alguna vez alguien me hiciera todo eso, sería porque esa persona es horrible y no me merece. No al revés. Y, si viera que alguien trata así a un amigo mío, le daría una patada en los huevos.

Con cariño,

Naomi

Capítulo 5

En busca de playas mejores

Naomi

—¡Tenías razón!

Una vez más, Anne me sobresalta, y por la sonrisita que lleva plasmada en la cara, creo que lo sabe.

—Deberías comprarte unos zapatos que hagan ruido si no quieres matar a alguien del susto. ¿En qué tenía razón?

Lanza un sobre sin abrir en mi escritorio. Han pasado tres días desde que recibí el primero.

—Dijiste que enviaría otra carta. Pues sí, tenías razón.

—No esperaba que fuera tan pronto.

Recojo el sobre, decepcionada al ver que esta vez tampoco ha puesto el remite. Lo abro.

Querida Naomi:

Me imagino lo enfadada que estarás por no poder responderme. Siempre necesitabas tener la última palabra, ¿a que sí? Tal vez, si hubieras aceptado mi invitación, no estarías comiéndote la cabeza para intentar averiguar cómo contestarme. Qué pena. Tú te lo pierdes.

Con cariño,

Luca

Anne lee la carta por encima de mi hombro. Levanta una ceja cuando llega al final.

—¿Con cariño?

—Siempre hemos firmado así todas las cartas. Bueno, casi todas. Estoy bastante segura de que lo ha escrito irónicamente.

—La última no la firmó así —apunta—. A lo mejor no intenta parecer irónico. Quiero decir, ¿cuántos años hace que os escribís?

—Está casado. —Acabo de caer en la cuenta de que nunca lo había dicho en voz alta. Soy consciente de las palabras saliendo de mi boca, pero suenan como si las pronunciara otra persona. Esas dos palabras se repiten como un eco en mi cabeza durante toda la conversación con Anne.

—Eso no le impidió escribirte.

—En realidad, creo que ese fue el motivo por el que dejó de escribirme.

—Quizá se ha divorciado.

No sé por qué, pero la idea de que Luca pueda estar soltero me acelera el pulso. Será porque significa que podríamos retomar nuestras cartas. Esbozo una sonrisa para que Anne no aprecie el remolino de emociones que siento.

—Oh, ¡yupi! ¡Qué suerte la mía!

Anne pone los ojos en blanco, aunque todavía sonríe.

—¿A qué se refiere con lo de aceptar su invitación?

—No estoy segura. A lo largo de los años me ha retado varias veces a que nos viéramos en persona, pero siempre formaba parte de alguna broma tonta. Hace mucho tiempo también me envió una solicitud de amistad en Facebook y la rechacé. A lo mejor se refiere a eso.

—Se está riendo de ti. Creo que quiere que averigües su dirección.

—¿Y cómo se supone que voy a hacerlo? Seguro que sabía que intentaría encontrarlo cuando me envió la última carta. Lo más probable es que desactivara su perfil de Facebook por esa misma razón.

—Inténtalo con la casa de su infancia. Aún tienes la dirección, ¿verdad?

Niego con la cabeza.

—No funcionará. La busqué en PeopleFinder. Ahora vive otra familia en esa casa.

—Puede que algún antiguo vecino todavía viva por la zona. Si alguien en su calle se llevaba bien con la familia, quizá sepa cómo encontrarlo.

—¿Qué se supone que debería hacer? ¿Enviar una carta a cada casa de la calle y esperar a que alguien me conteste?

—Es una opción.

—No se me ocurre otra —comento.

—Bueno…

—Bueno, ¿qué?

—¿Qué tal ir en persona y preguntar?

No puedo evitar reírme.

—Está en San Diego, Anne. A más de cuatro mil kilómetros de distancia.

—Siempre he querido ir a San Diego… —comenta, y frunce los labios. Yo arqueo las cejas.

—¿Por qué?

—Me han dicho que tiene playas mucho mejores.

—¿En serio? —pregunto, incrédula, y ella se encoge de hombros.

—Solo quería comprobar si era verdad.

—No conduciré hasta California para conseguir la dirección de mi antiguo amigo por correspondencia. Perdona, enemigo por correspondencia.

Anne parece perpleja.

—¿Conducir? ¿Quién ha dicho nada de conducir? Podríamos coger un avión esta noche y volver antes del lunes.

Me pongo histérica solo con pensar en volar, pero no quiero confesárselo a Anne y tener que explicarle el motivo.

—Eso suena caro.

—Apuesto a que no. ¿Tienes algo mejor que hacer este fin de semana?

51

—Tengo una cita con el vecino *sexy*.

—Oh, es verdad, me había olvidado. ¿Adónde vais?

Me encojo de hombros.

—No lo sé. No lo hemos hablado.

—Pero si vivís en el mismo edificio.

Pienso en cuando nos quedamos encerrados en el ascensor. Me planteé enviarle un mensaje esa misma tarde, pero me acobardé. Me pregunto si espera a que yo dé el siguiente paso o si, por el contrario, mi comportamiento en el ascensor lo ha asustado.

—¿Crees que debería cancelarlo? ¿No será raro si la cita no va bien y tenemos que seguir viéndonos en el vestíbulo durante el próximo mes?

—No creo que tengas que cancelar los planes por eso. Y, además, el mes que viene finalizas la compra de la casa. No tendrías que verlo durante mucho más tiempo.

Me levanto y recojo mis cosas para volver a casa. Anne también ha terminado la jornada, así que sale conmigo.

—Deberías averiguar los detalles de tu cita —sugiere cuando llegamos al aparcamiento.

—Sí, supongo que sí.

—O…

—¿O qué?

—¿O a lo mejor podrías retrasarla hasta el fin de semana que viene?

—¿De verdad te apetece tanto ir a San Diego?

—Será divertido. Además, necesito una excusa para salir y hacer algo este fin de semana. Últimamente, lo único que hago es quedar con tíos con los que no hay química solo porque ambos deslizamos a la derecha en Tinder. Me iría bien una escapada de chicas.

Suspiro. He pasado los últimos dos años intentando sacarme a Luca de la cabeza, y ahora ha vuelto por todo lo alto. Jamás imaginé que sería tan complicado superar a alguien que nunca he conocido en persona. Pero ese es el problema. Él solo es tinta sobre papel. Sé que, si nos vemos, nada volverá a ser lo mismo. Puede que eso sea lo que necesito.

Pienso en la cita con Jake. Peor momento, imposible.

Llegamos a mi coche y abro la puerta. Anne se detiene, espera junto al maletero y me mira fijamente.

—Necesito averiguar la dirección de Luca —digo.

—Imagina cómo se quedará cuando le envíes una carta. No creo que piense que vas a ir hasta San Diego para encontrarlo o para conseguir alguna pista.

—Tienes razón. Si no lo averiguo, seguirá enviando cartas al canal para burlarse de mí.

—Seguramente pensó que ganaría si eliminaba el perfil de Facebook. ¿Vas a dejarlo ganar?

Niego con la cabeza.

—Ni hablar. Nos vamos a San Diego.

Anne no puede contener su ilusión.

—Te llamo cuando llegue a casa. —Empieza a dar saltitos como una niña pequeña a la que acaban de decirle que irá a Disney World.

Yo me río y me meto en el coche mientras ella se dirige al suyo. Me encanta que ponga tanto empeño en encontrar a mi amigo por correspondencia.

Cuando entro en el edificio, veo que Jake está recogiendo el correo. Mira por encima de su hombro al oír que la puerta principal se abre, y gira la cabeza cuando se da cuenta de que soy yo. Sus labios se ensanchan en una sonrisa que me acelera el pulso. Hace mucho tiempo que alguien no se pone tan contento de verme. Su pelo oscuro está algo alborotado, y tengo el extraño deseo de peinarlo con los dedos. Me meto las manos en los bolsillos para evitar hacer algo embarazoso.

Lleva puesta otra camiseta que se ajusta a sus bíceps. Nunca hasta ahora había sentido celos de una camiseta. Cierra el buzón y gira todo su cuerpo hacia mí. Empiezo a arrepentirme de haber aceptado ir a San Diego este fin de semana. Me pregunto si podría cancelarlo, pero sé que Anne estará a punto de comprar los billetes de avión.

—Hola —lo saludo de camino a los buzones.

—Hola.

Mantiene el contacto visual mientras me acerco. Me percato de que un lado de su boca se alza más que el otro cuando sonríe. Sus ojos también tienen un azul más intenso, pero podría ser por la luz. Es difícil no mirarlo. Creo que nunca había conocido a un hombre tan atractivo como él. Caigo en la cuenta de que llevamos varios segundos mirándonos fijamente sin decir nada. Me aclaro la garganta.

—Bueno, eh, sobre este fin de semana… —No había pensado en lo difícil que sería esto hasta que me veo obligada a pronunciar las palabras—. Me ha surgido una cosa. ¿Podemos aplazarlo?

—Oh. —Su sonrisa se desvanece poco a poco. Ahora las dos comisuras están a la misma altura. Todavía sonríe, pero no deslumbra—. Sí, claro. Espero que todo esté bien.

—Todo perfecto. Tan solo un viaje de última hora a San Diego. —Pongo los ojos en blanco para intentar transmitir que el motivo del viaje no tiene importancia—. Pero podemos quedar el fin de semana que viene. O, bueno, cuando estés libre.

—El fin de semana que viene me va bien. San Diego, ¿eh? ¿Viaje de trabajo?

—No exactamente. Bueno, en realidad no tiene nada que ver. Me voy con Anne. —No quiero que se ponga celoso si le digo que intento encontrar a otro chico, sobre todo cuando he pospuesto nuestra cita precisamente por eso. Intento pensar en otra excusa—. Ella, eh, quiere ver cómo son las playas. Cree que podrían ser mejores que las de Miami.

Es una verdad a medias, pero de todos modos me siento mal.

—Oh, así que es un viaje de investigación.

Me río.

—Podría decirse que sí.

—Me han dicho las malas lenguas que la arena es más blanca aquí.

—No tengo ni idea. Nunca he estado en la costa oeste, aunque no creo que tengan tantas algas como aquí.

—Ya me comunicarás el veredicto.

—Lo haré. Nos vemos.

Una comisura de su labio se alza y completa su sonrisa torcida.

—Te acompaño arriba. A no ser que quieras subir con el ascensor.

—Ni hablar. —Me río.

Nos dirigimos hacia las escaleras. No caigo en la cuenta de que he olvidado revisar el buzón hasta que estamos a medio camino hacia el segundo piso.

—Debe de ser horrible tener que subir y bajar por las escaleras con la compra —comenta.

—Es mejor que la alternativa. ¿Y si cada vez que cojo el ascensor me quedo atrapada y todos los lácteos se echan a perder?

—Tienes razón. Pero al menos quedarías atrapada con la compra, así que tendrías algo para comer aparte de tu pie.

—De todos modos, nunca compro tanto. Solo para mí. Puedo subirlo todo en un solo viaje.

—Ah, eres una de esas personas que tiene que llevarlo todo de una vez.

—No confío en nadie que no lo haga. —Me giro para mirarlo cuando llegamos al tercer piso—. Oh, no. Por favor, dime que no eres de los que hacen varios viajes. ¿Solo subes una bolsa cada vez?

—¿Eso es un motivo de ruptura? —Frunce el ceño.

—Claro que sí —digo, y asiento.

—Bueno, entonces, qué suerte la tuya, porque prácticamente inventé el hacer un solo viaje. —Ignora mi gesto de desaprobación—. Trata de llevar toda la compra de una familia de scis sin ninguna ayuda y luego hablamos.

Levanto una ceja.

—Está bien, ahora solo quieres presumir. ¿Familia numerosa?

—Sí, ¿y tú? —Sonríe.

Yo sacudo la cabeza.

—Hija única. Siempre quise tener hermanos.

—Es un poco caótico —admite—, pero no lo cambiaría por nada del mundo.

De repente, me entran ganas de conocer a su familia. Sé que es absurdo; ni siquiera hemos tenido una cita.

Mi teléfono suena y lo saco del bolso para ver quién es.

—¿Tienes que contestar? —pregunta.

—Es Anne. Está organizando el viaje. —Suspiro.

Ojalá me pida que cancele el viaje y que pase todo el fin de semana con él. Quiero que me diga que me olvide de ese hombre que me enviaba cartas y que continúe con mi vida. Aunque él lo supiera todo, no estoy segura de que pudiera hacerlo. Necesito pasar página. No puedo dejar la situación con Luca con un final abierto.

—Pásatelo bien —se despide Jake—. Te veo cuando vuelvas.

Espero a que suba las escaleras y después contesto la llamada de Anne. Tengo que aguantar el teléfono con un hombro mientras abro la puerta.

—A ver, estoy buscando *online* y hay un vuelo directo a San Diego que sale en cuatro horas por menos de trescientos dólares.

—No está nada mal. —Por alguna razón, siempre había imaginado que los vuelos costaban mucho más.

—Es una ganga —comenta—. Llegaremos esta noche, y podemos reservar una habitación doble, a no ser que quieras habitaciones separadas, claro. Podremos buscar a tu enemigo por correspondencia a primera hora de la mañana. Si todo va bien, podríamos pasar el resto del día en la playa y coger un vuelo nocturno.

—Vale. ¿A qué te refieres con «vuelo nocturno»?

—¿Lo dices en serio? ¿Tantos años en la universidad y nunca has cogido uno?

—Nunca he ido en avión, Anne.

La oigo reírse de mí al otro lado de la línea.

—Pasaremos la noche en el avión y llegaremos a casa la madrugada del domingo. Así no pagamos dos noches de hotel.

—Genial. ¿Cómo consigo el billete? ¿Lo compro en el aeropuerto?

—¿En serio nunca has ido en avión?

—Si no dejas de reírte de mí, no voy.

—Está bien. Pero no. Quiero decir, sí que puedes comprar el billete en el aeropuerto, pero es más rápido hacerlo *online*. Te paso el enlace.

Me sudan las manos cuando cuelgo. Anne me envía el enlace de inmediato, y lo abro. No puedo creer que esté a punto de ir al aeropuerto para subirme a un avión. Introduzco mis datos personales en el formulario y me parece sorprendentemente fácil comprar el billete. Me preocupa que en cuanto pulse el botón para confirmar la reserva suene una alarma, la pantalla se ponga roja y se me deniegue la transacción. Quizá mi apartamento se llenará de agentes de seguridad. Mi dedo se cierne sobre el botón. Noto el latido de mi corazón. Cierro los ojos y toco la pantalla.

No ocurre nada. No suena ninguna alarma ni nadie irrumpe en mi casa. Abro los ojos y veo que no le he dado al botón. Le doy otra vez y espero conteniendo la respiración mientras observo cómo la página se queda en blanco, y luego carga con la confirmación de mi reserva. Exhalo aliviada, pero me digo que esta es la parte fácil. Ahora llega lo difícil: tengo que ir al aeropuerto.

Husky de ojos demoníacos

Naomi

Estoy en la acera frente a mi edificio, con la mochila colgando de un hombro, mientras espero a que Anne pase a recogerme. Una niña hace la rueda de un lado al otro delante de mí. Se me da fatal adivinar la edad, pero diría que tendrá alrededor de unos cinco o seis años. O puede que diez.

Cuando hace la cuarta pirueta delante de mí, miro a mi alrededor y me pregunto dónde están sus padres. Nadie parece hacerse cargo de la joven acróbata de la acera. La miro con las cejas enarcadas mientras deja de dar vueltas y se agacha junto a un arbusto que bordea la acera. Entonces, como si supiera que alguien la observa, se levanta, se da la vuelta y me observa.

—¡Mira esto!

No tengo más remedio que mirar la mano extendida de la niña, que de golpe está mucho más cerca de mi cara de lo que me hacer sentir cómoda. En uno de sus dedos hay lo que parece ser un bigote falso. Frunzo el ceño y trato de averiguar por qué me lo muestra, y entonces veo que el bigote se mueve.

—¿Qué es eso? —pregunto, atónita.

—Una oruga.

—Oh, qué mona. —Es la oruga con más pelo que he visto en mi vida. Ni siquiera sabía que las orugas podían ser tan peludas.

—¿Quieres sujetarla, Gnomo?

Tardo un segundo en comprender que no me está llamando gnomo, sino que intenta pronunciar mi nombre.

—Quizá deberías dejarla en el suelo —sugiero—. Podría ser venenosa.

—Qué va, las orugas no son venenosas. —Pone la otra mano delante de la oruga. Las dos la observamos mientras pasa de una mano a la otra—. Esta se convertirá en una polilla.

—Ah, ¿sí? —Miro otra vez a mi alrededor. Anne debería estar al caer, y, cuando yo me vaya, la niña se quedará sola, sin supervisión—. ¿Dónde están tus padres?

—Mamá está limpiando el baño. No sabe que estoy aquí fuera.

—Probablemente deberías volver dentro antes de que se dé cuenta de que no estás y se preocupe. —La niña esboza una mueca.

—¿Puedo llevarme la oruga dentro?

Me lo planteo durante un momento.

—Creo que es mejor que la dejes en ese arbusto, donde la has encontrado. Así podrá construir un capullo y convertirse en mariposa.

—Polilla —me corrige.

—Ya.

Anne toca el claxon cuando llega a nuestro lado. La niña corre a soltar la oruga en el arbusto. Dejo la mochila en el asiento trasero del coche de Anne, tomo asiento delante y observo desaparecer a la niña en el interior del edificio.

—¿De quién es la niña?

—Ni idea —respondo—. Vive en el edificio, y cree que me llamo Gnomo.

—¿Gnomo? Qué gracioso.

—Por favor, ni se te ocurra usarlo conmigo.

—¿Estás emocionada por volar por primera vez, Gnomo?

—Estoy un poco nerviosa, Anette. —Anne pone cara de disgusto.

—Está bien, de acuerdo, lo siento. Olvida que te he llamado así. —Nos quedamos calladas durante un rato de camino al aeropuerto—. De todos modos, no hay nada de lo que preocuparse. ¿Sabes lo improbables que son los accidentes de avión?

—No estoy nerviosa por eso. —En cuanto lo suelto, me arrepiento. Que te den miedo los accidentes de avión es mucho más fácil de explicar que lo que en realidad me hace replantearme el viaje. Anne está confusa.

—Entonces, ¿por qué estás nerviosa?

—Nada, es una tontería.

—Eres tú la que ha sacado el tema.

—Da igual. Estoy segura de que todo irá de perlas. —No me creo ni una palabra de lo que digo, pero al menos tengo que fingir que soy normal.

—Te da miedo vomitar, ¿verdad? —pregunta—. ¿Sueles marearte?

—Sí, es eso —miento—. No puedo subirme a una montaña rusa sin vomitar.

—No te preocupes, todo irá bien. Antes, yo vomitaba cada vez que me subía a un avión. Te enseñaré a superarlo.

—Gracias. —Ahora tengo dos cosas de las que preocuparme. Ni siquiera me había planteado que, si lograba subir al avión, existía la posibilidad de que acabara vomitando.

Llegamos al aeropuerto y Anne deja el coche en el aparcamiento. Yo respiro hondo. Estoy más nerviosa que cuando me ha pasado a recoger.

—Me he olvidado el pasaporte —digo—. Es demasiado tarde para ir a buscarlo, ¿no? Deberíamos marcharnos.

Anne pone los ojos en blanco y me agarra del brazo para arrastrarme hacia la terminal.

—No necesitas el pasaporte para ir a California.

Siento que floto mientras dejo que me lleve hacia la entrada del aeropuerto. Estoy sudando y tengo frío al mismo tiempo. Estoy segura de que, si Anne me mirara, se asustaría de lo pálida que estoy. De camino al control de seguridad, observo a los agentes que tenemos delante. Cuando cruzo la mirada con uno de ellos, la aparto de inmediato, no quiero llamar la atención.

Me inclino hacia Anne cuando llegamos a las máquinas de rayos X.

—¿Y si no me dejan pasar? —susurro.

Se ríe de mí. Me queda claro que cree que es una broma.

—¿Tienen alguna razón para no hacerlo?

—No lo sé. Quizá. No me harán quitarme la ropa, ¿verdad?

Ella estudia la fila delante de nosotras.

—No veo que nadie se desnude. Estoy bastante segura de que para eso sirven las máquinas. Pero no me quejaría si ese chico con el brazo tatuado me dice que tiene que cachearme.

—¿Qué chico? —No recuerdo haber visto a ningún agente con tatuajes.

—El de la camisa azul —señala.

—Ese no es un agente de seguridad, Anne. Es… —Me fijo en que el chico del tatuaje despliega un carrito de bebé y que una mujer deja a la criatura que llevaba en brazos dentro—. Es un pasajero. *Además,* está casado.

—A mí no me importa.

Le golpeo el brazo con el codo.

—Eres horrible.

Estoy demasiado ocupada con los comentarios inapropiados de Anne para darme cuenta de que soy la primera de la fila. Paso por el escáner y contengo la respiración cuando el agente me dice que me ponga a un lado y espere. Todos mis miedos están a punto de convertirse en realidad. Alguien me pedirá que lo acompañe y me arrestará o me dirá que tengo que…

—Muy bien, puedes pasar —dice el agente antes de que pueda terminar con ese hilo de terribles pensamientos. Recojo mis cosas de la cinta a toda prisa. Anne pasa por el escáner momentos después y continuamos nuestro camino por el aeropuerto.

Vamos a uno de los restaurantes a comer algo, y luego llegamos a nuestra puerta de embarque justo a tiempo. Nos toca sentarnos en la cola del avión.

En cuanto llegamos a los asientos y nos acomodamos, el teléfono me vibra. Miro la pantalla y siento una oleada de emoción al ver que he recibido un mensaje de Jake.

> **Vecino sexy:** El ascensor acaba de temblar cuando bajaba. Me ha hecho pensar en ti.

Sonrío. Me pregunto si se lo ha inventado para tener una excusa para escribirme.

> **Naomi:** ¿Te has quedado atrapado?

> **Vecino sexy:** Nop. Solo un pequeño temblor. ¿Ya estás en el avión?

> **Naomi:** Acabo de sentarme. Ya han anunciado que tenemos que apagar los teléfonos.

—¿Cómo ha reaccionado tu *husky* de ojos demoníacos cuando has cancelado la cita?

La pregunta de Anne me distrae del teléfono. La combinación de palabras que acaba de usar me ha confundido tanto que es como si hubiera hablado en otro idioma. Frunzo el ceño, y, como no me pregunta otra vez ni intenta aclarar lo que ha dicho, me veo obligada a preguntar.

—¿Qué acabas de decir?

—Cuando has cancelado —repite.

—Eso lo he oído. No tengo ni idea de lo que significa el resto de la frase.

—*Husky* de ojos demoníacos —repite, como si fuera obvio—. Ya sabes. Tu vecino *sexy* con los ojos de ese azul intenso con quien tenías una cita justo este fin de semana.

—Oh. —Me encojo de hombros—. Se lo ha tomado bien.

—Se lo has dicho, ¿no?

—Claro. Lo que no entiendo es el apodo.

—Venga ya. ¿No crees que parece un *husky* de ojos demoníacos?

—A ver, ahora que lo dices, lo de *husky* puedo entenderlo. Pero ¿por qué ojos demoníacos? Suena malvado.

—Si me dijeras su nombre, no tendría que llamarlo *husky* de ojos demoníacos.

—Se llama Jake.

Mira mi teléfono por encima de mi hombro. Cuando ve el nombre de su contacto, pone los ojos en blanco.

—¿Lo has guardado así? Seguro que un hombre tan atractivo no necesita que le hinchen el ego.

—Solo quiero divertirme un poco hasta que me mude. Además, fue él quien guardó así el contacto.

—Si tienes que usar un apodo, *Husky* de ojos demoníacos suena mejor —asegura.

—No me gusta lo de «demoníacos». ¿Qué tal limitarlo a Ojos de *Husky*?

Frunce los labios y el ceño. Me arrebata el teléfono.

—¡Ey! ¿Qué haces?

Veo que cambia el nombre de «Vecino *sexy*» a «Ojos de *Husky*». Después, apaga el teléfono antes de que pueda hacer nada al respecto. Me lo devuelve y se gira hacia la ventanilla.

—Ay, mira —comenta—. Ya estamos volando.

—Oh, es verdad. —He notado que el avión despegaba, pero estaba demasiado absorta en la conversación con Anne para decir algo.

—¿Ves? No está tan mal.

Por un momento, observo las casas pequeñas y los coches desde la ventanilla, y luego agarro la mochila de debajo del asiento, la abro y saco una carpeta.

—¿Qué es eso? —pregunta Anne.

—Algo de lectura para que nos entretengamos durante las próximas horas. —Abro la carpeta y le muestro una pila de cartas que he seleccionado para Anne.

Abre los ojos de par en par y agarra la primera hoja.

—¿Son de Luca? —pregunta.

—Son las cartas que me mandó durante el instituto.

Lee la primera con el ceño fruncido y luego se le escapa una carcajada que hace que algunas de las cabezas de las filas de delante se giren para mirarnos.

—¿Qué le contestaste? —pregunta. Pasa a la siguiente página, decepcionada al ver que no es mi respuesta, sino otra carta de Luca.

—Nunca me devolvió mis cartas, así que solo tengo las suyas. Pero estas las recuerdo como si las hubiera recibido ayer. Seguro que puedo decirte lo que contesté.

Capítulo 7

La desgraciada mujer ciega

Luca

Lo bueno de Naomi era que no importaba lo cruel que fuera o mi mal humor el día que escribía las cartas, ella siempre contestaba. Y yo me portaba muy muy mal. El año después de que mi padre nos abandonara, Naomi se convirtió en mi saco de boxeo virtual. Nunca le conté lo que pasó porque no quería que se comportara como todo el mundo y que sintiera lástima por mí. Cuando me desahogaba con Ben o con mi novia, trataban de darme consejos inútiles o se disculpaban, aunque no tuvieran la culpa de nada. Pero, cuando descargaba mis preocupaciones en las cartas a Naomi (en las que normalmente escribía lo que quería decirle a mi padre), ella contraatacaba con algo igual de cruel o perturbador, y a menudo me hacía reír.

Fue durante el instituto cuando el tono de las cartas cambió. Ya no eran insultos inocentes de dos niños. No sé en qué momento cruzamos esa línea, o quién la cruzó primero, pero ninguno de los dos daría su brazo a torcer.

Querido Luca:

Se supone que debería estar escribiendo una redacción ahora mismo, pero no puedo concentrarme, porque mis primas han montado un salón de belleza en mi habitación y quieren que juegue con ellas. Courtney le depila las cejas a Bella, que no para de gritar todo el rato. Con tanto jaleo en casa, es muy difícil escribir sobre la guerra civil, pero me ha hecho pensar en ti.

Me encantaría arrancarte los pelos de las piernas, uno a uno, y con pinzas. Creo que escucharte gritar de dolor sería realmente satisfactorio. Después, desearía que, cuando te crecieran de nuevo, tuvieras pelos encarnados y que, cuando intentaras quitártelos, se te infectaran y al final tuvieran que amputarte la pierna. Luego, cuando el doctor te diera una prótesis, que fuera unos centímetros más corta y tuvieras que ir cojo el resto de tu vida.

Con cariño,
Naomi

Querida Naomi:

Mi madre se depila las cejas con pinzas y siempre habla de ir a hacerse la cera. No entiendo por qué las chicas queréis sufrir de forma voluntaria. Usa una cuchilla o algo así. De todos modos, tendrías que dejar que tus primas te hagan un cambio de imagen. Seguro que lo necesitas.

Me gustaría saber por qué estás tan obsesionada con el pelo de mis piernas y con la idea de que tengan que amputarme una. ¿Es porque en realidad quieres venir a San Diego a cuidarme? Dejaré que me depiles las piernas con pinzas si eso significa que te tendré de rodillas delante de mí.

Con cariño,
Luca

Querido Luca:

Es asqueroso que para ti todo sea sexual. No me sorprende; seguro que no has echado ni un polvo. Es probable que sigas virgen a los cincuenta, hasta que alguna desgraciada mujer ciega de la residencia de ancianos te toque por accidente porque te confunda con su marido. Además, tendrás suerte de que su marido tenga una polla pequeña, así ella no notará la diferencia.

Con cariño,

Naomi

Querida Naomi:

Te equivocas. No soy virgen y, de hecho, he tenido muchas novias, así que no acabaré solo en una residencia de ancianos; tú sí. Probablemente, serás esa mujer ciega que juega con el micropene equivocado.

Además, no tengo la polla pequeña. ¿Quieres que te envíe una foto la próxima vez para que lo veas con tus propios ojos?

Con cariño,

Luca

Querido Luca:

Seguro que has tenido tantas novias porque eres malo en la cama. Que tengas la polla grande no significa que sepas usarla, y tener muchas novias no asegura que no termines más solo que la una. Además, paso de que me envíes una foto de tu polla. No quiero que mi pobre buzón pille clamidia.

Con cariño,

Naomi

Al final de mi penúltimo año de instituto, coqueteábamos en la mayoría de nuestras cartas. O quizá solo era fruto de mi imaginación porque era un adolescente con las hormonas revolucionadas. Ben salía con Yvette desde hacía dos años y pasaba todo el tiempo con ella. Ese año solo teníamos una clase juntos, así que era el único momento en que nos veíamos. Pero daba igual; las cosas ya no eran como antes. Él había hecho amigos nuevos en otras clases, y yo empecé a sentirme un poco marginado. A mí nunca se me había dado bien socializar, y supongo que siempre había contado con que Ben sería mi mejor amigo.

A diferencia de él, que tenía metas a largo plazo para su relación, yo no estaba interesado en salir con ninguna chica más allá de una o dos semanas. Había sido divertido durante unos años, pero en el penúltimo curso del instituto ya había estado con la mitad de las chicas de mi clase. El resto o no me parecían atractivas o estaban prohibidas porque ya había salido con alguna amiga suya. Pasé la mayor parte del año sin nadie. Mis notas mejoraron, pero me sentía solo.

Al final del curso, todos mis amigos se habían dado de alta en una página web de la que mi madre formaba parte desde hacía años que se llamaba Facebook. Al principio, fui reacio a crearme una cuenta, pero al final me subí al carro y lo hice. Como imagen de perfil, puse una foto en la que aparecíamos Ben, dos amigos suyos y yo en la playa.

Una noche, por culpa de una mezcla de aburrimiento (en su mayor parte) y un poco de soledad, tecleé «Naomi Light» en el buscador. Hacía varios años que intercambiábamos cartas, y me preguntaba cómo era, aunque vacilé un poco antes de presionar *enter*. No estaba seguro de querer saberlo. En muchas de mis cartas le había insinuado que era fea, pero no sabía si era verdad. Tenía miedo de que, si lo descubría, todo cambiara. Cuando me la imaginaba, la veía como una chica mona. Era una de las razones por las que era divertido tontear con ella. ¿Querría seguir escribiéndole después de saber que era un ogro?

De todos modos, le di a la tecla y esperé a que la búsqueda cargara. Aparecieron algunos resultados (la mayoría de mujeres mayores), pero había un perfil de una adolescente de Oklahoma City. Entré en el perfil y contuve la respiración. Esa no podía ser la chica con la que me enviaba cartas desde hacía años. Comprobé otra vez el perfil, y confirmé que vivía en Oklahoma City y que iba al mismo curso que yo. Entonces, hice clic en su foto de perfil para verla mejor.

Naomi tenía el pelo rubio cobrizo y la piel clara, y algunas pecas salpicaban su nariz. Tenía los ojos de un color azul oscuro, los labios, carnosos y rosados, y los dientes, perfectamente blancos y rectos. Le salían hoyuelos en los mofletes al sonreír. Pasé a la siguiente foto. Llevaba puesta ropa deportiva. Estaba en forma, con las piernas tonificadas, en medio de un grupo de chicas. Me pareció la más guapa. Me quedé con la boca abierta. Miré la siguiente foto, y seguí haciendo clic para ver más. Quería ver todas las fotos que se había tomado a lo largo de su vida.

No podía creer que, durante todo ese tiempo, le hubiera escrito a *ella*. Hacía que la chica más guapa de mi instituto pareciera un hongo en comparación. De repente, deseé retirar todos los insultos que le había enviado.

Consideré mandarle una solicitud de amistad, pero entonces sabría que la había buscado. No sabía por qué no quería que lo supiera. En lugar de enviársela, agarré una hoja de papel y un bolígrafo.

Querida Naomi:

Por fin me he creado un perfil de Facebook. Estoy bastante seguro de que he sido el último de mi clase en subirme a ese tren. Es un poco extraño entrar y ver todos los pensamientos aleatorios que mi madre publica. A veces, cuando inicio sesión, tengo cincuenta notificaciones y, por un segundo, pienso que soy popular, pero, cuando le doy al icono, solo son los «me gusta» y los comentarios de mi madre. Creo que es la única amiga que tengo. Patético, ¿verdad?

¿Deberíamos ser amigos en Facebook? Es decir, si tienes una cuenta. Avísame y te busco para añadirte.

Con cariño,

Luca

Querido Luca:

¿Qué te hace pensar que querría ser amiga tuya en Facebook? No te molestes en enviarme una solicitud. Ni me busques, ¿de acuerdo? Ah, y sé más amable con tu madre.

Besos,

Naomi

No era la respuesta que esperaba. Pensé que leería mi carta y que después, por pura curiosidad, entraría en Facebook y me buscaría. Vería que yo estaba más bueno que cualquier chico de su instituto y me enviaría una solicitud de amistad, o, por lo menos, me diría que le parecía bien que yo le enviara una.

Su carta me desanimó tanto que la guardé y no le contesté en un mes. Tenía la esperanza de que cambiara de opinión si no le respondía, o de que, por lo menos, me buscara y se diera cuenta de lo que se perdía. Pero no ocurrió.

Cómo convertirse en un acosador

Naomi

—¿Por qué no querías ser amiga suya?

Anne ha terminado de leer las cartas que Luca me envió durante los tres primeros años de instituto mientras yo las leía por encima de su hombro y le contaba, hasta donde me acordaba, lo que había contestado.

—No lo sé. Echando la vista atrás, supongo que quise poner algo de distancia. —Me encojo de hombros.

—¿No tenías curiosidad por saber cómo era?

Lo busqué después de recibir aquella carta. Mentiría si dijera que Luca no me gustó en algún momento, pero no lo admitiría delante de Anne. Tenía el perfil privado, de modo que lo único que podía ver era su foto de perfil, en la que aparecía con un grupo de chicos en la playa, todos con gafas de sol y con los brazos cruzados, como si se creyeran dioses griegos. Y lo eran, al menos mi yo del instituto pensó que estaban para mojar pan, pero eso no era importante.

—Cuando me llegó la carta de Luca, yo tenía novio. No me importaba su aspecto. Además, tenía el perfil privado.

Omito que visité su perfil muchas veces para intentar averiguar qué chico de la foto era Luca, y que deseé con todas mis fuerzas que cambiara los ajustes del perfil para que pudiera husmear un poquito más sin que se diera cuenta.

—Vaya, ¿en serio? —exclama—. Yo habría aceptado su solicitud de amistad.

Me lo pienso un momento y trato de recordar mi razonamiento para rechazar a Luca.

—Has leído sus cartas —le recuerdo—. Era mezquino y repudiable, y no quería que dejara comentarios como esos en mi página de Facebook para que lo viera todo el mundo.

También disfrutaba redactando las cartas y enviándolas por correo, y me daba miedo que, si Luca y yo encontrábamos otra vía de comunicación, quedaran olvidadas. No estaba preparada para cerrar ese capítulo. Supongo que a día de hoy aún no lo estoy; por algo me encuentro en un avión de camino a San Diego después de pasar dos años sin saber nada de él.

—Supongo que eso tiene sentido. Aun así, yo habría aceptado la solicitud al menos durante un minuto para ver cómo era. De hecho, he buscado en Facebook a casi todo el mundo con quien he intercambiado correos por trabajo.

—¿En serio? ¿Por qué?

—Digamos que me gusta poner cara a la gente.

—Admito que ahora tengo curiosidad. ¿Crees que borró su perfil solo para ponérmelo más difícil?

Anne asiente.

—Y seguramente ha pagado para borrar su información en PeopleFinder. Eso, o no se llama Luca Pichler.

—No es posible. Es el nombre que me dio la escuela cuando empezamos el programa de amigos por correspondencia.

—Tienes razón. Si es así, entonces se ha tomado muchas molestias para que no lo encuentres.

—No pasa nada —digo—. No necesitamos Facebook ni el registro público para encontrarlo. Lo localizaremos a la vieja usanza.

Desearía haber pensado en hacer esto mucho antes, pero imaginé que tenía una razón para distanciarse de mí: su mujer. Probablemente, habría sido un poco raro que una desconocida (yo) se presentara en su casa en busca de un tal Luca. Por otro lado, quizá todavía están juntos. A lo mejor aún es raro. No tengo ni idea de dónde me estoy metiendo.

—Será divertido… —comenta Anne. Mete las cartas en la carpeta y la deja en mi mochila antes del aterrizaje. Todavía quedan otras que leeremos en el aeropuerto mañana por la noche.

—¿Es una mala idea? ¿Y si se mudó a su casa de la infancia y, cuando me plante en su puerta, llama a la policía para que me arresten por acoso? O peor: ¿y si me rocía gas pimienta?

—Es poco probable —contesta—. Además, él ha tenido que investigarte un poco para averiguar dónde trabajas.

Me imagino a Luca haciendo el mismo paripé que nosotras. Me pregunto qué lo ha llevado a este punto, y por qué se ha puesto en contacto conmigo después de dos años. ¿Por qué ahora? Que se olvidara de mí durante tanto tiempo y que haya vuelto a mi vida sin que yo pueda contactar con él es un golpe bajo. Aunque quizá «olvidar» no es la palabra adecuada. Ambos nos distanciamos, e imaginé que había seguido con su vida. Sin embargo, durante todo este tiempo, él nunca abandonó mis pensamientos.

No me parece justo que sea tan difícil encontrarlo. Supongo que fue algo más fácil para él; mi nombre y mi cara salen en las noticias cada mañana.

Esta mañana, Anne me ha despertado temprano para emprender la búsqueda, y aquí estamos, a las ocho en punto delante de la casa de su infancia. Es de color azul pálido y tiene las persianas blancas. El buzón está en una esquina del terreno. Me gustaría saber si es el mismo buzón en el que recibió las innumerables cartas que envié a esta dirección durante tantos años.

—No habrá sido tan difícil —comento—. Lo único que ha tenido que hacer es buscar mi nombre para encontrar todas y cada una de mis secciones del tiempo. Seguro que no ha volado a Miami para encontrarme.

—Bueno, a ti tampoco te ha dejado elección.

—Eso sonará completamente normal delante de un jurado. «No fue culpa mía, su señoría; ¡lo único que podía hacer era acosarlo!».

Anne pone los ojos en blanco.

—Tranquila. Lo peor que puede pasar es que pida una orden de alejamiento, aunque dudo que lo haga. ¿Por qué se complicaría la vida para buscarte y escribirte solo para echarse atrás y pedir una orden de alejamiento?

Sé que tiene razón; intento retrasar lo inevitable. Respiro hondo y observo la casa un rato. Me imagino a Luca de niño, que corre hacia el buzón para ver si ha llegado algo para él. Me pregunto si se emocionaba tanto como yo al revisar el correo. Hubo momentos en los que pensé que me odiaba. Algunas de sus cartas eran tan crueles, y tan íntimas, que no entendía por qué me seguía escribiendo. A veces incluso amenazaba con no volver a escribirme, pero al final siempre lo hacía.

Me pregunto si tan solo era un niño lleno de rabia. A veces lo parecía, pero también era posible que le gustara molestarme. Me lo imagino de adolescente, saliendo por esa puerta principal para revisar el correo en busca de mis cartas. Es difícil imaginármelo, porque no sé cómo es, por lo que cada vez que sale de la casa es diferente. A veces es rubio; otras, moreno. A veces es alto; otras, bajo.

—¿Estás asustada? —pregunta Anne tranquilamente para sacarme de mi ensoñación.

—Un poco.

—Nadie te rociará con gas pimienta. Solo ve y llama a la puerta. Es probable que los estés asustando, aquí de pie, mientras vigilas su casa.

Suspiro y me obligo a subir los escalones hasta el porche. Toco el timbre y contengo la respiración.

Una mujer aparece al otro lado de la puerta mosquitera. La abre y se queda a la espera.

—¿Puedo ayudarlas?

—Hola —saludo, aunque tengo que luchar para recuperar la voz—. Me preguntaba si sabía algo sobre la familia que vivió en esta casa.

Se encoge de hombros.

—¿La familia Jones? ¿Sois del censo o algo así?

—No, solo… ¿Sabe cuánto tiempo vivieron en la casa? ¿Había alguien llamado Luca? ¿Luca Pichler?

—Ni idea. No los conozco. A veces recibo su correo.

—¿Qué hay de los vecinos? ¿Sabe cuánto hace que viven aquí?

La mujer resopla. Percibo su impaciencia.

—No lo sé, solo llevo un año viviendo aquí. No hablo mucho con los vecinos.

—De acuerdo, muchas gracias. Perdón por las molestias.

La mujer desaparece dentro de la casa y deja que la puerta se cierre detrás de ella. Anne y yo nos encogemos de hombros a la vez, bajamos del porche y caminamos hasta la acera.

—Suponía que no sabría nada de él —digo—. No me ha escrito desde esta dirección en años, desde que íbamos al instituto.

—Tiene que haber algún vecino que haya vivido aquí lo suficiente para acordarse de él o de su familia —sugiere Anne—. ¿Por dónde quieres empezar?

—Por los vecinos más cercanos.

Mientras avanzamos por la manzana, me vibra el teléfono con un mensaje. Por un segundo, se me olvida que Anne cambió el nombre de contacto en mi teléfono y me desconcierta recibir un mensaje de alguien que se llama «Ojos de *Husky*».

Ojos de Husky: ¿Qué tal San Diego? ¿Mejor que Miami?

Naomi: Es precioso. Puede que no vuelva nunca.

Ojos de Husky: No puedes tomar una decisión tan importante como esa sin salir conmigo.

Naomi: Debes de tener mucho ego para pensar que una cita puede hacerme cambiar de opinión.

Ojos de Husky: No será solo una.

Releo el mensaje para averiguar cómo es posible que una frase tan sencilla me derrita por dentro. Me siento aturdida, y me doy cuenta de que estaba conteniendo la respiración. No tengo ni idea de cómo se supone que debería contestar. Recobro la respiración y empiezo a teclear.

Naomi: Ah, ¿no? Alguien tiene el ego por las nubes. ¿Qué pasa si al final me odias?

Ojos de Husky: No creo que eso ocurra.

Naomi: ¿Qué planes tienes hoy?

Ojos de Husky: Pasaré el día con la familia, aunque pensaré que ojalá estuviera dando un paseo por la playa con una meteoróloga muy mona a la que conozco...

Anne me asusta cuando me agarra de un brazo y tira de mí hacia la otra acera.

—Tierra llamando a Naomi. ¿En serio no has visto ese poste?

—¿Qué? Oh. —Miro hacia atrás y veo que acaba de evitar que choque contra un poste de madera.

—¿Por qué sonreías? —pregunta, y señala mi teléfono. Entrecierra los ojos y sonríe con complicidad—. Es Ojos de *Husky*, ¿verdad? ¿Te ha mandado fotos *sexys*?

Me río.

—No. Es decir, sí, es él; pero no, no me ha enviado ninguna foto. —El teléfono me vibra otra vez. Lo meto en el bolsillo sin mirarlo por si Jake decide contradecirme—. Venga, vayamos a esa casa.

La última residencia de la esquina tiene los arbustos tan descuidados que ocupan el camino hacia la puerta principal. Tenemos que esquivarlos para llegar al porche. No hemos tenido mucha suerte con las casas de alquiler vacacional de la calle, pero al menos esta no se ve tan meticulosamente cuidada como las otras, así que espero que haga tiempo que los inquilinos viven aquí.

No hay timbre, de modo que llamo ligeramente a la puerta de madera y espero. Se oyen los ladridos de un perro pequeño. Un momento después, la puerta se abre y veo a una mujer mayor que lleva unas gafas que le hacen los ojos enormes. El perro sigue ladrando desde alguna habitación trasera de la casa.

—Buenos días, señora —saludo—. Espero no molestarla.

—Para nada —dice. Sonríe y nos muestra una dentadura que es demasiado grande para su pequeña cara.

—Me llamo Naomi, y esta es mi amiga Anne. Intentamos encontrar a alguien que vivía en esta calle. Me preguntaba si podría decirnos cuánto tiempo lleva en esta casa.

—Yo me llamo Carol Bell, encantada —dice mientras nos estrecha la mano—. Podría deciros cuánto llevo aquí, pero adivinaríais mi edad. —Nos ofrece una sonrisa descarada y un guiño—. He vivido aquí toda la vida. Mi padre construyó la casa.

Anne me da un codazo y, cuando la miro, está dando saltitos de emoción. Me centro de nuevo en Carol.

—Qué bien —aseguro—. Es una casa preciosa. Apuesto a que le encanta vivir tan cerca del mar.

Carol asiente.

—No lo cambiaría por nada del mundo.

Me giro un poco y señalo la antigua casa de Luca.

—¿Ve esa casa azul en mitad de la calle? —Se asoma por la puerta para ver hacia dónde señalo—. ¿Recuerda la familia que vivía allí hace unos años? Se apellidaban Pichler. Creo que vivieron ahí durante cerca de una década, quizá más. Tenían un hijo que se llamaba Luca.

Ella frunce los labios, pensativa.

—Ah, sí —responde al cabo de un segundo—. Me acuerdo de los Pichler. Una familia simpática, pero lo pasaron bastante mal. Me preocupaba ese niño. ¿Lo conoces? ¿Cómo está?

Me gustaría saber a qué se refiere con que su familia lo pasó mal. Parece un buen barrio y, en sus cartas, Luca nunca se quejó de tener una infancia complicada.

—Luca era mi amigo por correspondencia, y nos perdimos la pista al cabo de los años. Tenía la esperanza de que supiera algo de él o de su familia. Me encantaría volver a escribirle.

—Oh, qué monada —comenta Carol. Frunce los labios y deja que sus ojos se posen de nuevo en la casa azul. Cuando continúa, su tono ha cambiado—. Lydia y su marido se peleaban constantemente. No creo que él la pegara nunca, pero sí que despertaban a todo el vecindario cuando se gritaban en medio de la calle. Tuvimos que llamar a la policía varias veces, pero nunca arrestaron a ninguno de los dos. Un día, el padre se marchó sin mirar atrás. Seguramente fue lo mejor que podría haberles pasado, pero creo que el niño se lo tomó bastante mal. Unos años después, Lydia enfermó. No puedo imaginarme lo que es ser un niño y perder a ambos padres antes de terminar la escuela.

Carol cuenta todo esto de forma neutra. Seguramente da por sentado que yo ya lo sabía porque era la amiga por correspondencia de Luca. La miro fijamente, atónita, e intento procesar lo que dice. No sabía que el padre de Luca lo había abandonado ni que su madre estuvo enferma. Nunca lo mencionó en ninguna de sus cartas. Aunque, ahora que lo pienso, puede que lo revelara entre líneas. Recuerdo las pocas cartas que eran más duras que las demás, aquellas tan mezquinas que no parecían un juego. Creo que no entendí la gravedad de la situación. Decido que, cuando vuelva a casa, releeré todas las cartas. Tiene que haber algo que se me pasó por alto.

—Tuvo que ser duro —comenta Anne—. Y su madre…

—Falleció —dice Carol.

—¿Qué le pasó a Luca? —pregunta Anne.

Agradezco que haga estas preguntas porque yo estoy demasiado absorta pensando en Luca para hablar. No puedo ni imaginar por lo que tuvo que pasar. Ahora lo veo con una luz completamente distinta. Siempre había querido saber por qué era tan cruel. Nunca habría adivinado que se debía a que había sufrido y perdido tanto a una edad tan temprana. Me siento culpable por no haber sabido hacerlo mejor. Desearía haber leído más allá de sus palabras y haberle ofrecido apoyo, pero quizá eso habría arruinado lo que compartíamos.

Espero que tuviera a alguien con quien hablar.

—Cuando me enteré de que Lydia había fallecido, Luca ya se había marchado. Nunca supe nada más de él, aunque tampoco lo esperaba. Para él, yo solo era la señora mayor al final de la calle. —Carol me mira—. ¿Fue esa la última vez que supiste de él?

Niego con la cabeza y noto un nudo en la garganta.

—Siguió escribiéndome durante años después de eso. La última vez que supe de él, le iba muy bien. Estaba a punto de casarse. —Fuerzo una sonrisa.

Los ojos de Carol se iluminan.

—Qué maravillosa noticia. Nunca dejé de preocuparme por ese chico. Me alegra saber que está bien.

—Esperaba que usted tuviera idea de dónde vive ahora, pero supongo que no lo sabe. ¿Conoce a alguien más de la familia, o a alguien que sepa cómo contactar con él?

—Por desgracia, no —responde, y niega con la cabeza—. Era hijo único, y también lo eran sus padres. Hasta donde yo sé, el chico no tenía ni primos, ni tíos ni tías. Nunca recibían visitas. —Presiona los labios, pensativa—. Sí que tenía un amigo que vivía a la vuelta de la esquina, pero nunca supe exactamente en qué casa. Estoy segura de que también se ha marchado. Los jóvenes de hoy en día ya no se quedan en casa de sus padres.

Miro a la calle por encima del hombro y me imagino a Luca montando en bicicleta con su amigo. Me pregunto si era uno de los chicos que aparecían en la foto de la playa que Luca tenía en el perfil de Facebook. La imagen se interrumpe por las palabras de Carol, que aún resuenan en mi mente. Luca creció en un hogar roto y perdió a su madre. Mientras, yo crecí dando por sentada la felicidad.

—No, ya no —coincido con ella—. En mi caso, si me hubiera quedado con mis padres, seguiría viviendo en un cámper decrépito en Oklahoma.

Mi familia no tenía mucho dinero, pero la idea de perder a cualquiera de mis padres no se me había pasado por la cabeza. Nunca me cuestioné si mi padre volvería a casa. No es justo que esa fuera la realidad de Luca.

—Necesitas encontrar a un hombre que te construya una casa, como lo hizo mi padre para mi madre —comenta Carol.

—Ese es un buen requisito para una relación —conviene Anne con una sonrisa. Está claro que no es consciente de lo mucho que me cuesta mantener la compostura. Vine aquí en busca de respuestas, pero no esperaba encontrar algo que me dejara con un torbellino de emociones.

Me aclaro la garganta.

—Eso seguramente es bastante difícil de encontrar hoy en día —digo. No es que necesite que un hombre me construya una casa. He trabajado muy duro estos últimos años para ahorrar y comprarme mi propia casa sin ayuda de nadie, excepto del banco.

—Desearía poder ayudaros —se lamenta Carol.

—Lo ha hecho —respondo, a pesar de sentir que he vuelto al punto de partida. Por lo menos, puedo descartar la casa de la infancia de Luca.

Capítulo 9

Un día más

Luca

Estaba en el último año de instituto cuando a mi madre le diagnosticaron cáncer de páncreas. Salió de la nada. Yo me reuní con el reclutador de infantería de los marines el mismo día en que mi madre recibió la noticia. Esperó hasta que yo llegara a casa para contarme lo que le había dicho el doctor. Fue como si nos tiraran un jarro de agua fría. Era más joven que la mayoría de las personas a las que les diagnosticaban esa enfermedad.

—Todavía no he firmado nada. No tengo que alistarme en los marines. Me quedaré y cuidaré de ti.

Ella negó con la cabeza.

—No pares tu vida por mí.

Esa petición no tenía sentido, porque para mí no significaba parar mi vida. Era mi madre, y era todo cuanto tenía. Cuando mi padre nos abandonó, ella se mantuvo fuerte y cuidó de mí. Me negué a abandonarla ahora que necesitaba que la cuidara.

—No me iré hasta que estés mejor.

Extendió las manos por encima de la mesa y me estrechó las mías. Cuando habló, su voz era dulce, pero firme:

—No me recuperaré.

—No digas eso. Hoy en día hay mucha gente que supera el cáncer. Harás quimioterapia, ¿no?

—He hablado con el médico sobre las opciones. Pediré una segunda opinión, pero, Luca, no pinta bien. La gente no se cura del cáncer de páncreas. Incluso con quimioterapia, el pronóstico no es favorable.

Se me formó un nudo en la garganta, me costaba hablar.

—¿Cuánto te queda? ¿Un año? ¿Dos?

Cerró los ojos y vi que le caían un par de lágrimas por las mejillas.

—Todo indica que meses. Puede que la quimio me haga sentir mejor y me ayude a vivir un poco más, pero el doctor no… el doctor no… —Rompió en sollozos. Le estreché la mano más fuerte. Cuando recuperó la voz, apenas se la escuchaba—. El doctor ha dicho que con suerte llegaré a abril.

La segunda opinión confirmó el primer diagnóstico. Yo estuve en fase de negación las primeras semanas tras recibir la noticia. No parecía tan enferma como para morir. Me daba miedo que empeorara si empezaba la quimioterapia. Supongo que me preocupaba que sus médicos se hubieran equivocado y que, si no estaba enferma, entonces el tratamiento la dejara todavía más débil. Pero no pasó mucho tiempo hasta que el cáncer empezó a mostrar su lado más oscuro.

Después de faltar varios días al instituto para cuidar de ella, insistió en que no me saltara más clases. Se lo discutí. Me quedaba muy poco tiempo con ella, y no quería desperdiciarlo pasando la mayor parte del día lejos de ella. De todos modos, se sentía mejor con la quimioterapia, y ella estaba decidida a vivir por lo menos un mes más que el pronóstico. Me comunicó que su única meta era vivir lo suficiente para ver mi graduación en el instituto. Me dijo que, si yo no iba a clase cada día, le robaría esa oportunidad. Dejé de discutir con ella después de eso.

Fue difícil escribirle las típicas cartas llenas de insultos a Naomi mientras veía cómo mi madre se apagaba día tras día. Cuando mi padre se fue, utilicé las cartas a Naomi para desahogarme. Me ayudaron a dar rienda suelta a la rabia cuando nos abandonó. Pero, cuando mi madre enfermó, cuando quedó claro que se moría poco a poco, no sentí la misma rabia. No había elegido abandonarme. Me la arrebataban en contra de su voluntad.

Cuando mi madre enfermó, las cartas de Naomi se convirtieron en la distracción que necesitaba.

Querida Naomi:

No entrarás en ninguna de las universidades que has solicitado porque no eres tan lista como crees. Tus padres y tus profesores te han mentido todos estos años. Seguramente ni te graduarás. El director dejará que subas al escenario y, cuando anuncien tu nombre, en lugar de felicitarte como a los demás estudiantes, te dirán que has suspendido y que tienes que repetir todo el instituto. Todos y cada uno de los cursos. Será muy vergonzoso, aunque no sorprendente.

Con cariño,

Luca

Cuando no estaba en el instituto o haciendo de cocinero o de taxista de mi madre, a veces entraba en la página de Facebook de Naomi. Miraba las fotos que ya había visto un millón de veces y las nuevas que todavía no había visto. Publicaba algo nuevo casi cada día. Me preguntaba si sabía que sus pensamientos más profundos estaban a disposición de cualquiera. Me preguntaba si ella sabía que yo podía leer todas esas cosas que no incluía en sus cartas. A veces, lo que escribía era gracioso; otras, compartía lo que tenía planeado para ese día; y otras, se desahogaba sobre algo que alguien había hecho para hacerle daño. Entre husmear su perfil de Facebook y las cartas que me había enviado desde quinto, sentía que la conocía. Dudaba que sus amigos fueran conscientes del humor negro que tenía.

Cada vez que publicaba una foto de ella con un chico me ponía celoso. Supuse que era su novio porque algunos de sus estados eran sobre él. Me preguntaba si dejaría de escribirme si supiera cuánto tiempo pasaba mirando sus fotos y leyendo sus estados en Facebook. A veces, cuando me iba a dormir, me imaginaba que era yo el que aparecía abrazándola en la foto.

Una mañana temprano, antes de que mi madre se despertara, tecleé el nombre de mi padre en el buscador de Facebook, pero no encontré su perfil. Intenté llamar a su antiguo número de teléfono, pero me saltó el contestador de otra persona. No fue una sorpresa. No era la primera vez que intentaba llamarlo a ese número.

No lo echaba de menos. Él había tomado una decisión. Lancé el teléfono sobre la cama y observé cómo rebotaba y golpeaba la pared antes de caer al suelo. No era justo que mi padre me hubiera dejado solo con este problema. Odiaba que él estuviera en algún lugar disfrutando de la vida sin preocuparse en absoluto por lo que mi madre y yo teníamos que pasar.

Levanté el teléfono y vi que había una nueva grieta en la pantalla. Le di una patada a la cama y maldije. Estaba enfadado con mi teléfono, con mi padre y, en ese momento, incluso con mi madre.

Me enfadé conmigo mismo por tener ese último pensamiento. Estaba enfadado con el cáncer, no con ella. Y me cabreaba desear que mi padre estuviera ahí para ayudarnos. No lo necesitábamos. Solo deseaba que llamara.

La salud de mi madre se había deteriorado todavía más a finales de abril. Se suponía que no llegaría a mayo, pero se aferraba a la vida tanto como era capaz. Insistió en vivir lo suficiente para ver mi graduación. Cuando el calendario cambió a mayo, sentimos que habíamos llegado a la meta. Había superado su expectativa de vida, aunque solo fuera por un día.

Y luego pasó otro día, y otro, y, antes de que nos diéramos cuenta, llegamos a finales de mayo. Ella no mejoraba. Una enfermera de cuidados paliativos venía a casa prácticamente cada día. Su trabajo era asegurarse de que mi madre estuviera cómoda. Cada día era simplemente otro día que sobrevivir, otro día en el que nos preguntábamos si sería el último.

La mañana del día de mi graduación, me dio un abrazo con los ojos llorosos. Estaba tan débil que apenas sentí sus brazos a mi alrededor. Era la primera vez que se levantaba de la cama en días.

—Lo hemos conseguido —dijo—. Veré cómo mi bebé se gradúa.

Mis propias lágrimas me quemaron en los ojos al escuchar esas palabras. Durante el último mes, a menudo me había preguntado si lo único que la mantenía con vida era la idea de llegar a vivir este día. Ahora que había llegado, no quería dejarla ir, pero tampoco quería que continuara sufriendo solo porque yo no estaba preparado para decirle adiós.

—Lo hemos conseguido —repetí.

Fui al instituto en coche mientras pensaba en todo lo que había ocurrido esos últimos meses. A veces parecía que solo habían pasado unos días.

Alargar su vida otro mes más no fue divertido para los médicos. Habría sido diferente si se levantara de la cama cada mañana y bailara por el salón de camino a la cafetera. No era en absoluto un milagro de la medicina. Por mucho que apreciara cada día extra que tenía con ella, parecía que todo el mundo se sorprendía de que no hubiera fallecido mientras dormía.

Me encontré con Ben después del ensayo; ambos llevábamos puestos el birrete y la toga. Su novia se estaba tomando fotos con un grupo de chicas (durante mi segundo año de instituto, yo había salido con dos de ellas), así que pude estar solo con él unos minutos.

—¿Cómo está tu madre? —preguntó. Así era como la mayoría de la gente empezaba una conversación conmigo en los últimos tiempos. A veces deseaba que alguien preguntara algo diferente. Me habría ido bien cambiar de tema. Pero ese día necesitaba hablar de ella.

—Hoy está feliz. No ha mejorado nada, pero ha vivido un mes más de lo que habían previsto los médicos. Está contenta de haber vivido lo suficiente para ver mi graduación.

—Qué bien. Sé lo mucho que significa eso para los dos. ¿Al final te alistarás en los marines o esperarás?

—Empiezo el campamento de entrenamiento básico el mes que viene.

—¿No vas a esperar? ¿Qué pasa con tu madre?

—Se suponía que no viviría tanto.

—Pero ahí sigue. ¿Y si vive un mes más?

No creía que fuera a vivir otro mes, ni siquiera una semana, pero sabía que sería inhumano decirlo en voz alta. Necesitaba alistarme para servir cuatro años y conseguir la financiación para entrar en la universidad y sacarme la carrera. Sin ese plan, no tenía nada.

—Estaré aquí en San Diego por si pasa algo.

La novia de Ben se giró y lo llamó. Él la saludó con una mano y se giró hacia mí.

—Tengo que irme. —Estaba a punto de alejarse, pero dudó—. Hemos organizado una fiesta de graduación en mi casa. Pásate, si te apetece.

—Vale. Lo intentaré.

Por mucho que echara de menos tener vida social fuera del instituto, no pensaba ir a la fiesta. Mi madre tenía los días contados, y, después de caminar hacia el escenario, no me veía pasando la noche en un lugar que no fuera a su lado.

La ceremonia de graduación se celebró en el estadio de fútbol. Éramos una promoción numerosa, y el estadio estaba lleno. A medida que anunciaban nuestros nombres, subíamos al escenario de uno en uno, le estrechábamos la mano al director y nos tomaban una foto con nuestros diplomas. Hubo una gran ronda de aplausos y algunos vítores cuando se anunció mi nombre. Escaneé la multitud, pero no tuve tiempo de buscar demasiado antes de sentarme de nuevo.

Cuando la ceremonia llegó a su fin, mientras los otros estudiantes tiraban los birretes al aire, se tomaban fotos y se reunían con sus familias, busqué otra vez entre la muchedumbre. Dudaba que mi madre tuviera fuerzas para caminar, así que busqué una silla de ruedas. El campo de fútbol estaba tan lleno que era casi imposible encontrarla. Recorrí toda la zona de los asientos dos veces antes de empezar a preocuparme.

Entonces la vi. No a mi madre, sino a la enfermera de cuidados paliativos que había ido a casa esa mañana. Miré a su alrededor; sabía que mi madre no podía estar lejos. Tardé más de lo que debería en interpretar el semblante de la enfermera.

—Lo siento mucho, Luca.

—¿Dónde está? ¿Ha tenido que ir al hospital?

La enfermera frunció los labios.

—Será mejor que vayamos al aparcamiento.

Crucé la mirada con Ben mientras la seguía lejos de la multitud. Mantuvo el contacto visual hasta que dejé de mirarlo.

—Ha ocurrido, ¿no? —Mi voz no mostraba ninguna emoción, como si fuera la de otra persona.

Los ojos de la enfermera estaban llenos de lágrimas cuando se giró hacia mí. No creía que ir a la graduación del instituto de un chico para informarlo de la muerte de su madre fuera parte de su trabajo habitual.

—Lo siento mucho —se disculpó—. Sé lo mucho que quería venir. Es lo único de lo que hablaba hoy. Si te sirve de consuelo, sus últimas palabras fueron sobre cuánto te quería y lo mucho que deseaba verte graduarte después de su siesta.

—¿Ha muerto mientras dormía?

La enfermera asintió.

—No ha sufrido. Te lo prometo.

—Tendría que haber estado allí.

—Sé lo difícil que es enterarte así, pero estabas donde tenías que estar. Ella quería que estuvieras aquí. Si pudiera haber venido, lo habría hecho, pero creo que ha fallecido feliz; sabía que estabas aquí.

La insensibilidad que acompañó al choque inicial se desvaneció. Noté que se me cerraba la garganta y que se me llenaban los ojos de lágrimas. La enfermera sintió que estaba a punto de desmayarme, se acercó y me abrazó con fuerza. No me di cuenta de cuánto necesitaba ese abrazo. Lloré en su hombro, en su pelo. Hasta que el aparcamiento empezó a llenarse de estudiantes y sus familias. No caí en la cuenta hasta más tarde de que no sabía el nombre de la enfermera.

Capítulo 10

La carta malvada

Naomi

—Creo que no podemos traer esto a la playa.

Anne mira la botella de limonada con alcohol que sostiene en una mano.

—Entonces, ¿por qué las venden en primera línea de playa?

Echo un vistazo a nuestro alrededor. Estamos rodeadas de parejas tumbadas en la arena, de familias que nadan entre las olas y de niños que construyen castillos.

—Nadie más bebe alcohol.

Anne hace un gesto de indiferencia y toma un sorbo de su bebida.

—Estoy segura de que, si se supone que no podemos beber, alguien nos habría dicho algo después de las dos primeras botellas.

—Sí, tienes razón. —Me acabo la limonada y cojo otra.

—Bueno —dice Anne—, ¿me enseñarás la foto que te ha enviado Ojos de *Husky*?

Niego con la cabeza con una sonrisa en la cara.

—No me ha enviado ninguna foto.

—Qué pena. ¿Y si le envías tú una?

—¿Una foto subida de tono? Va a ser que no.

—Venga —dice—, no tiene por qué ser vulgar. ¿No quieres que piense en ti?

—Lleva todo el día enviándome mensajes. Estoy bastante segura de que piensa en mí.

Antes de poder evitarlo, se estira y me roba el teléfono de la toalla.

—¡Ey! ¿Qué haces? —Trato de alcanzarlo, pero ella se aparta.

—Darte un empujoncito. —Inclina el móvil en mi dirección y toma una foto—. Perfecta.

Me muestra la pantalla. Es una foto rara en la que salgo en bikini, con un brazo estirado para agarrar el teléfono y con cara de pánico. Seguramente es mi peor foto.

—¿La envío? —pregunta mientras agita el teléfono lejos de mí.

—Ni hablar.

—¿Segura? Estoy convencida de que lo pondrá a mil.

—Lo único que se pondrá a mil será su pulso mientras huye de mí. —Me levanto—. Hazme otra.

Ella sonríe y se le iluminan los ojos. También se levanta y me pide que me ponga delante del mar. Toma varias fotos y después me pasa el teléfono. Elijo una y se la envío con otro mensaje.

> **Naomi:** Puede que tengas que venir a San Diego para la cita.

> **Ojos de Husky:** Soy fácil de convencer. Estás preciosa.

Su mensaje envía una ráfaga de calor por todo mi cuerpo, y no tiene nada que ver con la temperatura del sol. Intento evitar la sonrisa que se me forma en los labios porque sé que Anne me observa. Me siento otra vez en la toalla y luego me tumbo para empaparme del sol de California. Aquí hace más frío que en Miami. Podría quedarme tumbada en este mismo lugar el resto del día si Anne me dejara. Eso me recuerda a una de las primeras cartas de Luca. Me imagino a mí misma como una ballena que está rodeada de gente y a la que intentan devolver al mar.

—¿Y esa sonrisa? —pregunta Anne, que interrumpe el recuerdo—. La foto ha funcionado, ¿no? Ya te he dicho que le gustaría.

—*Sip*. No sé qué haría sin ti.

Sonríe y se acomoda en su toalla.

—¿Qué puedo decir? Soy una compinche excelente.

Cierro los ojos para disfrutar del sol y del aire fresco y salado. Este clima casi podría convencerme para mudarme aquí.

—Deberíamos hacer esto más a menudo —le digo—. ¿Por qué ha hecho falta viajar más de cuatro mil kilómetros para ir a tomarnos algo a la playa?

—Podríamos ir cada sábado —contesta—. No, olvídalo. Podríamos ir cada día.

—Creo que no podría soportarte tanto tiempo.

Se incorpora y me mira.

—Pues yo creo que no podrías soportar tanto sol.

—Podría si Miami tuviera este clima.

—No, en serio. Pareces una gamba.

—¿Qué? —Levanto una pierna para comprobarlo. Cuando veo que tiene razón, suelto un gruñido—. Oh, venga ya, me he puesto crema.

—Ya hace rato —me recuerda—. Y después te has metido en el agua.

—Por favor, dime que solo es en las piernas.

—Tienes la cara un poco roja, pero no tanto.

Meto la mano en la bolsa y agarro el protector solar. Me lo unto por las piernas quemadas, aunque sé que el daño ya está hecho.

—Se supone que una meteoróloga sabe que no debe quemarse.

La ataco con la botella de crema, pero la esquiva.

—Se supone que una asistente debería saber asistir —replico en tono burlón.

—Culpa mía. No me había dado cuenta de que poner crema era uno de mis cometidos.

—Ahora ya lo sabes.

—Creo que deberíamos acercarnos pronto al apartamento de Luca y después ir a por algo para cenar si queremos llegar a tiempo al aeropuerto.

—Tienes razón. Creo que ya me he asado lo suficiente.

Vamos en taxi hasta la dirección que Luca escribió en la última carta antes de desaparecer durante dos años. El nuevo inquilino devolvió los dos últimos sobres que envié a este edificio. Ya sé que Luca no vive aquí, pero, de todos modos, tengo que intentarlo. Al igual que en la casa azul de la playa, cuando llamamos a la puerta del apartamento, los actuales inquilinos no saben quién es. Para cuando llegamos al aeropuerto, cada una de nosotras se ha gastado unos doscientos dólares y hemos volado varios miles de kilómetros solo para descubrir que la arena es más oscura y que el aire es más fresco que en Miami.

Pasamos el control de seguridad sin problemas, pero esta vez Anne se percata de lo pálida que estoy.

—¿Todo bien? —pregunta—. ¿De verdad te ha dado miedo otra vez? Estabas bien de camino al aeropuerto. ¿Qué es lo que te asusta?

No es fácil de explicar, sobre todo cerca de los guardias del control de seguridad. Hago oídos sordos, pero parece que no lo dejará pasar. Cuando llegamos a nuestra puerta de embarque, abro la mochila y saco las cartas de Luca. Hemos leído hasta el penúltimo año de instituto, así que solo nos queda el último año. Las hojeo para encontrar la que está al final de la pila.

—¡Oye! —Anne me regaña y agarra las cartas que me he saltado—. Estas no las he leído todavía.

—Ya las leerás después —le contesto. Encuentro la carta que buscaba y la sujeto contra el pecho para que no la lea hasta que termine de explicarle lo que yo escribí antes.

—¿Qué es eso? —pregunta.

—Las últimas cartas que tengo aquí son del verano después del instituto, antes de irme a la universidad. No tuve noticias de Luca durante el mes siguiente a la graduación y, cuando al fin contactó conmigo, estaba en el campamento de entrenamiento de los marines. Siempre nos escribíamos cartas bastante crueles, pero con esta me pasé. Fue horrible. Completamente horrible.

Respiro hondo y después miro la carta que le he escondido. Levanto la mirada y me encuentro con la suya. Me observa con el ceño fruncido mientras espera a que continúe.

—Le escribí que me sorprendía que dejaran que alguien como él defendiera el país y que esperaba que el arma de algún compañero se disparara por error en mitad del entrenamiento y que le volara la cabeza. Luego le dije que seguramente le darían una medalla de honor a quien le hubiera disparado sin querer.

—Eso sí que es humor negro —admite Anne—. Pero te recuerdo que él te había escrito cosas peores.

Señala las cartas que leímos juntas de camino a San Diego. Hay muchas cartas en las que él describe en detalle cómo desea que muera. Mi carta no era ni por asomo la primera que nos habíamos enviado con amenazas de muerte.

Sin decir nada más, le paso la respuesta de Luca.

Querida Naomi:

Apuesto a que no sabías que los instructores leen cada carta que me envías antes de que se me permita leerla. Tienen que asegurarse de que ninguno de nosotros es un espía o un terrorista. Sea como sea, han leído tu carta y me han interrogado durante horas para saber por qué quieres que me vuelen los sesos. En resumen, el Departamento de Seguridad Nacional se ha visto involucrado, y ahora estás en la lista de terroristas. Nunca conseguirás un trabajo en el Gobierno y nunca podrás volar sin un registro de cavidades corporales. Estoy seguro de que esto no te lo esperabas, ¿a que no?

Por lo menos ya has entrado en la universidad, porque seguramente no te habrían aceptado con esto en tu expediente. ¿Qué estudiarás? Déjame adivinar. El clima, porque solo hablas de eso.

Con cariño,

Luca

Anne termina de leer la carta y me mira mal.

—¿Por esto te daba tanto miedo volar?

Asiento. Nunca se lo he contado a nadie. Pensé que cuanta menos gente supiera que el Departamento de Seguridad Nacional me investigaba, mejor.

—¿Creías que los agentes de seguridad te desnudarían y te revisarían todos los orificios del cuerpo por si ocultabas armas?

La miro fijamente y veo que las arrugas del entrecejo se le suavizan poco a poco, hasta que estalla en una carcajada.

—No es gracioso.

—Sí, sí que lo es —rebate.

—No, no lo es. No sabes lo que es tener que ir con cuidado con todo lo que digo por teléfono porque sospecho que alguien del Gobierno me escucha. Y preguntarme sin cesar cuándo me interrogarán.

—Para el carro. ¿Lo dices en serio?

La fulmino con la mirada.

—No estás en la lista de terroristas.

La mando callar y miro a nuestro alrededor para comprobar si estamos llamando la atención.

—Eso no lo sabes.

—Naomi. —Respira hondo, como para recuperar la paciencia—. El canal revisó todos tus antecedentes antes de contratarte. Habrían descubierto algo así.

—Pero esta carta… —digo mientras la sostengo. Alza ligeramente la comisura del labio y, antes de continuar con lo que iba a decir, me doy cuenta de lo que ha pasado en realidad—. Me estaba tomando el pelo, ¿verdad?

—Igual que con las otras cartas.

Leo rápidamente la carta, y le echo un vistazo llena de fascinación y furia a la vez.

—Mierda —espeto. Lanzo la carta al suelo—. Todos estos años en los que nos escribíamos para intentar superar al otro. Todos estos años, y no me di cuenta de que él ya había ganado. No importaba lo cruel que yo fuera porque nunca iba a ganar. No podía hacerlo después de creerme esta mierda.

Noto que Anne trata de contener la risa. Pongo los ojos en blanco. Se agacha y recoge la carta para meterla en la carpeta junto con las demás.

—Podría haberle pasado a cualquiera —asegura. Su tono no me tranquiliza.

—Estuve a punto de sufrir un ataque de ansiedad cuando compré el billete de avión. Nunca había volado porque me daba pánico que me metieran en la cárcel solo por intentar subirme a un avión. He conducido miles de kilómetros solo para evitar entrar en un aeropuerto. Y estuve a punto de desmayarme varias veces cuando pasamos el control de seguridad anoche y también ahora.

—*Sip*. Sin duda, ha ganado.

—Gracias.

—Pero tú ganarás la próxima ronda.

—¿Cómo?

—Superarás todos los obstáculos y darás con su dirección.

—¿Y si gana otra vez? —pregunto—. ¿Y si su plan siempre ha sido enviarme a buscar una aguja en un pajar, a volar por todo el país para encontrarlo cuando sabe que no lo conseguiré?

—Oh, esta batalla la ganarás tú —afirma—. No sabe con quién se está metiendo.

—Ya hemos volado hasta San Diego y no hemos avanzado nada —le recuerdo—. ¿Qué pasa si no lo encuentro?

—Ganarás de todas formas, porque vivirás esta aventura. Conmigo —añade con un guiño, y yo pongo los ojos en blanco—. Aunque no lo hayamos encontrado, eso no significa que me dé por vencida. Lo encontraremos.

La venganza de las ballenas

Naomi

Todavía no ha amanecido cuando el avión aterriza en Miami. Debo de haberme quedado dormida un par de horas porque el vuelo de regreso a casa me ha parecido mucho más corto que el de ida. Anne está dormida, así que le doy un empujoncito en un hombro. Se despierta sobresaltada y luego se limpia con una muñeca la baba que le cae por la comisura de los labios.

—Ya estamos en tierra.

Hemos vuelto a viajar en la cola del avión, así que tenemos que esperar a que desembarque el resto de pasajeros antes de que sea nuestro turno.

—Me lo he pasado muy bien. No estaría mal que hiciéramos otro viaje el próximo fin de semana —sugiere Anne de camino a su coche—. ¿Dónde más vivió Luca?

—Se supone que tengo una cita con Jake el próximo fin de semana —le recuerdo.

—¿Con quién?

—Con Jake.

Me mira confusa, como si no supiera de quién le hablo.

—Está bien, con Ojos de *Husky* —añado. Ella sonríe, satisfecha, y me doy cuenta de que me ha obligado a decirlo solo para tomarme el pelo. No puedo evitar poner los ojos en blanco.

—Quizá podrías salir con él entre semana —comenta—. Seguro que no quieres tardar mucho en escribirle a Luca.

—Él ha tardado dos años. Además, no quiero cambiar mi cita con Jake otra vez. Me apetece mucho salir con él.

—Tal vez haya algún lugar más cercano que San Diego —sugiere—. ¿Sabes si alguna vez lo enviaron a Florida cuando estaba en el ejército?

—No, pero lo destinaron a Georgia una temporada.

—Entonces vayamos a Georgia. Sugiero el fin de semana que viene. Podrías salir con Jake el viernes y nos vamos el sábado. Volveremos el mismo día.

—Te tomas esto de la aventura muy en serio, ¿no?

—Sí, es muy emocionante.

—Necesitas un poco de marcha en tu vida.

Ella suspira.

—No te digo que no.

—Tal vez podría averiguar si tiene algún amigo atractivo y organizarte una cita.

Llegamos al coche y me sonríe por encima del techo.

—¿Ves? Por esto estás en mi vida, Gnomo.

—No me llames así —la regaño, pero ya está dentro del coche.

Escuchamos la radio mientras me lleva de vuelta a casa. Cuando para el coche frente a mi edificio, siento que tengo hambre, pero también sueño.

—Ay, Dios —exclama—, que sale a correr. Y fíjate en ese cuerpo.

Esbozo una mueca de confusión y sigo su mirada hacia la acera, frente a nosotras, justo a tiempo para ver a un hombre medio desnudo que corre hacia el edificio. Cuando pasa por debajo de una farola, los músculos le brillan bajo la luz dorada por el sudor. Tardo un segundo en darme cuenta de que a ambas se nos cae la baba por Jake, aunque parece que Anne lo sabía desde el principio.

—Sin camiseta —murmura, como si hubiera perdido la capacidad de formar una frase coherente.

—Madre mía… —Parece que yo también me he quedado sin palabras.

—Más te vale ir a hablar con él —me ordena, y me da un codazo amistoso.

—No puedo dejar que me vea así. —Estoy segura de que todavía tengo arena de la playa en el pelo.

Lo observo mientras hace estiramientos delante del edificio y después recoge una camiseta que debe de haber dejado en la entrada. Se la pone.

—Quítatela —murmura Anne cuando él está a punto de entrar en el edificio. Espero hasta que ya no lo veo para abrir la puerta del coche.

—Hasta mañana, Anne.

—Hasta mañana, Gnomo.

Opto por no responderle con la esperanza de que, si la ignoro lo suficiente, deje de usar ese apodo. Entro en el edificio y saludo con una mano a Joel, que está acomodado en el mostrador de seguridad, como siempre. Me saluda con la cabeza, y la piel desgastada alrededor de sus ojos se arruga cuando sonríe. Entonces me giro y choco con un objeto desconocido que me hace perder el equilibrio. Antes de tocar el suelo, la persona con la que he topado impide que me caiga. Tardo un momento en procesar que es Jake. Me ofrece una sonrisa divertida y me levanta.

—Gracias —tartamudeo.

Noto el calor de sus manos en los brazos. A pesar de eso, el contacto me pone la piel de gallina. Está tan cerca que tendría que inclinar la cabeza para verle la cara. Estoy a la altura de su clavícula. Me temo que, si lo miro a los ojos, sabrá que contengo la respiración, por lo que, en su lugar, me quedo mirando fijamente su pecho. Me tomo un momento para apreciar cómo la camiseta le abraza los pectorales. Su pecho se eleva y baja con una respiración profunda. El tiempo se detiene. Oigo cómo late su corazón, o quizá sea el mío. Me retumba en los oídos, tan fuerte que es lo único que oigo en este instante.

Despacio, me suelta los brazos. Cuando me deja ir, siento frío en la piel, y desearía que todavía me agarrara. Inclino la cabeza para mirarlo a los ojos. Su forma de mirarme hace que me pregunte si lo he dicho en voz alta. Me planteo subir corriendo las escaleras para terminar con mi vergüenza, pero algo me retiene en el vestíbulo con él.

—Gracias por no dejarme caer —le agradezco para tratar de quitarle hierro al asunto. Paso por su lado y dejo que mi brazo roce el suyo cuando voy de camino al buzón.

—¿Qué tal el viaje, ha ido bien?

Por un segundo, pienso que se refiere a lo que ha pasado ahora mismo. Tardo un momento en recordar que acabo de llegar de San Diego y que se refiere a ese viaje. Cuando lo miro, tiene esa sonrisa torcida que le favorece tanto.

—Sí, perdona. Aún estoy medio dormida.

Se fija en el número de mi buzón y me mira otra vez.

—Eh, no tenía ni idea de que vivías en el apartamento que hay justo debajo del mío.

—¿En serio?

Señala su propio buzón. Está exactamente una planta por encima de la mía. Cierro el buzón y me giro para mirarlo con una mano en la cadera. Pienso en todas las veces en que los ruidos del apartamento de arriba me han despertado por la noche o me han desconcentrado.

—Ahora mismo tengo muchas preguntas para ti… —digo.

—¿Como cuáles?

—Como ¿qué demonios haces ahí arriba? ¿Tienes una bolera en tu salón o algo así?

Suelta un bufido.

—Sí, claro. Habló la que pone la música tan alta que parece que la tenga en mi casa.

—Solo la pongo para ahogar el ruido que haces.

—Estoy seguro de que no hago tanto ruido.

—Te lo digo yo. ¿Qué haces ahí arriba para armar tanto jaleo?

Se encoge de hombros.

—No se me ocurre nada que pueda molestarte. Siempre he pensado que era el vecino silencioso.

—No es posible que pienses eso. Aparte de la bolera, suena como si te pusieras a correr en mitad de la noche. —Señalo la puerta principal—. ¿No te basta con correr en la calle?

—Lo sabía —dice—. Me estabas observando.

—¿Me has visto en el coche?

—Es posible que me haya dado cuenta de que me mirabas.

El modo que tiene de apoyarse contra los buzones y sonreír hace que me olvide de lo que estábamos hablando. Casi lo perdono por hacer tanto ruido, pero decido que no puedo dejar que se salga con la suya con tanta facilidad.

Le doy un golpecito con un dedo en el pecho.

—Deja de cambiar de tema. Quiero saber lo que haces arriba para armar tanto ruido.

—¿Te lo cuento mientras desayunamos?

Su invitación me pilla por sorpresa. Se me acelera el corazón, que aporrea en mi pecho. Quiero responder que sí, pero también quiero quitarme la arena del pelo y dormir un poco.

—No puedo. Acabo de llegar a casa. Necesito alimentar a mi, eh, planta.

Inclina la cabeza y una sonrisa burlona se asoma por la comisura de sus labios.

—¿Esa es tu mejor excusa?

—Casi no he dormido en el avión. Además, ayer estuve todo el día en la playa. Seguro que apesto. —Me huelo rápidamente la axila para respaldar mi argumento, aunque, para mi sorpresa, descubro que no huelo tan mal.

—Yo acabo de correr cinco kilómetros —intenta convencerme—. Si alguno de los dos apesta, todo el mundo pensará que soy yo.

Después de haberme chocado con él, puedo confirmar que él tampoco huele mal. Me quedo callada un momento mientras trato de encontrar otra excusa, pero mi estómago decide que es el momento perfecto para gruñir.

Me mira al estómago y después levanta de nuevo la vista.

—¿Tienes hambre?

—De acuerdo —respondo, incapaz de esconder una sonrisa—. Pero necesito subir a dejar las cosas.

Él espera en el vestíbulo mientras subo para dejar la mochila y el correo en casa. Me pongo algo de perfume por si acaso soy insensible a mi propio olor. Cuando regreso abajo, me lo encuentro hablando con Joel. Se gira y me sonríe justo cuando aparezco por el hueco de la escalera. Sus ojos se pasean con deseo por mi cuerpo mientras me acerco a él. Contengo la respiración y noto que se me acelera el corazón. No sé por qué me hace sentir tan bien que me mire así cuando hace solo unos minutos maldecía su ruidosa existencia. Me habré vuelto loca. Puede que ayer me diera una insolación.

Joel me mira con recelo. Me pregunto si ve con malos ojos que salga con un vecino.

—¿Has ido alguna vez al restaurante español que hay más abajo? —pregunta Jake cuando lo alcanzo.

—Sí, me gusta. Me parece bien si vamos allí.

Me sujeta la puerta para que pase. De camino al restaurante, me percato de que me observa. Giro la cabeza para ver qué mira. Sus ojos siguen un rastro que empieza en mis hombros y baja por mis brazos hasta llegar a las manos.

—¿Por qué me miras así? —inquiero.

Me agarra un brazo y lo levanta delante de él para mirarlo bien. Cuando su mano toca la mía, me siento como una adicta que recibe su dosis diaria. Se me entrecorta la respiración, y espero que no me note el pulso en la muñeca.

—Estás roja —comenta mientras me examina el brazo.

Tardo un segundo en recuperar el habla. Me aclaro la garganta.

—Puede que ayer tomara demasiado el sol.

—Suele pasar cuando el aire es más fresco. No notas que te quemas. —Me suelta el brazo, pero no la mano. Entrelaza sus dedos con los míos y me hace olvidar de lo que estábamos hablando. Lo único en lo que puedo pensar es en la sensación de su piel contra la mía. Siento que una corriente de electricidad me recorre el cuerpo.

—Debería haberlo visto venir —digo mientras lo miro a la cara—. Tendré que ponerme mucho maquillaje en el trabajo para taparlo.

—Pues yo creo que te queda bien.

Suelto una carcajada.

—Gracias, pero no quedará bien en cámara. No quiero asustar a los espectadores.

—Creo que tendrías que esforzarte mucho para asustarlos.

Llegamos al restaurante. Me suelta la mano para abrirme la puerta. Me descubro deseando que fuera automática o tener alguna excusa para cogerlo otra vez de la mano cuando ya estamos en el interior. Nos recibe una camarera, y noto que sus ojos se desplazan por el cuerpo de Jake con una sonrisa ladina en la cara. No la culpo por fijarse en él. Lo miro para ver cómo reacciona, pero sus ojos están fijos en mí. Posa una mano en la parte baja de mi espalda mientras la camarera nos dirige hasta un reservado en la parte de atrás del restaurante. No puedo pensar en nada más durante los pocos segundos que tardamos en llegar a nuestra mesa.

Es tan temprano que somos los dos únicos clientes a esta hora. Él se sienta frente a mí. La mesa es pequeña, y su pierna choca ligeramente con la mía por debajo. Ninguno de los dos se aparta. Él apoya su rodilla contra la mía. El contacto envía un cosquilleo que empieza donde nuestras rodillas se tocan y viaja hasta la parte de arriba de mi muslo.

Lo observo mientras estudia el menú. He venido a este restaurante suficientes veces para saber qué pedir, pero, de todos modos, decido abrir el menú y finjo que le echo un vistazo. La camarera regresa para tomarnos nota. Primero le pregunta a él qué quiere y, cuando le hace una consulta sobre el menú, ella suelta una risita nerviosa, se inclina hacia adelante y apoya una mano en su hombro mientras señala el menú con la otra. Yo resisto la necesidad de poner mala cara.

—Bueno —dice cuando la camarera se ha ido—, ¿has decidido qué ciudad tiene mejores playas?

Tomo un sorbo de café mientras lo considero.

—Están cincuenta-cincuenta —resuelvo—. Aquí, en Miami, la arena es más bonita. Igual que el mar. Pero últimamente hay demasiadas algas en la playa, y en San Diego había menos. Además, el aire es más fresco en San Diego, y mi quemadura es testigo de que es más fácil quedarte al sol más tiempo, pero el agua también está mucho más fría. Tienen mejores olas, por lo que supongo que, si practicara surf, elegiría San Diego.

—Es bueno saberlo. —Le pone un poco de crema al café y toma un sorbo—. Todavía no he ido a la playa de aquí.

—¿En serio? ¿Cuánto tiempo llevas en Miami?

Se encoge de hombros.

—Unos seis meses.

—¿Cómo es posible que lleves aquí seis meses y no hayas ido a la playa todavía?

Agarra una cajita de crema sin abrir y la apila encima de otra.

—Paso la mayor parte del día en el agua —me explica mientras apila otra—. Supongo que lo último que quiero hacer cuando llego a casa es seguir nadando.

Pienso en el uniforme quirúrgico con el que lo he visto varias veces y me pregunto dónde trabaja. Asumí que era dentista o enfermero, pero ahora estoy todavía más confundida.

—¿Por qué te pasas todo el día metido en el agua? ¿Eres instructor de aeróbic acuático o simplemente te gusta bañarte?

Se ríe entre dientes y se pone una mano delante de la boca para evitar escupir el café.

—Soy veterinario marino —aclara.

—¿Veterinario marino? ¿Qué es eso?

Sonríe. Apila la cuarta cajita en la torre y después me mira.

—¿A ti qué te parece?

—Imagino que operas a perros y gatos bajo agua.

Para mi sorpresa, no parece molesto por mi chiste malo.

—Casi. Estudié biología marina y veterinaria. Trabajo en el acuario.

—Oh, entonces trabajas con tortugas y cosas así.

—*Sip*. Pingüinos, morsas, delfines. Todo tipo de peces.

—Ahora me siento mal por tratar de burlarme de ti.

—No me ofendes —asegura—. Bueno, cuéntame cómo es tener una carrera que alimenta la charla trivial de millones de estadounidenses.

—Bueno, poder dar esa charla trivial me ha costado cuatro años en la Universidad de Oklahoma.

—Ey, no he dicho que sea un trabajo sin importancia. Entonces supongo que lo estudiaste en la universidad, ¿no? ¿No solo te pones delante de la cámara y recitas las predicciones del tiempo de otra persona?

Niego con la cabeza. Agarro un paquete de mermelada y lo pongo encima de su torre de crema.

—Llego al canal a las tres de la mañana cada día para preparar las previsiones y los mapas antes de empezar.

—Qué temprano. —Pone otro paquete de mermelada encima del mío.

—No tengo mucha vida social si tenemos en cuenta que, en general, me meto en la cama cuando la mayoría de la gente empieza a preparar la cena.

—Como mínimo ves más del día que la mayoría de la gente. Siempre estás en esa cafetería al otro lado de la calle alrededor del mediodía. ¿Es cuando sales del trabajo?

Asiento.

—Yo también te veo por ahí. ¿Tienes un horario raro en el acuario o algo así?

—Tengo unas horas para comer —responde—. Suelo ir a casa para jugar con los gatitos.

Enarco las cejas. De repente, estoy mucho más emocionada de lo que sería razonable.

—¿Tienes gatitos?

—Dos, de acogida. —Saca su teléfono, enciende la pantalla y me la muestra para que vea a sus gatitos. Me inclino sobre la mesa para verlos mejor. Él también se acerca para que miremos las fotos juntos. Su cara está tan cerca de la mía que, si moviera la barbilla tan solo un poco, alcanzaría sus labios. Mis ojos se posan sobre su boca. Tengo que concentrarme de nuevo en la foto de los gatitos antes de que se dé cuenta de que no les estoy prestando ni una pizca de atención.

—Eran salvajes —continúa—. Alguien los encontró en la calle y los llevó a la perrera. Me ofrecí voluntario para cuidarlos y acostumbrarlos a los humanos. Ya están preparados para la adopción. Se supone que tengo que llevarlos a un evento de adopción el fin de semana que viene.

Parece triste mientras me lo explica.

—Yo no podría —aseguro—. Me encariñaría demasiado y me los quedaría.

Él se encoge de hombros.

—Es una mierda, pero alguien tiene que hacerlo. Además, tendré a otro animalito de acogida cuando los adopten.

La camarera aparece con nuestra comida y derriba la torre de envases de crema y mermelada al dejar los platos. Vuelve a tocarle el hombro y le dice que está ahí «para lo que necesite». No puedo evitar darme cuenta de que no parece preocuparse tanto por mí. Él responde apático y con un «claro», y empezamos a comer.

—¿Siempre supiste que querías ser meteoróloga? —pregunta después de vaciar casi por completo su plato.

Le doy un mordisco a una tostada mientras medito la respuesta.

—Siempre me ha fascinado el clima. Me encantaba ver al hombre del tiempo en la tele cuando era pequeña. Seguramente hablaba más del tiempo que la mayoría de los niños de mi edad.

En sus cartas, Luca se burlaba a menudo de mí precisamente por eso. Nunca había considerado que pudiera convertir esa pasión en una carrera hasta que Luca lo sugirió en broma. Me parece irónico que tratara de burlarse de mí y que, en su lugar, me ayudara a tomar una de las mejores decisiones de mi vida.

—Me parece increíble que supieras a lo que te querías dedicar desde pequeña —comenta—. Yo no lo averigüé hasta los veintidós.

—¿En serio? ¿Qué hiciste hasta entonces?

Abre un sobre de azúcar y lo remueve en el café. Sus ojos azules se encuentran con los míos durante un momento y luego vuelve a prestar atención al café.

—Supongo que podría decirse que era una especie de policía.

—¿Una especie de policía? ¿A qué te refieres? ¿Eras guardia de seguridad?

Él sonríe, lo que me dice todo lo que necesito saber.

—Oh, Dios mío. Eras un guardia de seguridad en un centro comercial, ¿a que sí? —Suelto una carcajada porque no me lo imagino—. ¿Ibas con uno de esos *segway* mientras gritabas a niños en la zona de restaurantes?

—Básicamente —responde—. No era exactamente a lo que quería dedicarme.

—¿Por qué elegiste biología marina?

—¿Aparte de cerrando los ojos y eligiendo al azar entre una lista de carreras? Siempre me han gustado los animales. Y me encantaba ir a SeaWorld* de niño. Supongo que nunca se me pasó por la cabeza que podía trabajar cada día con delfines.

Lo observo un momento, y me pregunto dónde está la trampa. Es imposible que sea tan perfecto. ¿Acoge a gatitos, cura a delfines enfermos y tiene el cuerpo de un dios griego? Seguro que está casado, o tal vez su exmujer esté loca. O quizá perdió el pene de pequeño en un horrible accidente. Tal vez una ballena en SeaWorld saltó fuera del agua y se lo mordió. Pero eso no encajaría con su profesión actual. A no ser que eligiera esa carrera como un plan maestro y retorcido a largo plazo para vengarse de las ballenas.

—Supongo que ambos escogimos nuestras pasiones de la infancia —resumo—. ¿Por qué has venido a Miami? Seguro que no ha sido por las playas.

Sonríe con satisfacción.

—Mi familia vive aquí. Quería estar más cerca de ellos.

* Cadena de parques temáticos de Estados Unidos que se caracteriza por mezclar acuarios con atracciones. *(N. de la T.)*

Uf. ¿También se lleva bien con su familia? Quiero rogarle que deje de ser tan perfecto. Me está haciendo quedar mal, sobre todo porque venir a Miami supuso separarme de mis padres y de mis primos.

—¿Tienes algún defecto? —pregunto antes de que pueda detenerme—. Nadie es tan perfecto. O intentas arreglar algo o solo tratas de impresionarme.

Su sonrisa flaquea.

—¿Quieres saber cuáles son mis defectos?

Levanto una ceja.

—Está bien. —Baja el tono de voz—. Te lo diré.

Me acerco un poco más para escucharlo mejor. Me fijo en la barba de varios días, pero mis ojos se posan en sus labios. Me pregunto cómo sería besarlo, qué sentiría al notar esa barba contra mi piel. Cuando lo miro de nuevo, veo que sus ojos también están posados en mis labios. Nuestros ojos se encuentran, y siento que una ola de calor me recorre todo el cuerpo. Sus labios se separan y, de alguna manera, el resto del mundo queda en silencio y lo único que oigo es el latido de mi corazón mientras espero a que continúe hablando. Me pregunto si él también lo oye.

Cuando habla de nuevo, susurra:

—Me han dicho que soy un vecino ruidoso.

No puedo evitar reírme y soltar el aire que estaba conteniendo sin ser consciente.

—Lo confirmo. Todavía no me has dicho cómo eres capaz de hacer tanto ruido.

—No sé de qué hablas. Seguramente son los gatos. Les gusta correr por el apartamento.

—Es imposible que dos gatitos hagan tanto ruido.

—Te sorprenderías —contradice.

—Vale. Añadiré «mentiroso» a tu lista de defectos, porque es obvio que tratas de ocultar la bolera que has montado ahí arriba.

Tengo la esperanza de que capte la indirecta y me invite a ver su casa, pero no lo hace.

Sonríe satisfecho.

—Está bien, piensa lo que quieras.

Cuando terminamos de desayunar, ya ha salido el sol. Agarra la cuenta antes de que yo pueda hacerlo y paga en la caja. Nos cobra la misma camarera. Lo miro mientras está apoyado en el mostrador. Los bíceps le llenan las mangas cortas de la camiseta. No es estrecha, pero le marca la silueta de los músculos. Mis ojos se encuentran con los suyos, y me doy cuenta de que también me observaba. Me sonrojo. Me gustaría saber cuánto tiempo hace que ha terminado de pagar.

La camarera le entrega una copia del recibo, luego me mira y me guiña un ojo. Arqueo una ceja porque no entiendo a qué viene el gesto. Él frunce el ceño al mirar el recibo mientras se aleja del mostrador. Le echo un vistazo y veo que la mujer le ha apuntado su número de teléfono. No estoy segura de si es apropiado reírse. Me contengo y finjo que no lo he visto para ver cómo reacciona. Sin pensárselo dos veces, forma una bola con el papel y lo tira en la papelera de la entrada.

—¿Nos vamos? —me pregunta.

Resisto la necesidad de mirar atrás, a la camarera, para ver su reacción, aunque imagino que ya ha sufrido bastante esta mañana. Salimos del restaurante y nos dirigimos a casa. En cuanto empezamos a andar, dice:

—Espera, Naomi. —Por un segundo, creo que comentará lo que acaba de ocurrir. En su lugar, me agarra de los hombros y me aleja del borde de la acera para que él esté entre la carretera y yo—. Ahora sí. Así mejor.

No entiendo nada.

—¿Perdona?

Señala el asfalto con un pulgar y sigue andando. Observo la carretera, después lo miro a él, confundida, y entonces me doy cuenta de lo que ha hecho. Tengo que correr un poco para alcanzarlo. Me parece adorable que siga una regla tan anticuada en la que el hombre protege a la mujer del tráfico. Aun así, no puedo evitarlo.

—¿De qué quieres protegerme? —pregunto—. ¿De qué me salpiquen con un charco? —Miro de nuevo la carretera, que está completamente seca, y después a él. Me ofrece una sonrisa torcida.

—Nunca se sabe cuándo un coche se saldrá de la carretera —asegura.

—Oh, ya veo. Y crees que eres lo bastante fuerte para parar un coche en movimiento y evitar que nos atropelle a los dos.

Se queda pensativo.

—¿No crees que sea capaz?

Me encojo de hombros y lo miro de reojo.

—Quizá. He notado que estás como una piedra cuando he chocado contigo esta mañana. —Voltea la cabeza hacia mí y caigo en la cuenta de lo que acabo de decir. Me pongo roja. Espero que la quemadura oculte el rubor—. Ay, Dios. Me he explicado mal. —Me tapo la cara con una mano—. Sólido. Quería decir que me has parecido muy sólido cuando te he tocado y… Nada de esto suena bien, ¿verdad?

Miro entre los dedos y veo que se está riendo de mí. Me retira la mano de la cara.

—Deberías parar, porque vas ganando —asegura.

—No siento que esté ganando.

Él sonríe.

—Si alguien tiene que avergonzarse, tendría que ser yo. Me has acusado de… —Mira hacia su cintura y luego de nuevo a mí por debajo de las pestañas.

—¿Podemos hacer ver que no he dicho nada?

—Ni hablar. —Abre la puerta principal del edificio y me deja entrar primero.

Joel está sentado en el mostrador de seguridad. Baja el periódico cuando entramos. Frunce ligeramente el ceño, pero no hace ningún comentario y regresa a su lectura. Me dirijo hacia las escaleras con Jake a mis espaldas.

Llegamos a la tercera planta. Vacilo, con una mano en la puerta que da al pasillo. A él todavía le queda otro tramo, pero se detiene a mi lado. Mira las escaleras que continúan hacia la cuarta planta y luego centra su atención en mí. Se apoya contra la puerta para impedir que la abra. Mi mano sigue sobre el pomo. De alguna manera, el hueco de la escalera parece más pequeño cuando él está de pie delante de mí. No sé cómo se ha acercado tanto sin que me diera cuenta. Quizá es porque sus labios me distraen.

Parece indeciso, como si esperara algo, y creo que sé lo que es. Está tan cerca que lo único que tendría que hacer es ponerme de puntillas para alcanzarlo. Deslizo una mano detrás de su cuello, lo acerco solo un poco más y al fin nuestros labios se juntan. Los suyos están calientes. Siento que floto y, a la vez, que las piernas no me sostienen. Sus manos caen sobre mi espalda y bajan hasta mi cintura. Se acerca hasta que siento el calor que emana y me estrecha contra él, aprieta su cuerpo contra el mío, como si supiera que tengo miedo de caerme. Su corazón late contra mi pecho. Me pregunto si él notará el mío.

Nuestros labios se separan un segundo para recuperar el aliento, pero, incluso entonces, él no para de besarme. Sus labios dejan un rastro desde mi mejilla hasta la barbilla. Su barba me rasca la cara y me pregunto cómo la sentiría en otras partes del cuerpo. Giro la cabeza en busca de sus labios, que se posan otra vez sobre los míos. Tiro de su labio inferior con los dientes y me aprieta más contra él.

No quiero soltarlo. Podría quedarme aquí, entre sus brazos, y probablemente moriría feliz. Me olvido de que estamos en el rellano hasta que oigo una puerta que se abre un piso más arriba y unos pasos que bajan por las escaleras. Él separa los labios de los míos y da un paso atrás. Me apoyo contra la pared, pues todavía no estoy segura de que las piernas me sostengan. Tiene ese efecto, hace que la gravedad desaparezca.

Me observa, su pecho sube y baja pesadamente, y ninguno de los dos le presta atención al vecino que pasa por nuestro lado de camino al vestíbulo.

—Seguro que quieres descansar un poco después del viaje en avión —dice con voz ronca.

Estoy algo decepcionada con que no se autoinvite o que no intente que suba con él. De todos modos, tiene razón. Necesito descansar de San Diego.

—Sí. Tú seguramente tienes que subir a hacer algo de ruido.

Sonríe.

—Trataré de no molestarte.

Se acerca y me da un último beso en los labios. Abro la puerta y me dirijo hacia mi apartamento. Lo escucho mientras sube por las escaleras hasta la cuarta planta.

Cuando Anne me ha dejado en casa esta mañana, pensaba que me quedaría dormida en cuanto mi cabeza tocara la almohada, pero ahora la tengo demasiado ocupada como para conciliar el sueño. No me saco de la cabeza esos ojos, esa sonrisa torcida, la manera en que sus manos me acariciaban la cintura. Revivo en mi mente nuestra cita, lo que ha dicho, y siento que una sonrisa se asoma a mis labios.

Cierro los ojos y trato de calmarme, pero, cuanto más lo intento, más pienso en él. Me centro en los sonidos de la casa: el zumbido de la nevera en la cocina, el ruido del aire acondicionado. No dejo de pensar en la sensación de los labios de Jake contra los míos y lo mucho que deseaba que me invitara a su casa o haber tenido el valor de invitarlo a la mía.

Hace tiempo que no salgo con nadie, y no estoy acostumbrada a ser yo quien lleva la iniciativa. De algún modo, eso hace que lo desee más. Deslizo una mano debajo de la sábana, por dentro de los pantalones cortos y entre mis piernas. Respiro hondo, con los ojos todavía cerrados, e imagino que está en la habitación conmigo y que es él quien me acaricia.

Meto los dedos y noto lo mojada que me ha dejado ese beso en la escalera. Aún siento sus manos sobre mi cintura, pero ahora se mueven abajo, hacia las caderas, y me agarran el culo, su mano se desliza entre mis piernas y… «Oh».

Abro las piernas un poco más para él y me imagino que tiene la cabeza enterrada en ellas. Suelto un pequeño gemido. Arqueo la espalda y aumento la presión. Lo veo tendido en el extremo de la cama, y me hace cosas que me daría vergüenza admitir en voz alta.

Las pulsaciones se me aceleran a medida que me acerco. Respiro hondo y cierro los ojos con fuerza para aferrarme a esta fantasía. Me lo imagino sentado en el borde de la cama, y yo a horcajadas encima de él. Miro hacia abajo para desabrocharle los pantalones y, justo cuando se desliza dentro de mí, lo miro de nuevo a la cara. Ya no es Jake, sino Luca, o quien me imagino que es Luca. Intento regresar a la otra imagen, pero es demasiado tarde. El clítoris me palpita y suelto el aire, siento que el clímax llega a lo más alto y me relajo de nuevo.

Me quedo ahí tumbada, con la respiración pesada, mientras me recupero. Siento mi cuerpo en la gloria, a pesar de que mi mente esté confundida.

Hacía tiempo que no dejaba que Luca ocupara mis pensamientos. No sé cómo interpretarlo. Me quedo mirando el techo con un extraño remordimiento hacia el hombre que acabo de besar en el rellano.

Trato de escuchar algún ruido procedente del piso de arriba. Solo hay silencio. Ha cumplido su promesa.

Capítulo 12

El dilema de la mortadela

Naomi

Estoy trabajando en la predicción cuando aparece una taza de café a mi lado. Veo que me la ha traído Anne y alcanzo la taza para tomar un sorbo. Ella agarra una silla y se sienta a mi lado.

—Cuidado —advierto—. Al Hombre Pato no le gusta vernos hablando, ¿recuerdas?

—¿Hombre Pato? —pregunta, confundida—. He visto que entraba en el baño con el teléfono, y estoy bastante segura de que jugaba a algo. Tenemos como mínimo diez minutos.

—Tengo trabajo.

—He pensado que podríamos planear el viaje a Georgia. ¿Has hablado con Ojos de *Husky* para cambiar la cita al viernes y que así podamos irnos el sábado?

La mención de Jake me deja una sonrisa en la cara porque no puedo evitar pensar en el desayuno de ayer. Me sonrojo cuando recuerdo cómo acabó la mañana.

—¿Qué? —inquiere Anne al ver la expresión de mi rostro.

—Nada, estoy ocupada. Podemos hablarlo luego.

—Se te ha puesto cara de tonta en cuanto he mencionado a tu vecino. Habéis hablado, ¿verdad?

Sonrío y me centro otra vez en los mapas.

—No lo sé. Quizá.

Anne gruñe.

—No me dejes así. —Tamborilea sobre la mesa—. Suéltalo.

Me encojo de hombros y sorbo el café.

—No es nada. No creo que te interese.

Anne se acerca y aprieta los puños encima de la mesa.

—No me hagas esto, cuéntamelo.

Suelto un largo suspiro y contengo una sonrisa mientras pongo los ojos en blanco.

—Me vio cuando ayer me dejaste en casa. Fuimos a desayunar juntos.

Los ojos de Anne se abren como platos y suelta un chillido.

—¡Lo sabía! —Luego baja la voz y susurra—: ¿Os habéis acostado?

Me sube el color a la cara solo de pensarlo. Cuando ve que me pongo roja, Anne se emociona todavía más.

—Eso es un sí, ¿no?

—¡No! —respondo, y la mando callar porque grita demasiado, y me preocupa que Patrick salga del baño en cualquier momento.

—Necesito detalles.

Frunzo los labios y decido cuánto quiero contarle.

—Cabe la posibilidad de que nos liáramos en las escaleras después del desayuno.

Anne chilla de nuevo.

—¿Llevasteis la fiesta a la cama? —Mueve las cejas de arriba abajo.

—Por desgracia, no. Estuve a punto de invitarlo a pasar, pero justo entonces me dijo que entrara en casa y descansara. —Hago un puchero de broma, como si estuviera triste—. Creo que no le gusto.

—Tienes razón. No le gustas. Que te lleve a desayunar y que después os enrolléis son señales de alarma. Tendría que haberse esforzado más por meterse en tu cama.

Suelto una carcajada.

—No tendríamos que hablar de esto en el trabajo. Alguien podría oírnos.

—He escuchado cosas mucho peores de los presentadores —dice.

Esta conversación tiene que acabarse cuanto antes, porque me da miedo que Anne me presione para que le dé más detalles. No me sorprendería que adivinara exactamente en lo que pensaba ayer cuando tenía una mano entre las piernas. Seguro que lo soltaría como una broma y mi cara me delataría. Nunca dejaría pasar el tema.

—Creo que acabo de oír que tiraban de la cadena del baño de los hombres —comento—. Será mejor que vuelvas al trabajo.

—Mientes. Yo también lo habría oído.

—Tengo trabajo, Anette.

—Hablando de trabajo, adivina lo que vi anoche.

—¿Qué? —pregunto, aliviada de que el tema de conversación ya no sea mi vida sentimental.

Se saca el teléfono del bolsillo y me muestra la pantalla. Reconozco la *app* de citas que usa normalmente. Pasa algunos perfiles de hombres solteros y se detiene en una cara familiar.

Ahogo un grito.

—¿Ese es…?

—Patrick —termina por mí. Sus labios están retorcidos en una mueca que parece de disgusto—. ¿Crees que esto significa que ha visto mi foto?

—Es probable que la esté mirando ahora mismo. En el váter.

—Uf, ¡no me digas eso!

—Apuesto a que por eso tarda tanto —sugiero. Anne pone cara de asco y después abre los ojos de par en par—. Es probable que se siente ahí y deslice a la derecha, y todas esas chicas con las que hace *match* no tienen ni idea de que estaba cagando mientras lo hacía.

—Ay, Dios, Naomi. Creía que dirías otra cosa. En cualquier caso, qué asco. No quiero pensar en eso.

Oigo la cadena del váter. Ambas nos giramos para mirar al baño. Anne pone los ojos en blanco y después se va paseando

119

tranquilamente. Me vuelvo hacia la mesa para continuar con la previsión del tiempo, y luego doy el primer pronóstico en antena de la mañana. Anne está ocupada con su trabajo, por lo que no la veo hasta que reparte el correo. Cuando he terminado con el último parte meteorológico, Anne me espera con un sobre sin abrir en una mano. Por su cara adivino que es otra carta de Luca.

—¿Ya ha enviado otra?

—No ha esperado a que contestes, porque no puedes. —Me da la carta cuando llego a la mesa—. Ábrela.

Rasgo el sobre y me preparo para la sorpresa de hoy.

Querida Naomi:

Quiero jugar a un pequeño juego. Probablemente te está matando no poder responderme, ¿verdad? Imagino las ganas que tienes de hacerlo. Te propongo un trato. Quiero que digas la palabra «mortadela» en la previsión meteorológica de las cinco de la mañana. Si lo haces, te daré una pista de dónde estoy. Tal vez hasta incluya una dirección en la próxima carta. Tal vez.

Con cariño,

Luca

Anne lee la carta por encima de mi hombro.

—¿A qué diablos se refiere? —pregunta, desconcertada.

—Al embutido, es como una salchicha. ¿De pequeña no viste los anuncios en la tele?

Se encoge de hombros.

—Mis padres eran vegetarianos, y durante casi toda mi infancia no tuvimos televisor. A mi familia le gustaba salir a disfrutar de la naturaleza —explica cansada.

Empiezo a cantar la canción del anuncio, pero me manda callar, como si le diera más vergüenza que hablar de sexo en la oficina.

—No lo harás, ¿a que no? —pregunta mientras se centra de nuevo en la carta.

Me lo pienso un momento. Si me manda su dirección, no tendré que gastarme cientos de dólares en viajar a todos los lugares de los que me llegaban cartas solo para obtener alguna pista acerca de dónde vive ahora. Si pudiera contestarle, seguramente me lo sacaría de la cabeza.

—¿Por qué no? Todo sería más sencillo.

Frunce el ceño.

—¿Cómo meterás «mortadela» en el tiempo?

—Encontraré la manera.

—Es ridículo —opina—. Si haces lo que te pide, lo estarás dejando ganar.

—Ya está ganando.

—No si vamos a Georgia este fin de semana y encontramos a alguien que lo conozca.

—¿Y si nadie sabe quién es?

—Entonces seguiremos con la investigación. No le des cuerda. Yo creo que solo quiere que lo digas para asegurarse de que recibes sus cartas. No le des esa satisfacción.

—Es probable que tengas razón. —Con un suspiro, vuelvo a leer la carta y después la guardo en el bolso—. Vamos a comer.

Almorzamos en un restaurante griego mientras planificamos el viaje a Georgia. No reservamos hotel porque iremos y volveremos el mismo día. Solo necesitamos unas horas para visitar la casa de Luca e interrogar a los vecinos.

—Es tan divertido… —dice Anne cuando compramos los billetes de avión a través del teléfono—. Luca se pasará toda la semana esperando a que digas «mortadela» en directo. Mientras tanto, no tiene ni idea de que iremos a Georgia.

—Es un poco raro que estés tan obsesionada por encontrarlo.

—Habló la que está molesta por no haberse tirado a un chico que ni conoce.

—Dicho así, parezco bastante patética.

—Si tú lo dices…

Me pongo una mano en el pecho, dolida.

—Guau, no me creo que seamos amigas.

—Espera, ¿somos amigas? Pensaba que solo éramos compañeras de trabajo —bromea.

Le lanzo la servilleta.

—No tengo por qué invitarte a estos viajes, ¿sabes?

—Demasiado tarde. Ya tenemos los billetes —dice—. Te recogeré el sábado a primera hora. Y ni se te ocurra decir «mortadela» en directo.

—Te prometo que no lo haré.

Nos separamos al salir del restaurante. Dejo el coche en el aparcamiento al lado de mi edificio y camino hasta la entrada. Veo que la Niña Oruga está sentada en la acera y pinta con ceras en un libro para colorear. Echo un vistazo alrededor y miro si la acompaña algún adulto responsable. Una vez más, parece que la niña está sola.

Me arrodillo para ver las ilustraciones. La Niña Oruga me sonríe. Resulta que el apodo que le he puesto es perfecto, porque colorea un libro lleno de imágenes de orugas.

—¿Qué tipo de oruga es esta? —pregunto.

—Es una oruga monarca.

—¿Se convertirá en una polilla?

Se ríe, y me siento tonta.

—No. Es una oruga monarca. Se convertirá en una mariposa monarca.

—Sabes mucho sobre orugas.

—De mayor seré entomóloga —asegura.

—Vaya, eres mucho más inteligente que yo a tu edad. —Después de soltarlo, me doy cuenta de que no sé exactamente cuántos años tiene. No creo que fuera capaz de decir una palabra tan larga cuando tenía la edad que deduzco que tiene la niña.

—No te preocupes —dice—. Tú sabes mucho del clima y sales en la tele. —Deja de colorear un momento para mirarme—. ¿Crees que algún día yo podría salir en la tele?

—Si estudias mucho sobre las orugas, tal vez te den tu propio programa de televisión para que hagas divulgación sobre ellas.

Su sonrisa se ensancha, lo que deja a la vista que le faltan unos dientes.

—¿Tú lo mirarías?

—Por supuesto que sí. —La niña se pone a colorear de nuevo—. ¿Dónde está tu madre? ¿Sabe que estás aquí fuera sola?

—No estoy sola —me corrige—. Él me vigila.

Por cómo lo dice, me siento inquieta. Miro por encima del hombro y me pregunto si hay alguien que no haya visto o si la niña tiene algún amigo imaginario. Siempre me han asustado los niños con amigos imaginarios. Como no veo a nadie, decido insistir:

—¿Quién te vigila?

Usa una cera para apuntar hacia una de las ventanas delanteras del edificio. Veo a Joel sentado detrás del mostrador de seguridad. Me saluda con una mano. Vale, ahora estoy más tranquila. Me enderezo.

—Supongo que estás bien aquí fuera, yo subiré. No hables con extraños, ¿vale?

Entro en el edificio.

—Te toca hacer de niñera, ¿eh? —le digo a Joel.

Se encoge de hombros y mete la mano en un gran frasco de pepinillos que tiene en la mesa.

—Por qué no. No tengo nada mejor que hacer.

Tiene toda la razón. El hombre se pasa día y noche detrás de este mostrador. Me da un poco de pena, pero supongo que cobra lo suyo con todas las horas extra que hace.

Cuando llego a casa, oigo los ruidos habituales procedentes del apartamento de arriba. Ahora que sé quién es, presto más atención. Suena como si algo pesado rodara por el suelo, y lo siguen varios pasos. Llego a la conclusión de que no es posible que sean los dos gatitos. Tiene que tomarme el pelo.

Me acerco al altavoz y pongo un poco de música. Un minuto después, me vibra el teléfono.

Ojos de Husky: ¿Puedes subir el volumen? No consigo adivinar la canción.

Naomi: Claro. ¿Mejor ahora?

Ojos de Husky: Mucho mejor. A los gatos les encanta Britney Spears.

Suelto una carcajada.

Naomi: No es Britney Spears.

Ojos de Husky: ¿En serio?

Naomi: Es Shakira.

Ojos de Husky: Oh. Pues a los gatitos les encanta Shakira.

Oigo los golpes por encima de la música. Me quedo escuchando un momento y me doy cuenta de que algo se mueve al ritmo de la música.

Naomi: ¿Estás bailando ahí arriba o son los gatitos que tienen ritmo?

Los pasos se detienen en cuanto lo envío. Segundos después, el móvil vibra de nuevo.

Ojos de Husky: ¿Me oyes?

Naomi: Sí.

Ojos de Husky: Definitivamente, eran los gatitos.

No puedo evitar esbozar una sonrisa tonta y mantener la vista en el teléfono. Bajo el volumen de la música, luego me tumbo en el sofá con el teléfono y me siento como si volviera a tener dieciséis años.

Naomi: ¿Qué haces? ¿Tienes tiempo para venir a casa?

Ojos de Husky: Tengo que ir a trabajar.

Naomi: Oh, vale. ¿Otro día?

Miro fijamente el teléfono y veo que la burbuja con los tres puntos aparece, lo que indica que está escribiendo. La burbuja desaparece un momento, y luego reaparece. Contengo la respiración. No oigo nada arriba. Me pregunto si ya se ha marchado.

Dejo que la pantalla se apague. Me levanto, apoyo el teléfono en el sofá y camino hasta la cocina a por un vaso de agua. Cuando oigo la vibración, corro hacia el teléfono para ver qué dice.

Ojos de Husky: Vente al acuario.

Capítulo 13

Con pinta de pescado

Naomi

Envío un mensaje a Jake para decirle que he llegado, pero, tan pronto cruzo el acceso del acuario, me doy cuenta de que no era necesario. Ya me espera apoyado contra la pared de la entrada. Entre nosotros hay visitantes de todas las edades que leen los panfletos y deciden qué animales quieren ir a ver en primer lugar.

Baja la vista a su teléfono cuando le llega mi mensaje. Sus labios forman una sonrisa torcida, luego alza la mirada y, cuando se encuentra con la mía, su sonrisa se ensancha.

Camina hacia mí sin importarle la gente que hay entre nosotros. De algún modo, esquiva a niños y a parejas sin apartar los ojos de mí. Nos encontramos a medio camino. El corazón me martillea dentro del pecho. Se acerca como si fuera a besarme, pero en el último segundo parece recordar que está en el trabajo y que un montón de niños nos rodean. Sus labios se desvían y se dirigen a mi frente, pero, en su lugar, aterrizan en una ceja.

—Guau. Creo que nunca me habían saludado con un beso en la ceja —me burlo.

Sonríe y me besa la otra ceja.

—Para que esta no se sienta celosa —dice.

Me da la mano y nos saltamos la cola para comprar las entradas.

—¿Vamos a colarnos? —pregunto mientras él introduce un código en una puerta exclusiva para personal autorizado.

Me manda callar con un gesto del dedo.

—No se lo digas a nadie. Conozco a un tío.

Me guía por un pasillo.

—No te despedirán, ¿verdad? —pregunto.

—No creo.

Llegamos a otra puerta. La abre y me invita a pasar con su mano apoyada en mi espalda. Oficialmente, nos hemos saltado la cola de los *tickets* y el control de seguridad.

—¿Qué quieres ver primero? —pregunta.

Me doy la vuelta y observo a mi alrededor. Hay tanques en casi todas las paredes, y están llenos de peces de colores, corales y plantas acuáticas. Las luces del techo tienen una intensidad baja para que las peceras se vean iluminadas, que proyecten su resplandor en los pasillos y proporcionen luz a las partes más oscuras del acuario.

—¿Tenéis nutrias?

—Claro.

Me agarra de la mano de nuevo. Caminamos por un pasillo curvo con paredes de cristal en ambos lados. Ralentizo el paso para observar las diferentes especies de peces; algunos nadan en bancos, en apariencia ajenos a su público. Otros se acercan al cristal para mirarnos con curiosidad, mientras que otros escapan y se esconden en cuanto nos ven.

Llegamos al recinto de las nutrias. Está armado de una manera diferente a las peceras. Hay muchas superficies fuera del agua a las que las nutrias pueden acudir para tomarse un descanso después de nadar. Dos de ellas flotan de espaldas en la superficie del agua. Una tercera nada y entretiene a los niños que la miran al otro lado del cristal. Tenemos que bajar por unas escaleras y rodear el espacio para verlas debajo del agua.

—¿Solo tenéis tres? —pregunto. Me parece un recinto muy grande solo para tres animales.

—Las nutrias son parte de nuestro programa de rehabilitación. Ese joven que ves por ahí nadando llegó hace solo unos meses. Alguien lo encontró en su patio trasero y no pudo localizar a la madre, así que asumió que era huérfano. Se lo quedaron de mascota unos meses antes de entregárnoslo, de modo que seguramente no cumpla los requisitos para que lo liberemos.

—¿Soléis devolver los animales a la naturaleza?

—Ese es el objetivo, pero no siempre es posible. Tenemos que pensar en la seguridad del animal. Si la nutria está demasiado domesticada, como estas tres que ves aquí en la exhibición, lo normal es que se queden en el acuario.

Me entristece la idea de que estas nutrias no tengan la posibilidad de nadar en un río de verdad.

—Entonces, ¿ninguna volverá a la naturaleza?

—Estas tres no lo harán. Tenemos a varias en un recinto al que el público no tiene acceso. No están acostumbradas a los humanos, y necesitamos asegurarnos de que continúe siendo así para poder soltarlas.

Lo observo mientras habla de los animales. Contempla el cercado, y admira la joven nutria que nada juguetona, hasta que sus ojos azules se encuentran con los míos. Veo el reflejo de una nutria bailando en sus ojos.

—¿Qué quieres ver ahora? —pregunta.

—¿Qué me recomiendas?

Me lleva a ver un pulpo, y después las mantas raya, que son las favoritas de los niños. Otro pequeño grupo de gente se reúne en la exhibición de medusas. Las observamos un minuto y escuchamos al guía, que explica cómo curar una picadura de medusa.

Camino junto a la pecera y observo las criaturas que la llenan. Me fascina cómo se mueven, cómo una masa amorfa es capaz no solo de sobrevivir, sino también de causar tanto dolor. El tanque se extiende por un pasillo curvo que me lleva a una zona menos abarrotada. Tardo un minuto en darme cuenta de que Jake ya no está a mi lado. Me doy la vuelta para buscarlo y veo que me observa desde unos metros atrás. Tiene las manos metidas en los bolsillos y la cabeza ligeramente inclinada. Sus labios se separan, como si quisiera decir algo. Me quedo mirándolo, esperando, pero luego su boca se cierra de nuevo. Frunce el ceño un segundo y después saca las manos de los bolsillos y se acerca hasta que llega a mi lado.

—¿Qué pasa? —pregunto.

Sacude la cabeza y se frota el cuello. Espero un poco más con la esperanza de que suelte lo que sea que está pensando, hasta que mis ojos leen el cartel de la siguiente pecera.

—¿Salmón? —Leo el nombre de la especie—. No sabía que aquí teníais comida.

Él se ríe ligeramente y sus labios forman una pequeña sonrisa. Me da un codazo.

—Qué graciosa.

—Ay, no. Dime que no estás en contra de comer pescado.

Se encoge de hombros, lo que me hace pensar que me he pasado de la raya.

—No soy demasiado fan, pero te prometo que no es por mi profesión.

Me paso el dorso de una mano por la frente.

—Menos mal. Me preocupaba ofenderte. Supongo que es como preguntarle a un vegetariano si come perros o gatos.

Suelta una carcajada, y casi me olvido de que esperaba que dijera algo antes de interrumpirlo.

—No creo que sea lo mismo —rebate—. Estoy seguro de que los veterinarios de ganado comen hamburguesas.

Niego con la cabeza.

—Yo no podría. No sería capaz de pasarme todo el día curando a esos animales y luego volver a casa y comérmelos.

Se apoya contra la pecera con los brazos cruzados y me observa.

—Menos mal que eres meteoróloga y no veterinaria —dice.

—Tienes razón. No puedo regresar a casa y comerme un huracán.

Sonríe y se aleja del tanque, y da un paso hacia mí.

—Eres increíble, ¿lo sabes, Naomi?

Está tan cerca que tengo que estirar el cuello para mirarlo a los ojos. Cuando lo hago, inclina el mentón hacia abajo y, un segundo después, sus labios se posan sobre los míos. Me sostiene la cara con las manos ahuecadas y luego desliza los dedos por mi cabello. El corazón se me acelera. Me pongo de puntillas para llegar mejor.

Durante un momento, me olvido de que estamos en un lugar público en el que cualquiera podría aparecer por la esquina y vernos. Siento que estamos solos, solo nosotros dos y el sonido del agua en las peceras y el zumbido y el burbujeo de los filtros. La manera en que sus dedos me peinan el pelo me derrite. Regreso al momento tan íntimo de ayer en la escalera. Si pudiera volver atrás, intentaría con más ahínco que entrara en casa conmigo. Quizá entonces Luca no habría invadido mi mente cuando debería estar pensando en Jake. Me aferro a la parte de atrás de su camisa y lo acerco a mí, lo que es un error, porque ahora su cuerpo está pegado al mío, y no estoy segura de ser capaz de soltarlo.

Quiero disfrutar del sabor de sus labios sobre los míos. Desde que ayer por la mañana nos separamos, he anhelado su tacto, la manera en que sus labios encajan a la perfección con los míos.

Profundiza el beso y me saborea con un movimiento de la lengua. Antes de darme cuenta, me acorrala contra la pared de la pecera de salmones. Deslizo las manos debajo de su camisa para acariciar la suave piel de su espalda y después serpenteo los dedos hacia sus costillas y le toco el abdomen. Gruñe, sobresaltado. Lo suelto, pero me agarra la mano y la coloca de nuevo sobre su piel.

—Me haces cosquillas —me regaña contra los labios.

—¿Te refieres a esto? —Deslizo los dedos por su abdomen y se estremece de nuevo.

—Sí, eso. —Esta vez, agarra la mano y la aleja de él.

—Qué valiente por tu parte confiar en mí lo suficiente para decirme que tienes cosquillas —advierto.

—¿Tú tienes?

—¿Cosquillas? Ni por asomo.

Me mira un segundo con los ojos entrecerrados, luego estira las manos y me hace cosquillas en el torso. Grito y trato de huir, pero me envuelve con los brazos y me encierra en un abrazo. Dejo de resistirme cuando me percato de que ya no intenta molestarme. Me relajo entre sus brazos.

—Vale, podemos confirmar que eres una mentirosa —afirma.

—Te propongo un trato —ofrezco—. No te haré cosquillas si tú no me las haces a mí.

—Creo que puedo aceptarlo. —Se separa solo lo necesario para besarme de nuevo en los labios.

Hace que me sienta aturdida. No puedo dejar que se escape con un solo beso, por lo que atrapo sus labios justo cuando se separa. Se lanza a por otro, y luego es mi turno de nuevo, y cada beso es más largo y dulce que el anterior.

Su contacto envía otra descarga por mi cuerpo. Calculo lo lejos que está mi coche, y me pregunto si podríamos hacerlo con la ropa puesta.

—Joder, Naomi —me susurra en los labios—. No tengo suficiente de ti.

Mi corazón late tan fuerte que siento las pulsaciones en los oídos.

—Qué bien —digo mientras recupero la respiración—. Me preocupaba que después de ese beso en la ceja solo quisieras que fuéramos amigos o algo así.

No se lo confieso, pero también pienso que el modo en que me miraba junto a la pecera de salmones me ha llevado a pensar que algo iba mal. Debo de haberlo malinterpretado.

—Ni en un millón de años —asegura—, pero tendríamos que calmarnos un poco antes de que me despidan.

—Claro. Y antes de que me arresten.

Arquea una ceja, y entonces me doy cuenta de que es probable que yo fuera la única que pensaba en que deberíamos quitarnos la ropa en el acuario.

—¿Por qué iban a…?

—¿Tenéis pingüinos? —lo interrumpo—. Vamos a ver a los pingüinos.

Capítulo 14

Conducta inapropiada en el rellano

Naomi

Cuanto más se acerca el fin de semana, más emocionada está Anne por nuestro viaje de este sábado. Creo que está incluso más emocionada que yo, lo que es un poco raro, algo que no dejo de repetirle. No he recibido más cartas de Luca. Tampoco he dicho «mortadela» en directo. Cuando llega el viernes, me planteo si debería decirlo. Después de recibir cartas con bastante frecuencia las semanas anteriores, estoy un poco decepcionada porque hayan parado. Como no he dicho la palabra mágica en antena, puede que me haya salido el tiro por la culata. Es probable que ahora él crea que no he recibido las cartas y ya no se moleste en enviar más.

—¿Has vuelto a hablar con tu vecino? —pregunta Anne en la cafetería, después del trabajo.

Sonrío y pienso en mi excursión al acuario a principios de semana. Después de besarnos delante de un público formado por salmones, pasamos la siguiente media hora con los pingüinos, las focas y las morsas. Creo que nunca me lo había pasado tan bien en el acuario.

—Nos hemos escrito —le respondo.

Miro por encima del hombro hacia la puerta del local con la esperanza de que entre. Me gustaría verlo antes de que Anne y yo nos vayamos a Georgia, pero parece que nuestros horarios no coinciden. Supongo que la cafetería a esta hora del mediodía es el sitio con más posibilidades para encontrármelo.

—Te romperás el cuello si sigues girándote así —comenta Anne—. No puedes dar la previsión del tiempo con un collarín. Además, yo tengo la puerta justo delante. ¿Crees que no te avisaría si entrara?

La miro de nuevo con una sonrisa en los labios.

—Cómo me cuidas. ¿Qué haría yo sin ti?

—Ni idea —responde. Suelta una bocanada de aire—. Si no fuera por mí, ya habrías dicho «mortadela» en la tele.

—Bueno, en realidad me lo he estado pensando —comento—. Casi lo digo esta mañana. —Me aclaro la garganta para poner mi voz de reportera—: Hace tanto calor que se puede freír mortadela en la acera.

—¿Eso es lo que habrías dicho?

Asiento.

—Hace una semana que no sé nada de él.

—Tranquila, te volverá a escribir —dice con tranquilidad—. ¿Realmente crees que esto acaba aquí?

—Quizá.

Pone los ojos en blanco.

—Te rindes con mucha facilidad.

Después del almuerzo, vuelvo a casa. Saludo a Joel y recojo el correo de camino a las escaleras. No oigo ningún ruido procedente de arriba cuando entro en el apartamento. Dejo el correo sobre la encimera sin mirarlo y me dirijo al armario donde guardo la caja de cartas de Luca. Las reviso y separo las que quiero que Anne lea mañana en el avión. Examino la pila hasta que encuentro las cartas que me envió cuando estaba destinado en Georgia. Teníamos veintipocos años. Yo estaba en el último curso en la Universidad de Oklahoma y él, en su último año como militar. Cometió el error de contarme que se había alistado para poder ir a la universidad gratis después de superar los cuatro años de servicio. Yo no dejé que se fuera de rositas, le dije que era un farsante y que no era un héroe de verdad porque nunca había ido al extranjero. Estoy segura de que no le gustaban esas bromas, pero, de todos modos, nunca le hizo gracia ninguna.

Sin darme cuenta, ya llevo dos horas sentada en el suelo leyendo las cartas. Están esparcidas a mi alrededor y agrupadas por épocas. Por un lado, las cartas del colegio, el instituto y la universidad, y después están las cartas que me envió cuando yo empecé a trabajar y él acabó el servicio militar y comenzó la universidad. Me fijo en que su caligrafía fue mejorando de manera gradual desde su primera carta, que era difícil de entender, pero después su letra se volvió cada vez más clara y fácil de leer.

Querida Naomi:

De todas las personas que he conocido, las de Georgia son las más simpáticas. En cualquier otro lugar, cuando entro en una tienda al mismo tiempo que otra persona, lo más cerca a un saludo que recibo es un gruñido impaciente que es fruto de la obligación social de sujetar la puerta abierta. Pero aquí, en Georgia, no es así. Aquí siempre te ofrecen una sonrisa amistosa y un saludo alegre, a veces incluso corren un poco para abrirte ellos la puerta. Es como si todo el mundo que conozco en Georgia fuera mi amigo, tanto si lo conozco como si no.

Te invitaría a venir a verlo con tus propios ojos, pero imagino que incluso el simpático pueblo de Georgia tiene estándares, y saben que no deben ser amables con alguien como tú. De hecho, es probable que pusieras el estado entero de mal humor, y entonces nadie volvería a sonreír.

Con cariño,
Luca

Querido Luca:

Me parece difícil de creer que alguien sea tan amable contigo. Se te debe de dar muy bien fingir. Además, no sabes lo que es la gente simpática hasta que visitas Oklahoma. La gente de aquí es la más simpática del mundo.

Con cariño,
Naomi

Querida Naomi:

¿Me has invitado a Oklahoma? Porque lo parece. En cualquier caso, los de Oklahoma solo son simpáticos entre ellos porque les da miedo que les hagan el vacío en la siguiente reunión familiar. Y tampoco entiendo cómo puedes saber que son los más simpáticos del mundo si no has salido de ahí. Yo he viajado por todo el país, y, te lo aseguro, los de Georgia son los más simpáticos.

Con cariño,

Luca

Querido Luca:

¿Por qué querría salir de Oklahoma si son tan simpáticos? Nunca has visitado mi estado, así que creo que no puedes confirmar nada. Supongo que estamos de acuerdo en que no estamos de acuerdo.

Con cariño,

Naomi

Querida Naomi:

Me niego a estar de acuerdo en que no estamos de acuerdo. De hecho, pienso discutir contigo sobre esto hasta que, como mínimo, salgas del estado. Tal vez entonces acepte tu argumento como válido. El mes que viene me voy a Dallas y pasaré allí varias semanas, por lo que no podré escribirte durante una temporada. Vas a la Universidad de Oklahoma, ¿verdad? Creo que solo está a tres horas de Dallas.

Con cariño,

Luca

Miro fijamente la carta e intento recordar lo que contesté. No entiendo lo que se me pasó por la cabeza cuando recibí la carta, porque hasta ahora, años después, no me había dado cuenta de que estaba dejando abierta la posibilidad de que nos conociéramos mientras él estaba en Texas. No recibí otra carta hasta que volvió a Georgia, y, para entonces, el tema de conversación ya era otro.

Rodeada de sus cartas, me imagino lo diferentes que podrían haber sido las cosas si lo hubiera invitado a visitarme, o si me hubiera armado de valor y hubiera ido a Dallas un fin de semana. Me gustaría saber si nos llevaríamos bien en persona. Quizá habría sido algo incómodo y, aunque nos hubiéramos escrito durante años, tal vez habríamos descubierto que no teníamos nada de lo que hablar cuando no nos escondíamos detrás del papel.

O tal vez habría sido como a veces me lo imaginaba. Nos habríamos insultado el uno al otro, como hacíamos en las cartas, pero yo sería consciente de que no lo decía en serio. Hubo momentos en los que pensé que conocernos arruinaría lo especial que era enviarnos las cartas. Durante esos dos años en que no supe nada de él, la posibilidad de que nuestra relación cambiara dejó de importarme. Si lo que teníamos estaba llegando a su fin, entonces conocernos en persona quizá pudiera salvarlo. Tal vez habría mejorado la situación.

Siento un nudo en la garganta cuando imagino las posibilidades. Me siento tonta por lamentar la pérdida de algo que nunca ocurrió, pero leer estas cartas me recuerda lo que *podría* haber sido, y mi reticencia al cambio fue el único obstáculo en el camino.

Recojo todas las cartas de Georgia que he separado antes y las devuelvo a la caja. Ya no me parece tan buena idea enseñárselas a Anne.

El teléfono vibra con la llegada de una notificación. Me han entregado un pedido de comida, del que me había olvidado por completo, en el mostrador de seguridad de la entrada. Me pongo los zapatos y me apresuro a recogerlo. Cuando llego a la entrada, me llama la atención una familia que veo en la calle. Tengo que mirar dos veces. No, no es una familia. Es la Niña Oruga y una mujer que supongo que será su madre. A su lado está Jake. Me detengo y los observo un momento. La Niña Oruga sostiene algún tipo de insecto y se lo muestra a Jake. Estoy segura de que es otra oruga peluda, pero desde aquí no lo veo bien. Jake tiene una bolsa de plástico en una mano. La niña le pasa la oruga y él la coge con la otra mano y ríe. El sonido de sus voces y risas me llega amortiguado por el cristal de la ventana, pero esbozo una sonrisa. Él le dice algo a la niña que le arranca una carcajada. Jake se gira y le muestra el bicho a la mujer, quien da un paso atrás y chilla. Él le dice algo que no alcanzo a oír desde el interior del edificio y luego ella también se ríe.

Por algún motivo, pienso que los tres parecen una familia; ahí fuera, de pie, mientras se ríen juntos. Sé que no debería ponerme celosa, pero no puedo evitarlo. Los observo un poco más. Me gustaría saber si él la habrá invitado alguna vez a cenar o a un desayuno espontáneo. Es guapa. No lo culparía. Pero él no le presta atención. Le habla a la niña, aunque de vez en cuando intercambian alguna que otra palabra. Ella le sonríe y se aparta el pelo de los ojos. Sin duda, ella está colada por él. Puede que no estén saliendo, pero hay una cosa que tengo muy clara: este chico podría estar con quien quisiera.

Al fin, Jake se da la vuelta y se encamina hacia la puerta principal. Caigo en la cuenta de que va a pillarme espiándolo y entro en pánico. Sin pensarlo, pulso el botón del ascensor, que afortunadamente estaba abajo, me meto en el interior y entonces aprieto el botón de «cerrar puertas» repetidamente hasta que estas se cierran. Menos mal que Joel no está en el mostrador y no es testigo de mi comportamiento ridículo. Contengo la respiración y, en ese momento, caigo en la cuenta del error que acabo de cometer. A él no le da miedo subir con el ascensor, al contrario que a mí. Además, tampoco he presionado el botón de mi planta, así que el ascensor está parado abajo, a la espera de que alguien lo llame y se abran las puertas. Justo cuando mi cerebro lo comprende todo, suena una campanita y las puertas se mueven. Jake arquea las cejas al verme. Luego, sonríe.

—Anda, mira, ya te atreves a coger el ascensor.

Vale, supongo que al menos no sospecha que lo estaba espiando. Necesito salir de aquí, pero su cuerpo me bloquea el paso. Tiro del cuello de mi camisa, no puedo respirar.

—Terapia de choque. Intento superar mis miedos.

Jake entra en el ascensor, se sitúa a mi lado y presiona el botón de su planta. El pánico que me invade es tan poderoso que apenas presto atención a lo cerca que está, o a lo bien que huele. Miro la bolsa que sujeta en una mano, que es de comida para llevar, y recuerdo que mi pedido está en el mostrador de seguridad, a la espera de que lo recoja. Cuando las puertas están casi cerradas, extiendo una mano para detenerlas.

—En realidad, estaba bajando. Acaban de entregarme un pedido de comida.

Salgo del ascensor y me dirijo al puesto de Joel, donde me espera la bolsa con la comida. Cuando me doy la vuelta, veo que Jake está sujetando las puertas para esperarme. Me planteo entrar con él, pero no me atrevo, así que señalo las escaleras.

—Creo que subiré andando.

Pone los ojos en blanco, pero una sonrisa le asoma por la comisura de los labios.

—Te echo una carrera.

Deja ir las puertas del ascensor, que se cierran, y me quedo sola en el vestíbulo. Respiro hondo y me dirijo a las escaleras. Me regaño a mí misma mientras subo los peldaños. Tendría que haber cogido el ascensor y haberme enfrentado a mi miedo, tal como había dicho que hacía. Quedarme atrapada con él otra vez no habría estado tan mal. Además, los dos tenemos comida para llevar, de modo que no pasaríamos hambre esperando el rescate de los bomberos.

El aroma a comida llega a mi nariz y mi estómago protesta. Las puertas del ascensor se abren justo cuando llego a mi rellano.

—Creo que podemos considerarlo un empate —dice.

—Te he dado ventaja, he subido poco a poco.

—Ajá. Claro que sí. —Señala mi bolsa—. ¿Comerás sola?

Sonrío.

—¿Te apetece acompañarme? —No quiero que vea el caos que reina en mi salón, así que me siento en el suelo del rellano. Saco el recipiente con la comida de la bolsa de papel y lo dejo delante de mí—. ¿Qué te parece si hacemos un pícnic? —Un lado de su boca se alza un poco más—. Tengo la casa hecha un desastre —explico—. Estoy preparando la maleta para otro viaje que tengo con Anne. No puedo permitir que veas mi salón en semejante estado.

—Tampoco pasaría nada —dice. Se sienta en el suelo delante de mí. Abre su recipiente de comida para llevar y lo miro. Es comida china. Huele tan bien que me arrepiento de haber pedido italiano.

—Me ha sorprendido no verte hoy en la cafetería —comento.

—¿Estabas allí? —Asiento—. Claro que sí. El único día que me salto el almuerzo...

—¿Por qué no has comido?

—He tenido que operar de urgencia a una morsa —explica.

—¿A una morsa? ¿En serio? Pobrecita. ¿Qué ha pasado?

—Ha sufrido un accidente en el zoo y se ha hecho daño en una aleta. El zoo no tiene ningún veterinario adecuado para ese tipo de trabajo, ni tampoco el dinero suficiente para financiar su recuperación, así que nos la han cedido. Se pondrá bien. Ya está mejor, de hecho.

—Guau, eres un héroe para la comunidad de morsas.

—Gracias. Tal vez podrías venir al acuario a conocerla.

—Estaría bien. —Sonrío.

—¿Adónde vas con Anne?

El cambio de tema me pilla por sorpresa. Tengo la boca llena de pasta, así que tardo unos segundos en responder.

—Nos vamos a Georgia.

Frunce el ceño.

—¿En serio? ¿Por qué a Georgia? Dime que no intentáis comparar las playas. —Su tono no suena tan burlón como desearía, no sabría decir por qué. Casi casi, parece molesto. Lo dejo pasar, puede que haya tenido un día estresante con la operación de la morsa.

—No, ni siquiera tenemos previsto acercarnos a la playa. —Considero si vale la pena explicar la razón del viaje, pero no encuentro las palabras adecuadas—. Solo es un viaje de chicas. Anne siempre ha querido ir a Albany.

—No tiene nada de especial. —Su tono sigue teniendo un punto malhumorado.

—¿Has estado allí?

Se encoge de hombros.

—Me lo han contado.

—Supongo que Anne y yo tendremos que verlo en persona. ¿Qué haces mañana?

—Tengo que llevar a los gatos al evento de adopción —comenta—. Iba a invitarte, pero parece que te lo pasarás mejor que yo.

—Oh, lo siento. —Supongo que su reacción cobra sentido ahora.

—No pasa nada. Había pensado que, si no tenías planes, tal vez te apetecería venir.

Doy vueltas al tenedor en el plato para agarrar un poco de pasta.

—¿No te da pena tener que despedirte de ellos?

Asiente.

—Un poco. Pero en el fondo estoy contento porque eso significa que han conseguido un nuevo hogar.

Las puertas del ascensor se abren y una vecina sale de él. Nos mira dos veces cuando se da cuenta de que estamos sentados en el suelo. Resopla, niega con la cabeza y entra en casa sin decir nada. Miro a Jake justo a tiempo para encontrarme con una expresión divertida en su rostro. Casi me atraganto con la comida.

—Uno pensaría que nunca ha visto a dos personas hacer un pícnic en el rellano —dice. Tiene un brillo en los ojos que me indica que ya no está de mal humor, o que, al menos, lo está dejando atrás.

—¿Crees que le pedirá a Joel que nos eche? No recuerdo haber leído nada en el contrato de alquiler sobre comer en el rellano.

Se ríe.

—No creo que pase nada. —Toma otro bocado de su plato y luego pregunta—: ¿Mañana tienes que madrugar?

—Anne pasará a buscarme a las cuatro, lo que parece muy temprano, pero, para mí, significa dormir más que entre semana.

—Yo suelo levantarme a las cuatro para salir a correr. Tal vez te vea mañana cuando salgas.

No sé por qué, pero había olvidado que cuando Anne y yo regresamos de San Diego el fin de semana pasado, era muy temprano y lo vimos mientras volvía de correr. Supongo que no soy la única madrugadora del edificio. Me pregunto si esto significa que volveré a verlo sin camiseta. Le miro el pecho y le quito la camiseta con la mente para rememorarlo. En la imagen que visualizo, su cuerpo está iluminado con un halo dorado por las luces de la calle, como una estatua. La iluminación del pasillo no consigue el mismo efecto.

Cuando alzo la mirada hasta sus ojos, veo que me observa. Me sonrojo. Me pregunto si es consciente de mis pensamientos sobre su cuerpo perfecto. Entonces, caigo en la cuenta de que espera una respuesta.

—Sí, claro.

—Todavía quiero invitarte a cenar —comenta—. ¿Cuándo vuelves?

El corazón me da un vuelco.

—Solo nos vamos un día. Volvemos mañana por la noche.

—Perfecto. Quedamos el domingo. No hagas planes.

—Vale, tenemos una cita —le digo.

Penny Pepinillos

Naomi

Por la mañana, me levanto, enciendo la cafetera y vuelvo a mi habitación a vestirme. Como es un viaje de ida y vuelta, no necesito llevar más que el bolso. Sé que Anne estará decepcionada si no llevo ninguna carta, pero, después de leerlas anoche, ya no me siento tan cómoda enseñándoselas. Quizá me había convencido a mí misma de que nos limitábamos a insultarnos, pero ahora tengo la sensación de que había algo más, y eso tiene que quedar entre nosotros.

Estoy casi lista cuando Anne me manda un mensaje: está de camino y me trae un café. Hoy no estamos en el trabajo y, aun así, me abastece de más café del que en realidad necesito.

A las cuatro, oigo unos suaves golpecitos en la puerta principal. Cojo el bolso, me doy un último vistazo en el espejo y abro la puerta. Jake está al otro lado. Lleva una camiseta y unos pantalones cortos de correr que se parecen a los del fin de semana pasado, cuando salimos a desayunar. Le pesan los párpados, como si acabara de levantarse de la cama. Su pelo alborotado lo confirma. Las ganas de estirar una mano y pasar los dedos por su pelo ponen a prueba mi fuerza de voluntad.

—Pensaba que tal vez ya te habrías ido —dice.

—*Nop*. Anne llegará en cualquier momento. Estaba a punto de bajar.

Cierro la puerta con llave y nos dirigimos hacia las escaleras. Él baja más rápido que yo, pero no me importa, porque así tengo la oportunidad de apreciar cómo sus músculos rellenan la camiseta. Y los pantalones... Empiezo a pensar que hace demasiado que no me acuesto con nadie. En ese mismo instante, pienso que Anne me diría lo mismo. Pasamos demasiado tiempo juntas.

Llegamos a la puerta del edificio y la sujeta para que yo salga. Su mano me roza la parte baja de la espalda cuando paso por el portal. El contacto me sorprende, pero me encanta. Cierra la puerta y se detiene a mi lado. Anne todavía no ha llegado, así que tenemos algo de tiempo. Es muy diferente estar aquí fuera a esta hora de la mañana cuando no tengo prisa para ir a trabajar. El cielo todavía está oscuro y el silencio reina en la calle, interrumpido tan solo por el paso ocasional de algún coche.

—¿Sueles correr sin camiseta? —pregunto para romper el hielo.

La pregunta lo pilla por sorpresa. Parece confundido, pero después sonríe.

—En general, sí. Hace demasiado calor para llevar camiseta.

—Oh, tiene sentido.

Levanta una ceja.

—¿Por qué creías que lo hacía?

—No sé, tal vez era parte de tu ritual de apareamiento. —Meneo los brazos y el cuerpo en una ridícula imitación de un pájaro macho que seduce a una hembra.

Se ríe y me agarra de los brazos para evitar que me humille todavía más.

—Sí, me has pillado —se burla—. Salgo a correr medio desnudo para que alguna chica me siga a casa.

—¿Y funciona?

Sus ojos se posan en mí y una sonrisa aparece en sus labios.

—Bueno, la semana pasada me choqué con la chica a la que tenía echado el ojo. —Su mirada se dirige al portal de nuestro edificio y luego se posa otra vez sobre mí—. Justo ahí, en el vestíbulo.

Me encojo de hombros y hago como que no sé de qué habla.

—Espero que le pidieras el teléfono.

Antes de que pueda responder, el coche de Anne aparece por la calle. No la veo bien por culpa de los cristales oscuros, pero sé que nos observa.

—Ahí está.

Me giro para despedirme. Está mucho más cerca que hace un minuto, por lo que tengo que inclinar la cabeza hacia atrás para mirarlo a los ojos. Cuando lo hago, me toma la cara con ambas manos y junta sus labios con los míos. Ahora soy yo la sorprendida. Esto no es solo un beso rápido. Su boca permanece sobre la mía, y siento que me hace una promesa. De qué, no estoy segura, pero estoy dispuesta a aceptarla. Me olvido de que estamos delante de nuestro edificio y que tenemos a una espectadora que nos observa desde el coche. Profundiza el beso y me separa los labios con un movimiento de la lengua. Sus manos se deslizan hasta mi espalda y me acerca a él. Con nuestros cuerpos tan cerca, los corazones nos laten al unísono y yo me derrito por dentro. Llevo las manos a sus costados. Sin pensarlo, agarro su camiseta. Tengo que usar toda mi fuerza de voluntad para no saltar encima de él y rodearlo con los brazos y las piernas.

Me obligo a separarme porque sé que, si no lo hago, corremos el riesgo de llegar tarde al aeropuerto. Su pecho sube y baja rápidamente con cada respiración. Veo algo diferente en sus ojos. Una llama azul ardiente ha reemplazado su mirada glacial.

—Debería irme antes de que Anne empiece a tocar el claxon y monte un numerito.

—Nos vemos mañana —dice. Su voz, suave y profunda, me hace desear que ojalá no tuviera que esperar hasta mañana para verlo de nuevo. Me gustaría darle un último beso, pero no podemos llegar tarde.

Noto su mirada clavada en mí cuando entro en el coche de Anne, quien me observa con la boca y los ojos más abiertos que nunca.

—¿Por qué no me habías puesto al día sobre tu situación con él? ¿Qué demonios ha sido eso?

Pisa el acelerador y nos movemos por la calle un poco demasiado rápido. Toco el cinturón de seguridad para asegurarme de que está bien sujeto.

—Ya te conté lo del acuario —le recuerdo—. ¿Se supone que tengo que avisarte cada vez que nos besamos?

—Podrías haberme dicho que os habéis acostado.

Suelto una carcajada.

—No nos hemos acostado.

—¿En serio? —gime—. ¿Por qué estás haciendo esperar al pobre hombre?

Me lo pienso un momento.

—No lo hago esperar. Simplemente, todavía no ha intentado quitarme la ropa. Es un caballero. —Sonrío—. Me gusta.

—¿Y qué pasa con eso de disfrutar un poco con él hasta que te mudes?

—Ya no estoy segura de querer solo eso. —Me encojo de hombros.

Llegamos al aeropuerto. Cuando pasamos el control de seguridad, no puedo evitar sentirme tonta por haberme asustado tanto el fin de semana pasado. Todavía no me creo que Luca me convenciera de que estaba en la lista de terroristas.

—¿Has traído material de lectura? —pregunta Anne cuando ya estamos sentadas en el avión.

—Lo siento, se me ha olvidado.

—¿Lo dices en serio?

—Había preparado las cartas que me envió cuando lo destinaron a Georgia, pero… me he despistado y no me he acordado de cogerlas.

—Jo, eres una aguafiestas.

—Es un vuelo corto, sobrevivirás.

—No estoy tan segura…

Mete una mano en el bolsillo del asiento delantero del avión y saca una revista. Hojea algunas páginas, luego suspira y la devuelve a su sitio.

—¿Cuál es el plan? —pregunta—. ¿El mismo que en San Diego?

—Preguntar en cada casa de su calle hasta que obtengamos alguna respuesta.

—Naomi, creo que tenemos un problema.

Hemos recogido el coche de alquiler en Albany y llevamos unos quince minutos en la carretera. Las palabras de Anne llaman mi atención, así que miro al frente y luego a las indicaciones que aparecen en la pantalla del GPS. No hace falta que le pregunte cuál es el problema: hay una verja a unos metros de distancia en la que unos hombres vestidos con uniforme militar detienen a los coches y revisan la documentación antes de dejarlos acceder al recinto. Parece que este es el único modo de llegar a la dirección desde la que se enviaban las cartas de Georgia.

—¿Qué hacemos? —pregunta Anne.

—No lo sé. Creo que deberíamos conducir hasta la puerta y preguntar.

—¿Quieres que vaya hasta ahí? —Habla con voz aguda, como si le hubiera pedido que se tirara por un puente.

—Es una base militar, Anne. No van a arrestarnos por preguntar por una dirección.

Anne aprieta las manos en torno al volante, después baja la ventanilla y se dirige hasta el control. Uno de los hombres se acerca al coche.

—Hola, buenos días —saluda Anne—. ¿Es necesario tener el carnet militar para entrar en la base?

—¿Tenéis un pase de visitantes? —pregunta el hombre.

—No. ¿Cómo podemos conseguir uno?

—Necesitáis pedir cita en el centro de visitantes para que os lo aprueben. ¿Habéis venido a visitar a un familiar?

—No exactamente.

Me inclino por encima de Anne para ver al hombre a través de la ventanilla.

—Hola. Estamos buscando a un viejo amigo. Tengo su dirección, pero no sabía que estaba dentro de la base. Solo queríamos saber si alguno de sus vecinos sigue en contacto con él.

El hombre echa un vistazo a la fila de coches detrás de nosotras y luego me mira, impaciente.

—¿A quién buscáis?

—A Luca Pichler. ¿Lo conoce?

Se rasca la cabeza.

—Lo siento, pero no me suena. —Mira de nuevo la fila de coches y luego llama a un compañero—. Oye, Gibson, ¿conoces a un tal Luca Pichler?

El hombre al que se dirige niega con la cabeza, pero ha llamado la atención de un marine que estaba cerca.

—¿Pepinillos? —pregunta el marine.

—¿Lo conoces, Gunny?

—Claro que conozco a Pepinillos. —El hombre, al que se refieren como Gunny, se acerca al coche—. ¿Sois amigas de Pepinillos?

Tiene el acento sureño más fuerte que he oído en mi vida. Anne me mira, confundida. Yo asiento.

—Eh, sí, Luca Pichler. ¿Puedo hacerte unas preguntas?

El hombre señala un pequeño espacio y dice:

—Aparcad ahí, ahora os veo.

Anne conduce hasta el lugar que nos ha indicado y, un momento después, el marine llega junto a nuestro coche. Ambas salimos y él nos estrecha la mano.

—Maxwell —se presenta.

—Yo me llamo Naomi. Y esta es Anne —nos presento—. Es probable que suene un poco raro, pero intentamos localizar a Luca. Éramos, eh, amigos, pero le perdí la pista hace unos años.

—Pepinillos ya no vive aquí —explica Maxwell—. Se fue después de servir sus cuatro años. Lo último que sé es que se mudó a Texas con Hayes.

—¿Hayes?

—Penny Hayes —aclara—. Aunque imagino que ahora será Penelope Pichler. Esa tía siempre quiso un nombre con dos «P». Quería ser Penny Pepinillos.

De repente, tomo consciencia de cómo me late el corazón. Me pesa. Me da miedo que, en cualquier momento, este hombre decida que ya ha hablado suficiente y que no nos dé más información, pero ahora mismo es un libro abierto, así que decido tentar a la suerte.

—¿Siguen en contacto?

—Oh, sí. Me invitaron a la boda, pero no pude ir. Somos amigos en Facebook. ¿Lo has intentado por ahí?

—Sí, pero no me aparece. ¿Le importaría mostrármelo?

Saca su teléfono del bolsillo y toca la pantalla varias veces. Frunce el ceño.

—Oh —dice—, parece que ya no está.

—Seguro que ha desactivado la cuenta. —Porque no quiere que lo encuentre, pero esto no lo digo—. ¿Cuándo se casó? La última vez que hablé con él me contó que estaba prometido.

Suelta un resoplido por los labios.

—Pues hará un año, quizá. Habría asistido a la boda, pero me habían destinado fuera.

—Entonces, ¿también conoce a Penny? ¿Vivía aquí con él?

—No. Hicimos el servicio con Hayes. Eran una de esas parejas de idas y venidas, que no dejan de romper y reconciliarse. Ni siquiera sabía que volvían a estar juntos cuando me llegó la invitación a la boda.

—Así que ahora viven en Texas. ¿Sabe dónde?

Se encoge de hombros.

—Creo que en Dallas.

Miro a Anne. Tiene los labios fruncidos, pero veo que trata de esconder una sonrisa. Nos ha dado mucha más información de la que esperábamos conseguir en este viaje.

151

—Gracias —digo a Maxwell—. Nos ha ayudado mucho.

—No hay problema —responde—. Podéis dar la vuelta y salir por el mismo sitio.

Nos subimos al coche. Anne conduce por la calle hasta que detiene el vehículo en el aparcamiento de un centro comercial.

—¿Luca te escribió alguna vez desde Texas? —pregunta.

—No —respondo mientras repaso mentalmente las cartas que leí anoche—. Una vez fue de viaje a Dallas, pero nunca me dio ninguna dirección de allí. Quizá se mudó después de las últimas cartas.

—Esto es una pasada —comenta—. ¿Sabías cómo se llamaba la mujer? Búscala en PeopleFinder.

Busco el teléfono y entro en la base de datos donde busqué a Luca. Tecleo «Penelope Pichler» y espero a que carguen los resultados. Ninguno parece prometedor. Tal vez no se cambió el apellido. O puede que no llegaran a casarse. No sé por qué, pero deseo que sea esta última opción. Escribo «Penelope Hayes» y, esta vez, aparece una dirección en Dallas, Texas.

—Bingo —exclamo. Me retumba el corazón. Noto el latido en los oídos. No me creo que quizá acabe de encontrar a Luca.

—Qué fuerte —comenta Anne cuando mira por encima de mi hombro—. Esa tiene que ser su dirección. Vaya, vaya, lo hemos conseguido.

—¿Y ahora qué?

—¿Qué quieres decir? Ahora puedes escribirle y sorprenderlo como se merece.

—Pero ¿y si ya no vive ahí? —Pienso en las cartas que envié hace dos años y que me devolvieron. No sé si podría soportar que ocurriera de nuevo.

—Ya has oído lo que ha dicho el marine. Vive con su mujer en Texas.

—Tampoco estamos seguras. Su nombre no aparece en la lista.

—Están casados. Está claro que viven juntos.

No creo que sigan casados, sobre todo porque el apellido de ella es Hayes cuando, según Maxwell, quería cambiárselo a

Pichler. Y tampoco quiero aceptar que Luca esté casado. No soy capaz de explicar por qué.

—Bueno, quizá deberíamos asegurarnos primero —propongo.

—¿Asegurarnos? ¿Cómo?

Con las manos temblorosas, marco el número de teléfono que aparece en la entrada de Penelope Hayes. Suena varias veces y luego salta el contestador, pero no está actualizado, porque suena una grabación de un hombre que se llama Bruce. Cuelgo y me quedo mirando el teléfono durante un segundo, y entonces me giro hacia Anne.

—Tenemos que ir a Dallas.

—¿Estás loca? ¿Y entonces qué? ¿Te presentas en su casa? Pensaba que te daba miedo que te rociaran con gas pimienta.

—Bueno… No lo sé. Tengo la sensación de que esto no acaba aquí.

—El hecho de que haya sido fácil no significa que no tengamos razón —dice Anne—. Disfruta de la victoria. Escríbele.

Niego con la cabeza.

—No puedo. Tengo que saberlo. No enviaré otra carta para que me la devuelvan.

Capítulo 16

Ven a esconderte conmigo

Luca

Es probable que fuera bastante patético que no pudiera sacarme a Naomi de la cabeza. Durante la temporada que estuve en los marines, solo salí con unas cuantas chicas. Con ninguna tuve una relación seria. Nunca les di esa opción. Estaba demasiado colado por una chica a la que nunca había visto en persona. Ni siquiera nos conocíamos, pero yo la tenía en un pedestal, y ninguna de las chicas con las que estuve se le acercaba siquiera a la suela de los zapatos.

Cuando apareció Penny, no pensé que nuestra relación fuera a llegar más lejos que las demás, honestamente. Supongo que no me di cuenta de lo mucho que yo le gustaba. Ella sabía que yo no estaba emocionalmente disponible, pero desconocía el motivo. El sexo estaba bien, pero supongo que, con el tiempo, no fue suficiente. Rompió conmigo varias veces, siempre entre lágrimas y preguntándome por qué no podía actuar como si ella me importara. Entonces, unos meses después, volvía para disculparse y decirme que le parecía bien que tuviéramos una relación puramente física. El ciclo se repitió varias veces, incluso cuando ya habíamos dejado el ejército.

Se vino conmigo a San Diego. Ahí fue cuando esa relación intermitente se convirtió en algo más. Fuimos a la misma universidad, y, con los meses, terminamos viviendo juntos. Conocí a su familia, que me acogió como si fuera uno de los suyos. Había pasado tanto tiempo solo que me gustó que alguien se preocupara por mí. Sus padres me trataban como a un hijo. Sus hermanas me consideraban su hermano. Sentí que, de nuevo, formaba parte de una familia.

Todo fue bien durante una temporada. No era el mejor novio, pero ella me aguantaba. Tampoco sabía de la existencia de las cartas. Se me dio bien guardar el secreto, al menos durante un tiempo. A veces ella se quejaba de nuestra relación y me daba la lata, pero la mayor parte del tiempo nos llevábamos bien.

Entonces, un día, de la nada, empezó a planear nuestra boda. Yo no le había propuesto matrimonio, pero, de repente, llevaba un diamante en el dedo y presumía de él delante de sus amigas. No tenía ni idea de dónde había sacado el maldito anillo hasta que vi el cargo en la tarjeta de crédito.

Me planteé confrontarla. Consideré pedirle que devolviera el anillo y que se mudara. Para ser sincero, me acojonaba lo que hacía. Aunque también me daba miedo terminar con todo. Me preguntaba si ella era lo mejor a lo que podía aspirar. Estaba con una mujer preciosa que quería ser mi esposa. El sexo todavía era decente y la mayor parte del tiempo nos soportábamos. A veces me preguntaba si el único problema de nuestra relación era mi miedo a comprometerme con ella. Tal vez, ese era el empujoncito que necesitaba.

Las cosas con Naomi no iban a ninguna parte. Llevaba mucho tiempo aferrado a una fantasía. Ella había dejado claro más de una vez que no quería conocerme en persona. Le gustaba que nos insultáramos en las cartas, pero no me quería a mí, y yo perdía el tiempo al creer que, tal vez, un día me querría. Nunca le había contado nada sobre mis relaciones anteriores, pero decidí hablarle de Penny.

Querida Naomi:

Creo que estoy comprometido. Mi novia se ha comprado un anillo con mi tarjeta de crédito y ahora está planeando la boda. No estoy muy seguro de cómo ha ocurrido porque nunca le he propuesto matrimonio. ¿Qué crees que debería hacer? ¿Puedo ir a esconderme contigo, o tengo que dejarme de tonterías y casarme con ella?

Con cariño,

Luca

Supongo que esperaba que Naomi tuviera la respuesta. Tenía dos opciones: que me dijera que tenía que dejar a Penny o que era un imbécil y debía casarme con ella porque me merecía una vida llena de miseria. Nunca me planteé que no fuera a contestar. Esperé semanas, meses, pero no recibí respuesta. Cuanto más esperaba, más se acercaba la fecha de la boda que Penny había planeado. Pasaron seis meses, y ya era demasiado tarde para discutirle que, en realidad, no estábamos comprometidos. Ella ya había reservado el lugar para la boda, tenía al cura y había encontrado su vestido ideal.

También había encontrado una casa para que viviéramos juntos en Texas. Quería estar cerca de su familia, y, como en San Diego yo solo conocía a Ben, tenía sentido que nos mudáramos a Texas. Su padre pagó la entrada de la casa, luego empaquetamos nuestra vida en cajas y metimos los muebles en un camión de mudanzas.

Cuando llegamos a Dallas, ya habían pasado seis meses desde la última carta que le había mandado a Naomi. No esperaba que me contestara, pero tampoco quería perder el contacto. Le envié otra carta para decirle que al final iba a casarme, y añadí mi nueva dirección.

Sabía que no me había prometido nada; nunca me ofreció nada más que cartas llenas de insultos, perturbadoras o divertidas, pero me dolió que no me contestara.

Llevábamos un mes en la nueva casa cuando todo se fue a la mierda. Penny estaba explorando en todos los armarios.

Cuando le pregunté qué hacía, me respondió que buscaba un lugar donde esconder su vestido de novia. Y así encontró la caja con las cartas. Yo estaba sentado en el salón cuando entró hecha una furia con la caja. Sin saber cómo, me encontré entre un centenar de cartas.

—¿Se puede saber qué coño es esto? —gritó.

—¿A ti qué te parece? Son cartas.

—De Naomi —pronunció el nombre como si fuera veneno—. ¿Por qué las tienes?

—Fue mi amiga por correspondencia en primaria —contesté—. Relájate.

Al parecer, «relájate» fue lo peor que podría haber dicho, porque gritó hasta que casi me explotan los tímpanos.

—¿Qué mierdas, Penny?

—Estas cartas son de este año, Luca. ¿Como te atreves a decirme que son de primaria? ¿Por qué nunca me has hablado de ella?

—No hay nada que contar —aseguré—. ¿Las has leído?

—Me estás poniendo los cuernos.

—Vale, no las has leído.

Agarró dos cartas y leyó la despedida.

—Con cariño, Naomi. «Con cariño, Naomi». ¡Cariño, cariño, cariño!

—¿Y qué pasa?

—Lo que pasa es que le dices esto a ella, mientras que yo casi tengo que suplicarte que me digas cosas cariñosas.

—Me gustaría remarcar que fue ella la que escribió «con cariño». No yo.

—Ah, ¿sí? Entonces, ¿qué es esto?

Se sacó otra carta del bolsillo y me la lanzó. La recogí y la miré, confundido. Tardé un momento en procesar que esa era la última carta que le había enviado a Naomi, la que había dejado en el buzón un mes antes, con mi nueva dirección. Penny la había interceptado.

—«Con cariño, Luca» —leyó en voz alta—. ¿Cómo puedes decirle eso a ella, pero no a mí?

Quería explicarle que simplemente era el modo con el que siempre nos despedíamos en las cartas, pero ya no me parecía importante.

—¿Cuánto tiempo hace que tienes esa carta? —pregunté.

Miró la hoja que tenía en una mano y después otra vez a mí. Un destello brilló en sus ojos. Nunca la había visto tan enfadada.

—Eso da igual, Luca —pronunció cada palabra con cuidado mientras movía la carta como si fuera un cuchillo—. Supongo que tengo que agradecer que la oficina de correos devolviera la carta. Ni siquiera deberías escribirle. Nos casamos en dos meses, joder.

—Nunca acepté casarme contigo —espeté.

—¿Estás de broma? —Alzó la mano para ponerme el anillo delante de la cara—. ¿Y esto qué es?

—Te lo compraste tú —aclaré.

—Hace meses que planeamos la boda. El recinto ya está pagado. Tengo el vestido. Ahora ya no puedes echarte atrás.

—Si te tranquilizas un poco, podemos hablar…

—Es por ella, ¿verdad? Por eso ahora no quieres casarte conmigo.

—¿Por ella? No sé nada de ella desde hace meses.

—Deja de mentirme. Creía que había acabado con esto hacía tiempo, pero es obvio que nunca dejaste de escribirle. ¿Dónde guardas el resto de las cartas?

—No te miento. ¿Y a qué te refieres con acabar con esto?

—Y una mierda. Vi lo que te escribió sobre nuestra boda. Por eso ahora quieres echarte atrás.

Sentí que me arrancaban el corazón. Pensé en la carta que le había enviado a Naomi, la que ella nunca contestó.

—¿De qué hablas?

—Le dijiste que nos íbamos a casar.

—Sí. Y ella nunca contestó.

Penny esbozó una sonrisa justo en ese momento, pero no era una sonrisa feliz ni amistosa. Era demoníaca. Me puso los pelos de punta. Daba un miedo de la hostia. Sacó otra carta del bolsillo trasero de sus pantalones. Me levanté, dejé caer las otras cartas al suelo y se la arrebaté de las manos. Nunca había visto esa carta de Naomi. Estaba fechada hacía siete meses, solo unos días después de que le hubiera hablado del compromiso.

Querido Luca:

Creo que deberías dejar a esa pobre chica antes de que cometa el error de casarse contigo y se dé cuenta de la mierda de persona que eres. Ven a esconderte conmigo si lo necesitas. Ya sabes dónde vivo.

Con cariño,

Naomi

—«Ven a esconderte conmigo» —recitó Penny entre dientes. Siguió quejándose de las cartas, pero dejé de prestarle atención. Estaba cabreado, y mis ojos se nublaron de rabia.

—¿La has guardado todo este tiempo? —pregunté.

—Tendría que haberla quemado —dijo—. De hecho, tendría que haberlas quemado todas. —Salió de la habitación y se fue hacia la cocina. Abrió varios cajones hasta que encontró el encendedor, sonrió todavía más y lo levantó.

—Es hora de decirle adiós a Naomi.

Le arrebaté el mechero de la mano antes de que hiciera alguna tontería. Lo tiré al suelo y lo rompí con un pie. Entonces, furioso, regresé al salón y recogí las cartas que había tirado sobre el sofá y las que habían caído al suelo. Las metí de nuevo en la caja, sin preocuparme por que estuvieran en orden. Podía arreglarlo después. Solo necesitaba salir de ahí. Necesitaba escapar de ella.

—Se cancela la boda, Penny.

—No puedes cancelarla —negó—. Me debes la mitad de todo.

—Nunca acepté casarme contigo. Lo has planeado todo sin mi consentimiento.

Bufó.

—Claro, como si no supieras que nos íbamos a casar. Supongo que vivir en esta casa sin pagar nada era muy conveniente para ti, ¿verdad? Mientras tanto, dejaste que pensara que teníamos un futuro. Estás como una cabra, Luca.

Terminé de recoger todas las cartas, me erguí y me planté delante de ella. Tenía los ojos rojos, el rastro de las lágrimas resplandecía en sus mejillas. Aunque estuviera cabreado con ella y el compromiso no hubiera sido idea mía, sabía que no podía marcharme sin una despedida como Dios manda y una explicación. No quería ser como mi padre. Respiré hondo para calmarme y le ofrecí la mano derecha, que ella agarró, indecisa, con la izquierda.

—Siento mucho no haberte dicho antes que no quería casarme. Que empezaras a planear la boda me pilló por sorpresa. Para ser sincero, te seguí el rollo porque no sabía cómo actuar. Es lo que la gente hace cuando llega ese momento en la relación, ¿no? Casarse, formar una familia. Pensé que solo le tenía miedo al compromiso. Que tú solo me dabas el empujón que necesitaba para hacer lo que se esperaba de mí. Para satisfacer las expectativas de la sociedad. Me sabe mal no haberme dado cuenta de que cometía un error. No era solo mi vida la que se veía afectada por mi inacción. También te afectaba a ti. Nunca tuve la intención de hacerte daño. Pero creo que tengo que estar enamorado de la persona con la que me case. Y, lo siento mucho, pero no estoy enamorado de ti.

Con su mano en la mía, le deslicé el anillo del dedo. Ahogó un grito por la sorpresa. Metí el anillo en uno de mis bolsillos y luego cogí la caja con las cartas.

—Voy a hacer la maleta —añadí—. Me llevo mi coche, mi ropa y mis cartas. Puedes quedarte con todo lo demás.

Capítulo 17

La rompehogares

Naomi

—No puedo creer que me hayas convencido para volar a Dallas.

Anne y yo estamos delante de una casa que probablemente costaría un par de millones en Miami. Es una propiedad preciosa, y, desde luego, es una mejora en comparación con la pequeña casita azul junto a la playa en la que se crio Luca. Se alza con orgullo en un barrio repleto de casas idénticas, todas igual de magníficas y con el césped meticulosamente cortado.

Ahora que estamos aquí, me da pánico llamar al timbre. Supongo que me da miedo que Luca abra la puerta, porque entonces será la confirmación de que todavía está casado.

—Anda, vamos —me empuja Anne. Me coge de un brazo y tira de mí para cruzar el césped hasta la puerta principal. Antes de que tenga la oportunidad de salir corriendo, llama al timbre.

Una mujer abre la puerta al cabo de unos segundos. Es más o menos de nuestra edad y tiene los ojos oscuros y el pelo negro. Nos sonríe con amabilidad.

—Hola. ¿Puedo ayudaros en algo?

Anne me da un codazo en las costillas.

—Tú debes de ser Penelope —digo.

Ella mantiene la sonrisa.

—La misma. ¿En qué puedo ayudaros? —insiste.

—Intentamos localizar a Luca Pichler. ¿Está por aquí?

En cuanto menciono su nombre, Penelope deja de sonreír.

—¿Estás de broma? ¿Buscáis a Luca?

—Me habían dicho que vivía aquí. ¿No eres su mujer?

Pone los ojos en blanco de manera exagerada, pero luego la sonrisa regresa a su cara y ríe ligeramente.

—¿Por qué no entráis? —ofrece—. Os invito a un té.

Anne y yo intercambiamos una mirada y ella asiente. Ambas sabemos que, si queremos encontrar respuestas, tenemos que seguirle el juego. Entramos en un gran vestíbulo. Una escalera con barandilla de caoba envuelve un lado de la sala, que tiene suelos de mármol. Sobre nosotras cuelga una lámpara de araña. No me gustaría estar en esta casa durante un terremoto.

Seguimos a Penelope a través del salón y llegamos a la cocina. Cada estancia es más elegante que la anterior. Nos sirve un vaso de té frío a cada una. Me siento un poco reticente ante la idea de beberlo, pero Anne le da un sorbo y parece que sigue viva. Penelope me pone nerviosa, no sabría decir por qué.

—¡Luca! —grita, y me asusta. Entonces, más alto—: ¡Luca! Tienes visita. ¡Luca!

Tengo la piel fría, aunque estoy sudando como en una sauna. En el fondo, estaba tan convencida de que Luca no estaría aquí que no me había parado a pensar qué haría si ese no era el caso. No me imagino qué pasará cuando baje por las escaleras y me vea en su cocina con su mujer.

Esperamos unos segundos. La casa está en completo silencio. Me sorprende que, incluso en una casa tan grande como esta, él no haya escuchado a Penelope. Espero a que grite de nuevo su nombre, pero no lo hace. En su lugar, se gira hacia nosotras con una sonrisa de loca estampada en la cara.

—Oh, es verdad. Luca ya no vive aquí —dice Penelope. Pone los ojos en blanco otra vez y se ríe sola.

Anne enarca una ceja. Aparta el vaso y lo mira como si acabara de darse cuenta de que existe la posibilidad de que esta mujer esté tan mal de la cabeza para envenenar a dos completas desconocidas.

—Ese cabrón infiel solo vivió aquí durante un mes antes de que lo echara de casa —continúa—. De todos modos, ¿quiénes sois y por qué lo buscáis?

Miro a Anne de reojo. Me arrepiento de haber entrado en esta casa. Por la expresión de su cara, deduzco que piensa lo mismo. Vuelvo a centrarme en Penelope. Trato de pensar en cómo explicar quién soy y por qué busco a su exmarido. O exprometido. No estoy muy segura de cuándo rompieron. Antes de que le diga mi nombre, Anne posa una mano sobre mi hombro para pararme.

—Somos cazarrecompensas —explica Anne—. El señor Pichler cometió un crimen y luego desapareció del mapa. Le estamos siguiendo la pista.

Me impresiona la rapidez con la que se ha inventado esa mentira. Penelope sonríe, como si disfrutara al saber que Luca está en busca y captura. Luego se encoge de hombros.

—Creo que tendríais más suerte en San Diego. Lo último que sé es que vivía en casa de Ben Toole. O, mejor aún, investigad a Naomi Light. Es la zorra con la que me puso los cuernos.

Me quedo helada. Por un momento, pienso que sabe quién soy y que me está poniendo a prueba. Pero no me mira a los ojos, y noto que está genuinamente enfadada por lo que cree que ocurrió. Consigo mantener la compostura.

—Guau —digo—. Parece que es un pedazo de mierda.

—Lo es. Entonces, ¿qué ha hecho para que lo busquéis? Siempre supe que se metería en problemas.

Estoy a punto de inventarme algún crimen cuando Anne suelta:

—Es confidencial. Nuestro trabajo es atraparlo, y divulgar información podría poner en riesgo la investigación.

—Claro, por supuesto —dice Penelope—. Estoy segura de que recibirá su merecido.

Me mira de arriba abajo y luego hace lo mismo con Anne. Siento que nos evalúa. Levanta una ceja.

—No parecéis cazarrecompensas.

—Hay cazarrecompensas de todo tipo —contesta Anne—. A ella se le da bien rastrearlos, yo soy la fuerza bruta.

Echo un vistazo a Anne. Somos más o menos del mismo tamaño. Dudo que alguien nos mirara a cualquiera de las dos y creyera que somos capaces de desarmar a un hombre adulto. Cuando vuelvo a mirar a Penelope, su cara me dice que piensa lo mismo. Tiene los ojos entrecerrados y los alterna de la una a la otra.

—Soy cinturón negro desde los diecisiete —explica Anne—. Soy más fuerte de lo que parece.

—Tendríamos que irnos ya —intervengo. Necesito salir de este lugar antes de que Penelope se dé cuenta de quién soy y me encierre en el sótano—. Gracias por el té.

Penelope echa un vistazo a mi vaso, que sigue lleno. Sonríe ligeramente.

—Un placer.

Cuando llegamos a la puerta principal, nos da una tarjeta.

—Llamadme cuando lo encontréis —pide—. Le debe cien mil dólares a mi padre por cancelar la boda.

—Por supuesto. —Acepto la tarjeta.

No sé por qué me alivia tanto saber que nunca llegó a casarse. Estoy contenta de que Luca no haya sufrido un interminable divorcio con esta mujer. De todos modos, me pregunto qué lo atrajo de esta mujer y cómo es posible que estuviera a punto de casarse con ella. Tan solo he pasado unos minutos a su lado y he salido de ahí cagada de miedo.

Anne me agarra de un brazo mientras caminamos lo más rápido posible por el césped de vuelta al coche de alquiler. Ninguna de las dos dice nada hasta que estamos a salvo en el interior del vehículo.

—Vale, eso ha sido una locura —empieza Anne.

—Ya ves. ¿Te imaginas que le hubiera enviado una carta a esta dirección? Seguro que ella la habría encontrado y no habría parado hasta dar con mi paradero y matarme con un cuchillo mientras duermo.

—Cree que Luca la engañó contigo. ¿Os escribíais cartas subidas de tono o algo así? ¿Por eso no has traído más cartas para que las leyera?

—No. Nunca. Siempre estaban llenas de insultos.

Recuerdo la carta que escribió cuando vivía en Georgia, antes de mudarse a Dallas. Me gustaría saber si ya estaba con Penelope o si la conoció en Dallas. Si se lo digo ahora a Anne, sabrá que no me he olvidado las cartas en casa por un descuido. Me pregunto si Penelope sabía que él quería que nos conociéramos en persona. Tal vez leyó algunas de las cartas y asumió que, cuando su marido volvía a casa oliendo al perfume de otra mujer, era por mí. O tal vez le habló de mí, aunque eso me cuesta creerlo.

—Tenemos que encontrar a Ben Toole —digo.

—Ha dicho que volvió a San Diego.

Saco el teléfono y busco a Ben Toole en PeopleFinder. Aparece su nombre junto a la ciudad, pero han eliminado el resto de la información. Tal vez se haya compinchado con Luca.

—No sale ni la dirección ni el teléfono —digo—. Seguramente, lo ha borrado.

Anne se acerca para verlo.

—Supongo que tendremos que volver a San Diego el próximo fin de semana.

No sé ni por dónde empezaríamos con tan poca información de Ben Toole. De él sé mucho menos que de Luca, y San Diego ya demostró ser un callejón sin salida. Tiene que haber una manera más efectiva de encontrar a alguien.

Miro el reloj del salpicadero. Se hace tarde. Por mucho que quiera encontrar a Luca, hoy ha sido un día agotador, y solo me apetece volver a casa. Si queremos estar en Miami mañana por la mañana, tenemos que irnos ya al aeropuerto.

—Sí, el fin de semana que viene —admito con un suspiro.

La regla de la primera cita

Naomi

Es domingo a media tarde y Jake toca el timbre. No lo esperaba hasta dentro de unas horas, pero aquí está, apoyado contra el marco de la puerta.

—Llegas pronto —le digo.

—¿En serio? —Se mira la muñeca, a pesar de que no lleva reloj. Frunce el ceño y hace un paripé para fingir que se sorprende por la hora—. Quería verte antes de que cenaras, solo por si te habías olvidado de que hemos quedado. ¿He llegado a tiempo?

—Son las tres, todavía no he cenado.

—He pensado que podríamos salir en una hora.

—¿No te parece temprano cenar a las cuatro?

—Bueno, dijiste que te acuestas cuando la mayoría de la gente se prepara la cena, así que asumí que cenas mucho antes que el resto.

Se me forma una sonrisa en los labios. ¿Quién habría dicho que este chico sería tan considerado? No he tenido demasiadas citas desde que empecé a trabajar en la tele con este horario tan intempestivo, pero a los pocos chicos con los que he salido ni se les pasó por la cabeza que salir a cenar a las ocho de la noche podría irme mal.

—¿Dónde vamos a cenar? —pregunto.

—He reservado en el japonés que hay al lado de la playa.

Arqueo una ceja.

—¿De verdad? No he ido nunca. Me han dicho que está muy bien. —Y que es caro.

—Eso espero. Quiero que nuestra primera cita sea especial.

—¿Primera cita? —resoplo—. Es más bien la tercera. O incluso la cuarta.

Esboza esa sonrisa torcida tan suya.

—Todavía no hemos tenido una cita de verdad.

Frunzo el ceño para intentar reprimir una sonrisa.

—Entonces, ¿qué fue lo del domingo?

—Un desayuno, no una cita.

—Fue una cita de desayuno.

—Fue un desayuno.

—Habría sido solo un desayuno si no hubieras insistido en pagar la cuenta.

—No me digas que piensas que lo del pasillo también fue una cita. Espera, si esa fue la segunda, ¿cuál fue la tercera? —Está claro que todo esto le hace gracia.

—Fue una cita de pícnic. —Le doy un golpecito con un dedo en el pecho—. Y esa fue nuestra tercera cita. La segunda fue en el acuario.

Me coge la mano y la separa de su pecho, pero no la suelta.

—Vale. ¿Cómo puedes creer que *eso* era una cita? Viniste a verme al trabajo, y ni siquiera te invité a nada.

—Se convirtió en una cita cuando nos liamos bajo aquella luz tan romántica del tanque de salmones. ¿Y por qué piensas que una cita implica gastar dinero?

—Naomi, todavía no hemos tenido ninguna cita.

—Bueno, para ser dos personas que no han salido de manera oficial, nos hemos besado bastante.

Su mirada baja hasta mis labios y luego sube lentamente, hasta que vuelve a encontrarse con mis ojos.

—Eso no es lo habitual. Nunca beso a una chica hasta después de la primera cita. Quizá incluso de la segunda.

Me cuesta creer. Mis ojos se posan en sus labios. Hace poco que se ha afeitado. La semana pasada pensé que la barba de varios días le quedaba bien, pero tiene ese tipo de cara a la que le queda bien tanto llevar la barba desaliñada como el rostro recién afeitado.

—Bueno… —digo.

—Bueno… —repite. Todavía me sujeta la mano. Entrelaza sus dedos con los míos.

Me aclaro la garganta y le acaricio los dedos.

—¿Alguna vez has besado a alguien antes de la primera cita?

—La verdad es que no.

—Oh. Entonces supongo que tendremos que esperar hasta…

Da un paso adelante para interrumpirme y, antes de ser consciente de lo que ocurre, sus labios están sobre los míos y mi espalda choca contra la pared. Su lengua se desliza contra la mía y se me escapa un ruidito. No sé si es un jadeo o un gemido. Tal vez un poco de ambos. Noto sus manos en las caderas, me sujetan cerca de su cuerpo. Llevo los dedos a su pelo, y lo acerco mientras mantengo sus labios sobre los míos.

Nuestro último beso solo me dejó con ganas de más, pero no tenía ni idea de lo que me esperaba. De todos los besos de mi vida, este es, de lejos, el mejor. Su boca encaja a la perfección con la mía, como si lleváramos años besándonos. Él ya sabe lo que me gusta. Es sensual, pero no solo hay deseo. Hay algo más. Y es algo a lo que quiero aferrarme.

Baja las manos hasta mi culo y me coge en brazos, y yo envuelvo sus caderas con las piernas. Es casi demasiado tenerlo tan cerca, con nuestros cuerpos presionados el uno contra el otro. Me aprisiona, y lo noto todo, todo él. Muevo la cadera contra la suya, y le suplico un poco más. No parece que haya nada que pueda evitarnos ir más allá.

—¿Podemos saltarnos la cena? —suspiro. Mis manos agarran ahora la parte delantera de su camiseta—. Podríamos quedarnos aquí.

Sonríe, y eso me vuelve loca.

—Por mucho que me encante ese plan, he reservado.

—Oh, tienes razón. ¿A qué hora?

—A las cuatro.

Ahora que lo dice, es verdad, ya lo había mencionado antes. Parece que su beso tiene un efecto secundario: pérdidas de memoria a corto plazo.

—Puedo darte algo de tiempo para que te prepares.

—No necesito mucho.

Alzo la barbilla de nuevo. Sus labios se encuentran con los míos a medio camino. Noto un calor donde nuestros cuerpos se conectan, un bulto que me indica que tiene tantas ganas como yo. Me restriego contra él, pero llevamos demasiada ropa. Quiero que nos la quitemos, eliminar todas estas barreras que hay entre nosotros.

—¿Tienes alguna norma respecto al sexo antes de la primera cita? —pregunto.

Exhala despacio, como si intentara controlarse. Por un momento, creo que se alejará otra vez de mí, pero no lo hace.

—En lo que se refiere a ti, no tengo ninguna regla.

—Está bien saberlo.

Tiro de su labio con los dientes. Gruñe, y me da un beso juguetón en la boca. Se lo devuelvo, y junta nuestros labios de nuevo, y me obliga a abrirlos para saborearme. Me olvido de que me está sujetando contra la pared. Me siento ligera, como si flotara, y lo único de lo que soy consciente es de la sensación de sus labios sobre los míos, del sabor de su boca. Es el tipo de beso que hace que una chica se olvide de su propio nombre, al menos durante un segundo.

—¿Te apetece? —digo para recordarle la pregunta que le he hecho.

—Es difícil decirte que no.

—¿Quieres decirme que no?

—No. Ese es el problema.

—¿Voy demasiado rápido? —Bajo las manos entre nosotros y juego con la cremallera de la bragueta.

Inhala intensamente y empuja su cintura contra la mía otra vez y, por un segundo, creo que está a punto de pasar. Antes de poder bajarle la bragueta, una voz en el pasillo nos sobresalta.

—Por el amor de Dios, que en el edificio viven niños.

Entonces me suelta, y mis piernas se deslizan por su cuerpo hasta que vuelvo a estar de pie. Los dos nos giramos hacia la puerta, que nos habíamos olvidado de que estaba abierta, y vemos a la misma mujer que se mofó de nosotros cuando el otro día comimos en el rellano.

Me noto la cara ardiendo, seguro que estoy roja como un tomate. Estiro un brazo y cierro la puerta, pero ya nos ha cortado el rollo.

—Tal vez deberíamos esperar —sugiere.

Le miro los pantalones, ahí donde su cuerpo parece protestar por sus palabras.

—Claro.

—No es que no quiera. Sí que quiero, créeme.

—No tienes que darme explicaciones —le aseguro.

Estamos en el pasillo de mi casa, el uno frente al otro. Su pecho sube y baja con cada respiración. Una sonrisa asoma a sus labios.

—Tal vez quieras peinarte un poco antes de que vayamos al restaurante —dice.

Suelto una carcajada, lo que rompe el hielo. Levanto una mano y me toco el pelo, luego lo miro a él. Tiene el pelo alborotado, justo donde yo lo agarraba.

—Tú también —comento.

Me ofrece una sonrisa torcida. Luego se inclina y me besa.

—Prepárate —dice—. Ahora vuelvo.

Hacía años que no iba a un restaurante *hibachi*. La última vez fue cuando vivía en Oklahoma. Su mano aterriza en la parte baja de mi espalda cuando nos acercamos al edificio. Siento el calor de su tacto. Deja la mano ahí incluso mientras atravesamos las puertas. La camarera de la entrada levanta la vista del mostrador.

—Tenemos una reserva a nombre de….

—¡Naomi Light! —exclama la camarera, que me reconoce—. ¡La mujer del tiempo! La veo cada mañana en las noticias. —Se le ilumina el rostro como si fuera una persona famosa.

Sonrío, incómoda.

—Cuando he visto su nombre en la lista de reservas, pensé que era una broma —continúa. Agarra un par de menús—. Pueden venir por aquí.

Una vez que estamos en nuestra mesa, me acerco a Jake y susurro:

—¿Hiciste la reserva a mi nombre?

Se encoge de hombros.

—Les di ambos nombres. Supongo que el tuyo es el único que ha reconocido.

El chef llega a nuestra mesa y prepara la comida. Es todo un espectáculo: juega con el fuego y hace malabares con los huevos. Jake pide un entrecot y yo, el pollo con gambas. Cuando nos sirven la comida y el chef se marcha, me giro hacia él.

—Se me ha olvidado preguntarte cómo fue el evento de adopción. ¿Han conseguido un nuevo hogar?

Niega con la cabeza.

—Nadie los quiso. Parece que se quedan conmigo otra semana.

—¿De verdad? Vaya, qué sorpresa. ¿Quién no querría adoptar a un par de gatitos que juegan a los bolos?

Se encoge de hombros.

—Hay otro evento este fin de semana. No los adoptaron porque quiero que se vayan juntos, y no todo el mundo está dispuesto a adoptar a dos gatitos de entrada. Pero han creado un vínculo, y no quiero separarlos.

Pasamos unos minutos comiendo y disfrutando de la comida. Estoy a punto de meterme una gamba en la boca cuando veo que me observa.

—Lo siento mucho —me disculpo, y dejo la gamba en el plato—. ¿Debería taparme con una servilleta cuando me las meto en la boca?

Se ríe.

—Ya te he dicho que no me ofende que comas marisco. Aunque si eso fuera delfín…

Frunzo el ceño.

—¿Hay gente que come delfín?

—En algunas partes del mundo —afirma con un gesto de desdén.

—¿Quieres probar? —Pincho una gamba con el tenedor y se la acerco para que se la coma. Pone cara de asco y niega con la cabeza. Yo pongo los ojos en blanco—. Pensaba que el marisco no te ofendía.

—El marisco en general, no. Pero ¿las gambas? Son básicamente grillos marinos. No, gracias.

Giro el tenedor y miro la gamba, luego la dejo en el plato.

—Ahora ya no puedo comerla. Muchas gracias.

Se ríe.

—Lo siento.

—Lo siento no me basta —respondo de brazos cruzados—. Me has arruinado la cena.

Estira un brazo y agarra mi tenedor para llevar la gamba de vuelta a mi boca.

—Anda, cómetela. Estoy seguro de que los grillos son buenos para el cuerpo.

Aparto el tenedor.

—No me ayudas. —Trato de parecer enfadada, pero es difícil esconder la risa cuando me empuja la gamba contra los labios.

—En algunas partes del mundo, los grillos son una exquisitez —contraataca.

—Qué reconfortante. —Le robo el tenedor de la mano y me como la gamba, aunque intento no pensar en bichos mientras mastico.

—No puedo creer que te la hayas comido.

Le tiro la servilleta.

—Nunca más saldré a cenar contigo.

—Ya lo veremos —dice entre risas.

Lo miro exasperada, pero me resulta difícil esconder una sonrisa.

—Háblame de tu familia —propongo—. ¿Cuántos hermanos tienes?

—Tres. Dos hermanas gemelas y un hermano.

—Oh, guau. ¿Gemelas? Siempre he querido una hermana gemela. ¿Alguna vez te han engañado a ti o a tus padres con la misma ropa?

Sonríe con nostalgia.

—A veces. Son idénticas, pero, si las conoces de verdad, las diferencias se ven con facilidad.

—Me da envidia que crecieras con una familia numerosa. Supongo que os lleváis bien, ¿verdad?

Se toma un momento para masticar la comida antes de contestar.

—Podría decirse que sí. Veo a mi padre cada día. Me junto con mi hermano y mis hermanas cada quince días. Cenamos en familia una vez al mes. Es una cena bastante caótica, con todos los niños, los primos, la familia extendida. La mayoría tienen pases anuales al acuario, de modo que vienen bastante a menudo.

—Suena divertido. Yo crecí con mis primas, así que entiendo lo caótico que puede llegar a ser. ¿Tienes sobrinas o sobrinos? ¿O algún hijo propio? —Levanto la vista del plato cuando suelto la bomba. Espero que mi pregunta cotilla haya sido sutil.

Levanta las cejas, como si le sorprendiera siquiera que lo preguntara.

—¿Yo? No.

—¿Nunca te has casado?

Sacude la cabeza. Una sonrisa se asoma a sus labios.

—¿Y tú?

—No, tampoco tengo hijos.

—Aunque se te dan bien los niños.

—¿Por qué lo dices? —pregunto.

—Te he visto con Caitlin fuera varias veces.

No tengo ni idea de a quién se refiere.

—¿Con quién?

—Con Caitlin —repite—. Es una monada de niña. Le encantan los bichos.

—¡Oh! ¿La Niña Oruga? ¿Se llama así?

Alza una ceja.

—¿La llamas la «Niña Oruga»?

—Siempre juega con orugas, y hasta tiene un libro para colorear de orugas —respondo despreocupada—. Supongo que tendría que haberle preguntado cómo se llama.

Después de cenar, conduce hasta casa. Mi mano roza la suya cuando salimos del aparcamiento. Me la coge y no me suelta durante todo el camino de vuelta. Cuando llegamos a la puerta principal, tira de mí y me acerca a él para robarme un beso que me acelera ligeramente el corazón. Le sonrío mientras atravesamos la puerta juntos. Mis ojos se posan en Joel, que está en el mostrador de seguridad. No puedo evitar notar la mirada crítica que tiene cuando sus ojos bajan de nuestros rostros hasta nuestras manos. Me pregunto si Jake habrá notado que el guardia de seguridad parece tener un problema con que salgamos.

—¿Joel siempre está de guardia? —pregunto cuando llegamos a las escaleras.

—No tiene mucha vida fuera del trabajo.

—Aun así, me parecen muchas horas de trabajo para un hombre de su edad. En realidad, son muchas horas para cualquiera.

—Debe de gustarle hacer horas extra.

Cuando llegamos a mi planta, me sigue a la puerta de casa.

—Normalmente, esta es la parte de la cita en la que tendríamos nuestro primer beso —dice.

—Creo que nos hemos adelantado un poco.

Una de las comisuras de sus labios se alza. Su mirada se mueve de mis ojos a mis labios. Mi cuerpo sube de temperatura cuando recuerdo cómo entró a mi piso y me empujó contra la pared esta tarde. Cómo se apoderó de mis labios con los suyos, cómo sentía su cuerpo contra el mío, cómo se me aceleró el pulso cuando vi lo excitado que estaba debajo de los pantalones. Recuerdo cada detalle. Nadie me ha puesto así de cachonda en mucho tiempo. Seguramente intentaría acelerar las cosas si ahora mismo me besara de esa manera.

Me acaricia un brazo con los dedos, lo que me pone toda la piel de gallina. Estoy a punto de invitarlo a entrar, pero, antes de tener la oportunidad, inclina la cabeza y me besa. No lo hace con la misma intensidad que antes, pero sus labios, cálidos sobre los míos, me dejan con ganas de más.

—Buenas noches, Naomi —dice cuando se aleja. Se me hunden los hombros; esas tres palabras son lo más decepcionante que he oído en toda mi vida.

—Buenas noches. —Mi voz sale como un susurro que apenas oigo.

Entro en casa. No me doy cuenta de lo excitada que estoy hasta que me apoyo contra el otro lado de la puerta para recuperar el aliento. Ha pasado mucho tiempo desde que alguien me aceleró el pulso de esa manera. Tampoco estoy segura de que haya ocurrido antes. De todos modos, no puedo evitar pensar en cómo es posible que últimamente mis pensamientos siempre acaben en Luca, ahora incluso más, cuando sé que no llegó a casarse. No sé por qué dejo que un hombre al que nunca he conocido en persona ocupe espacio en mi cabeza. No puedo controlarlo. Con esto en mente, quizá sea mejor que Jake no entre en casa. Por mucho que quiera que ocurra, sé que necesito encontrar una manera de sacarme a Luca de la cabeza antes de seguir adelante con Jake.

Capítulo 19

Vestida para impresionar

Naomi

Me despierto sedienta en mitad de la noche. Me levanto de la cama y voy de puntillas, a pesar de que vivo sola, hasta la cocina. Supongo que no quiero molestar al vecino de abajo. Enciendo la luz y me sirvo un vaso de agua fría. Cuando tomo un sorbo, mis ojos vagan hasta la pila de correo que dejé en la encimera el viernes. Me distrajeron las cartas de Luca y, después, la cita del pícnic en el pasillo con Jake, y se me olvidó revisar el correo.

Lo miro ahora, tiro la propaganda y separo las facturas para pagarlas. Cuando llego al último sobre, me quedo congelada. Gracias a la luz que llega del salón, veo que no tiene remitente. Mi nombre y dirección están escritos a mano. Reconozco la letra. He observado la evolución de esa caligrafía durante casi veinte años. Es sorprendente ver una carta de Luca con la dirección de mi casa en lugar de la del canal. Esto significa que sabe dónde vivo. Me gustaría saber qué más sabe de mí.

Rompo el sobre y saco la carta. Es más larga que las que suele enviar.

Querida Naomi:

He esperado hasta ahora para escribirte de nuevo porque confiaba en que hubieras recibido tarde mi carta y que eso explicara por qué no decías la palabra mágica durante el tiempo. Pero no la has dicho en toda la semana, y debo admitir que estoy bastante decepcionado. ¿Es porque no puedes salirte del guion o has perdido el interés? Hace dos años que no sabes nada de mí, de modo que supongo que las cartas no son tan entretenidas para ti como antes. Tal vez incluso estás enfadada por que te siga escribiendo.

¿Te acuerdas de cuando te propuse que fuéramos amigos en Facebook? Creo que ambos estábamos en el penúltimo año de instituto. Nunca te he confesado que busqué tu perfil antes de pedírtelo. Tenía planeado enviarte una solicitud de amistad, pero no sabía cómo reaccionarías, así que decidí preguntarte antes. Pensé que eras la chica más guapa del mundo. Quería conocerte sin las cartas, pero me rechazaste de una manera muy cruel. De todas las cartas duras que me enviaste, esa fue la primera que me dolió de verdad.

La segunda vez que me hiciste daño fue cuando te invité a mi graduación del campo de entrenamiento básico y no te dignaste a venir. Imagino que pensabas que lo decía en broma, pero no. Quería que vinieras. Supongo que no sabías que fui la única persona que no tenía acompañantes. No te lo conté porque no quería que sintieras pena por mí. Quería que vinieras porque quería que tú estuvieras allí. Incluso después de que me rechazaras en el instituto, esperaba que cambiaras de opinión y que quisieras conocerme en persona.

Siempre me pregunté si me habías buscado en Facebook. Todavía me pregunto si pensabas en mí en algún momento que no fuera cuando leías las cartas o mientras meditabas qué contestarme. No sé si he tenido un impacto tan grande en tu vida como tú en la mía.

Seguro que piensas que me falta un tornillo, o tal vez que soy un rarito, por decirte todo esto. Mierda. Ahora que releo la carta, es un poco extraña, ¿no? De todos modos, no puede ser tan rara como algunas otras que te he enviado. Ni siquiera te he insultado.

Supongo que no puedo terminar la carta así, de modo que ahí va: espero que, en la próxima previsión del tiempo, por accidente, te pongas un conjunto de ropa que sea del mismo color que el fondo verde que tienes detrás y que parezcas una cabeza decapitada flotando por la pantalla. Algo así haría un poco más interesante tu sección tan aburrida.

Con cariño,

Luca

Intento procesar todo lo que acabo de leer, pero necesito releer la carta. Recuerdo cuando me invitó a su graduación del campo de entrenamiento. Todavía conservo esa carta. También pensé que era un chiste cruel, porque me había hecho creer que no podría subirme a un avión. Deseé, tan solo por un momento, que Luca de verdad quisiera tenerme en su graduación. Habría asistido si hubiera sabido que lo decía en serio.

Y ahora esto. Tengo la mirada fija en la carta y pienso qué hacer con ella. Me he esforzado mucho por encontrarlo, pero, después de leer esta carta, sé que no será lo mismo cuando descubra dónde vive. Se supone que demostrar que soy más astuta que él sería una victoria. No debería sentirme como… como sea que me siento.

Regreso a la cama y me quedo mirando el techo. Faltan un par de horas para que tenga que levantarme, pero sé que no voy a pegar ojo.

—Creo que alguien echó un polvo anoche —dice Anne cuando deja una taza de café delante de mí.

Me giro con la silla, sorprendida.

—¿Qué? ¡No, yo no!

La sonrisa se le borra de la cara. Abre los ojos como platos y luego recupera la sonrisa.

—Espera, ¿en serio? Hablaba de Patrick. Esta mañana está de muy buen humor. Pero esto es mucho más interesante. —Acerca una silla—. Cuéntamelo todo. Fue con tu vecinito, ¿no?

Me exaspera.

—No ha pasado nada. Solo salimos a cenar.

Entrecierra los ojos.

—Tu mirada me cuenta todo lo que necesito saber.

Anne me lee como un libro abierto, pero no sabe que no es Jake quien me hace estar a la defensiva.

Me encojo de hombros.

—Nos enrollamos. Ya está.

—Venga ya, dime la verdad —me incita—. ¿Fue tan impresionante como me lo imagino?

Suelto una carcajada y casi se me escapa el café por la nariz.

—Deja de imaginarnos en la cama, es un poco raro. —Agarro una servilleta para limpiar el café que se ha caído en mi abrigo de lana.

Anne frunce el ceño y me observa.

—¿Por qué llevas puesto un abrigo? No me digas que hoy tendremos ventisca.

—Aquí ponen el aire acondicionado demasiado fuerte. Siempre me congelo por la mañana.

Me mira de arriba abajo, escéptica, pero deja pasar el tema.

—Háblame del veterinario: quiero detalles. Vivo a través de ti. ¿Cuántas veces lo hicisteis?

Me pongo roja como un tomate.

—Para, Anne. Podría oírte cualquiera.

—¿Una vez? ¿Dos? ¿Toda la noche? ¿En la ducha?

Se frota las manos mientras espera que le cuente los detalles más jugosos. Por desgracia, no hay ninguno que contar. Al menos, no los que ella espera.

Agarro un bolígrafo del escritorio y se lo lanzo.

—Cancelaré nuestro viaje a San Diego si no paras.

Se ríe, porque ha conseguido esquivar mi ataque.

—Vale, está bien. No me cuentes los detalles. Pero…

Suelto un suspiro y me preparo.

—Pero ¿qué?

—¿Todavía quieres que sea algo de una noche o quieres algo serio con él? —Le doy vueltas durante un segundo. Al principio, solo quería divertirme un poco, pero ahora no puedo verlo como algo pasajero—. Te lo estás pensando mucho más de lo que esperaba.

—Sí, quiero algo serio con él.

—Entonces, ¿estás segura de que ir tan rápido es una buena idea? ¿Y si él piensa que solo quieres sexo?

Me paso una mano por la cara. No he bebido suficiente café para enfrentarme a esta conversación.

—Por millonésima vez, Anne, no nos hemos acostado.

Por supuesto, Patrick elige ese preciso instante para entrar en la sala. Se pone rojo, pero decide fingir con elegancia que no ha oído nada. Anne y yo intercambiamos una mirada y luego ella se levanta y se marcha. Él me recuerda que ya es casi la hora del directo.

—Estaré lista a tiempo —le aseguro—. Solo tengo que terminar una cosa.

Me deja sola para que acabe de prepararme. Estoy de los nervios por el programa de hoy. La conversación con Anne ha sido una buena distracción, pero, ahora que estoy sola, empiezo a sudar. Todavía no me creo que realmente vaya a hacer lo que tengo planeado. Cuando solo queda un minuto para salir en directo, me levanto y dejo caer el abrigo en la silla. Debajo llevo un vestido de manga larga y cuello alto de color verde. Estoy a punto de romper la regla más importante sobre moda para los meteorólogos de la televisión.

Me sitúo delante de la pantalla y hago el informe como si nada, pero oigo un murmullo constante al otro lado de las cámaras. Me imagino qué pinta debo de tener. Y solo deseo que Luca esté mirando.

Cuando termino la previsión y la cámara se apaga, Patrick se acerca al plató y agarra la tela de mi cuello alto.

—¿Qué mierda es esta, Naomi? ¿Se puede saber qué se te ha pasado por la cabeza para vestirte con este color?

—¿Eh? —Miro mi vestido y finjo que no entiendo el problema—. Ay, Dios. ¿He salido en directo así?

—A mi despacho —ordena—. Tenemos que hablar.

De camino a su oficina, en el pasillo, pasamos junto a Anne. Me mira perpleja y confundida. Me encojo de hombros sin pronunciar palabra. Patrick cierra la puerta detrás de mí cuando entramos en el despacho.

—¿Cuál fue la primera norma que aceptaste cuando firmaste el contrato para sustituir a Emmanuel?

Me muerdo el labio. La regla a la que se refiere es una bastante divertida, y se habla de ella más como una broma que otra cosa, porque nadie cree que alguien sea tan idiota para vestirse como un brócoli delante de una pantalla verde. Pero aquí estoy, vestida como una gran verdura.

—No vestir de verde —lo digo tan bajito que Patrick no me oye. Se pone una mano en una oreja y se inclina, un gesto que casi me hace poner los ojos en blanco—. No vestir de verde —repito más alto.

—Y ahora vas… —Señala mi conjunto.

—Vestida de verde.

—Oh, no. No solo vas vestida de verde, Naomi. Tienes el cuerpo cubierto de tela verde. ¿Sabes qué pinta tenías en pantalla? Parecías una cabeza flotante en el mapa del tiempo con un par de manos que se movían por debajo. Si hay algo opuesto a un caballero sin cabeza, eso es lo que eras. ¿Qué cojones te pasa?

—Lo siento —me disculpo—. Ha sido un fin de semana ajetreado. Me fui a dormir tarde y esta mañana me he vestido a oscuras. No me he dado cuenta de lo que llevaba puesto. Por favor, no me despida.

Suspira pesadamente, como si se planteara hacerlo. Pues menos mal que estaba de buen humor, como me había dicho Anne…

—Estás en la cuerda floja, Naomi. Tienes suerte de que el índice de audiencia haya subido desde que trabajas a tiempo

184

completo. Cámbiate de ropa antes de salir otra vez en directo. Busca en objetos perdidos o algo así.

—Gracias, señor Facey.

Hace un ruido que se parece a un gruñido. Salgo de su despacho tan rápido como puedo. Anne me espera en el pasillo. Camina conmigo hasta mi mesa.

—¿Vas a contarme en qué estabas pensando? —pregunta.

—Solo si me prestas tu ropa.

—Qué gracia. Iba a sugerirte exactamente lo mismo.

Nos dirigimos al baño y echamos el pestillo. En cuanto estamos solas, nos echamos a reír. Cuando nos calmamos, nos desvestimos e intercambiamos la ropa. Tengo suerte de que Anne tenga más o menos mi talla. Contaba con que estaría dispuesta a cambiarme la ropa esta mañana. Si hubiera traído ropa de repuesto, la artimaña habría parecido premeditada.

—Ha sido él quien te lo ha pedido, ¿a que sí? —pregunta Anne cuando terminamos de vestirnos.

—¿Eh?

—No te hagas la tonta. Ibas a decir «mortadela» hasta que te lo saqué de la cabeza. ¿Cuándo has recibido otra carta?

Suspiro. No tiene sentido mentirle.

—Este fin de semana.

—¿Y te decía que fueras de verde? No puedo creer que hayas hecho esto, Naomi. Una cosa es ponerte una falda verde o unos pantalones verdes, pero esto era tu cuerpo entero. —Apunta hacia el vestido hortera estilo dama de honor que lleva puesto—. Lo único que se veía en la pantalla eran tu cabeza y tus manos.

—No me dijo que lo hiciera.

—Dudo mucho que me consideres tan ilusa como para hacerme creer que no lo has hecho por él. ¿Te ha prometido que así te daría su dirección?

—No me ha prometido nada. Y tampoco me ha pedido que lo hiciera. No exactamente.

Respiro hondo mientras decido cuánto quiero contarle.

—Sabe dónde vivo, Anne.

—Lo suponía, la carta no ha llegado aquí.

—Hemos correteado por todo el país para buscarlo, nos hemos gastado una cantidad indecente de dinero en vuelos, hoteles y comida de aeropuerto, y, mientras tanto, él sabe dónde trabajo y dónde vivo, y ni siquiera puedo contestarle. Sé que todo esto solo es una aventura para ti, pero ¿tienes idea de lo frustrante que es para mí? Tenía que comunicarme con él de alguna manera.

—¿Crees que hacer el ridículo en directo es una buena idea? Si tenías pensado hacer alguna estupidez, podrías haber dicho que hace tanto calor como para freír mortadela en la acera.

—Eso no era lo que quería… —Sacudo la cabeza y recupero el hilo—. Me dijo que, si por accidente llevaba ropa de color verde, eso haría que mi aburrido programa fuera mucho mejor.

—¿En serio? ¿Tan fácil es conseguir que destruyas tu carrera? Tendrás suerte si después de esto no eres el hazmerreír de la comunidad de meteorólogos.

—¿Sabes qué? No me arrepiento. Patrick no me ha despedido. Mi carrera no se ha visto afectada. De todos modos, tampoco sé cuánta gente lo ha visto.

Anne me sigue fuera del baño.

—¿Por qué no me has contado lo de la carta antes? ¿Ya tenías todo esto planeado este fin de semana?

La hago callar porque no quiero que nadie escuche ni sepa que lo había planeado.

—Ha sido una idea de última hora.

—No puedo creérmelo. ¿Cuándo leíste la carta? Hemos pasado medio fin de semana juntas, y el objetivo del viaje era encontrar a Luca. ¿Cómo has podido olvidarte de mencionar que recibiste otra carta?

—No la he leído hasta esta noche. Llegó en el correo del viernes, pero no la encontré hasta ayer.

—¿Qué decía?

No sé si debería contárselo.

—Nada. Era como todas las demás.

—¿Y las cartas que se suponía que ibas a traer a Georgia? ¿Tiene algo que ver con que casualmente te las olvidaras?

Es irritante lo bien que me conoce. Empiezo a pensar que sería una detective muy buena. O tal vez una buena tarotista. ¿Existen las detectives tarotistas?

—¿Podemos dejar el tema por ahora? —pregunto—. Estoy segura de que tienes trabajo.

—Está bien. ¿Me lo cuentas en la cafetería después?

—No puedo. Tengo… planes.

En realidad, no he hecho planes, pero tengo la esperanza de que, si evito hablar del tema lo suficiente, se olvidará de ello.

Consigo evitar a Anne el resto de la mañana. No me trae correo. Tampoco me sorprende con café. Tengo la sensación de que a partir de ahora Luca enviará las cartas a mi dirección personal. Voy directa a casa después del trabajo y reviso el correo. Como era de esperar, hay una nueva carta en el fondo del buzón. Espero a abrirla hasta que entro en casa. Seguro que la ha enviado este fin de semana para que llegue hoy.

Una vez que entro en casa, dejo las cosas y abro el sobre.

Querida Naomi:

Buen trabajo con la previsión del tiempo de esta mañana. ¿Es raro que me excitara ver tu cabeza flotando por la pantalla sin cuerpo? Todavía no puedo creer que lo hicieras. Supongo que eso significa que mi última carta no te ha asustado.

El otro día recibí una llamada de un viejo amigo. Si vuelves a ir a Georgia, saluda a Maxwell de mi parte. ¿Quién iba a pensar que llegarías tan lejos para encontrarme? Seguro que también te gusto, o algo así.

Con cariño,

Luca

No puedo decidir si tengo frío o calor. Por supuesto que el marine que conocimos en Georgia iba a llamar a Luca para contarle que lo buscábamos. Me ofende un poco que no me diera su número. Pero el objetivo de buscarlo de este modo era que se sorprendiera cuando yo encontrara su dirección y le mandara una carta. Ahora sabe lo que estoy haciendo y, peor aún, se siente halagado por lo mucho que me estoy esforzando para encontrarlo.

Como hice con su última carta, la releo y disecciono con cuidado cada línea. Tardo un minuto en darme cuenta de que tiene que haberla escrito hoy. Me pregunto cómo es posible que la carta haya llegado de San Diego en tan solo unas horas.

Luego caigo: definitivamente, ya no vive en San Diego.

Capítulo 20

La mujer del tiempo sin cuerpo

Naomi

La posibilidad de que Luca esté mucho más cerca de lo que pensaba me pone la piel de gallina. Ahora más que nunca desearía poder contactar con él, aunque no estoy segura de qué le diría. Le propondría quedar para tomar un café, solo para ver cómo es en la vida real. Hay muchas cosas que me gustaría preguntarle, como por qué no se casó, cómo ha acabado aquí, en Miami (si es que realmente está aquí), y ¿realmente hablaba en serio en la carta que leí anoche?

Más que nada, quiero saber por qué desapareció de la faz de la Tierra durante dos años. ¿Adónde se marchó y por qué dejaron de importarle nuestras cartas?

Me vibra el teléfono, lo que me saca de la espiral de pensamientos. Echo un vistazo a la pantalla y veo que es Anne.

—¿Qué tal?

—Tengo tu vestido.

—Mañana por la mañana podemos intercambiar la ropa —sugiero. Jugueteo con la carta que tengo en la mano y la releo por encima para ver si hay algo que se me haya pasado por alto.

—Vale. Oye, ¿has entrado en internet?

Anne acaba de llamar mi atención.

—¿A qué te refieres?

—Tu programa de esta mañana se ha hecho viral. La mujer del tiempo sin cuerpo es un éxito.

Suelto un gruñido.

—¿Lo dices en serio?

—En realidad, no está tan mal. A la gente le encanta. No me sorprendería que recibieras cartas de fans después de esto. De *verdaderos* fans. No ese correo de odio de tu enemigo por correspondencia.

—Genial, justo lo que necesitaba.

—Te has metido en este lío tú solita, así que no te quejes. Te paso el enlace al vídeo.

Cuelgo el teléfono y, un segundo después, me llega el mensaje de Anne. Lo abro y lo miro. Al principio siento mucha vergüenza ajena, pero, cuantas más veces lo veo, más me río a carcajadas. No sé cómo Patrick pudo mantener la compostura mientras me echaba la bronca. Realmente parezco una cabeza flotante en la pantalla con las manitas que se mueven como dos pajaritos que señalan los mapas. Deslizo para ver los comentarios y me asombra la cantidad que hay.

Dedico los siguientes minutos a leerlos, hasta que alguien llama a la puerta. Supongo que es Anne, que me trae el vestido en lugar de esperar a mañana para comprobar si mentía sobre lo de que tenía planes, por lo que dejo el teléfono y la carta en la encimera de la cocina y me dirijo a la puerta. Cuando la abro, me sorprende encontrarme con Jake.

Su sonrisa se ensancha cuando me ve. Se me acelera el corazón. No tenía ni idea de lo bien que te hace sentir que un hombre te mire de esta manera.

—¿Sabes? Esperaba que una cabeza flotante me abriera la puerta.

—Ay, Dios. ¿Has visto el vídeo?

—¿Que si he visto el vídeo? —repite—. He visto el directo.

—¿Ves el tiempo en directo?

—Cada mañana —asegura—. Es mi programa favorito.

Desvío la mirada.

—Lo dudo.

—¿Te importa si paso? —pregunta.

—Claro que no. —Abro más la puerta y doy un paso atrás para que pueda entrar.

Llegamos al salón y nos detenemos al lado de la isla que lo separa de la cocina. Miro de reojo la carta de Luca, en el otro extremo de la cocina.

—Llevo toda la mañana pensando en ti —dice, y vuelve a captar mi atención.

Sonrío, pero por dentro me siento dividida entre dos mundos. No tiene ni idea de que la broma de esta mañana ha sido premeditada y de que tenía como objetivo llamar la atención de otro hombre.

—Pues yo llevo toda la mañana pensando en el tiempo.

—*Sexy* —dice.

—Caliente sería más adecuado.

—*Touché.* —Mira hacia la encimera. Un papel llama su atención. Estira un brazo y lo toma—. ¿Qué es esto? —pregunta.

Me acerco a él para ver qué ha cogido.

—Oh, es una tarjeta de visita.

—Penelope Hayes —lee—, entrenadora personal. —Alza una ceja y levanta la mirada.

Intento restarle importancia.

—La conocí el sábado.

Le da la vuelta a la tarjeta para leer la parte de atrás.

—¿Has ido Dallas, Texas?

—Fue una cosa de última hora. Anne es un espíritu libre.

Deja la tarjeta en la encimera, justo donde la ha encontrado.

—¿Tienes algún otro viaje organizado o puedo planear algo para este fin de semana?

Me muerdo el labio.

—Anne quiere volver a San Diego.

—¿No recogiste suficientes conchas la primera vez?

No puedo evitar sonreír.

—Algo así.

—¿Habéis comprado los billetes?

—Todavía no.

—Entonces, retrásalo. Quédate conmigo.

—Será el último viaje en un tiempo. Y, en principio, solo nos vamos un día.

Me ofrece una sonrisa torcida.

—¿Qué pasa si os cancelan el vuelo de vuelta?

—Entraré a la fuerza en la cabina de mando y pilotaré yo misma el avión.

—Guau. ¿Secuestrarías un avión por mí?

—Por supuesto. De todos modos, ¿no tienes un evento de adopción este fin de semana?

Se apoya en la encimera.

—Sí, pero es el sábado por la mañana. Tengo toda la tarde libre.

—Tal vez podrías aprovechar ese tiempo libre para ir a la playa.

—Pensaba ir justo ahora.

Levanto una ceja, sorprendida.

—¿Ahora? Creía que tenías que volver al trabajo.

—Me he pedido la tarde libre —explica.

—¿En serio? Pero ¿quién salvará a las morsas si no estás allí?

—No les pasará nada. Tendré el teléfono a mano. Bueno, ¿qué te parece? ¿Te apetece ir a la playa?

Sonrío.

—Sí. Deja que me ponga el bañador.

Me encamino hacia mi dormitorio, pero me detengo en seco cuando recuerdo que la carta sigue en la cocina. Me doy la vuelta, la agarro y me la meto doblada en el bolsillo trasero de los pantalones que Anne me ha prestado. Tengo que acordarme de preguntarle a Anne dónde los ha comprado. No es fácil encontrar pantalones con bolsillos de este tamaño.

Él espera en el salón mientras me cambio. Me pongo una camiseta blanca holgada y unos pantalones cortos encima del bañador y luego agarro el bote de protector solar.

—¿Tienes que cambiarte? —pregunto cuando regreso al salón.

Niega con la cabeza.

—Ya llevo el bañador puesto.

Le miro las piernas. No me había dado cuenta de que no va vestido para volver al trabajo. Mi mirada se detiene en sus gemelos un segundo. Aunque lo haya visto correr medio desnudo, disfruto de lo bien que le queda el bañador.

Vamos a la playa en su coche. Los lunes no está muy concurrida, por lo que encontramos aparcamiento con facilidad.

Cuando llegamos a la arena, saco el bote de protector solar de la bolsa y se lo ofrezco.

—No, gracias —dice mientras se quita la camiseta—. No me quemo.

Su piel tiene un bronceado precioso, pero he visto quemarse a hombres con la piel incluso más oscura. Levanto una ceja.

—No me pasará nada —me asegura.

Me pongo una gran cantidad de crema en una mano y se la aplasto contra el pecho. Él mira hacia abajo, y luego a mí, con los ojos entrecerrados.

—Ahora seguro que no.

Le esparzo el protector por el pecho y los hombros. Siento el calor de su piel en las manos. Él toma una bocanada de aire con sus ojos clavados en mí. Sonrío y me concentro en ponerle crema por los brazos.

—Guau —digo cuando le toco los músculos—. ¿Haces ejercicio o estás así de cachas por operar a animales?

—Es el aeróbic acuático —responde con una sonrisa torcida.

Le pido que se dé la vuelta para ponerle crema por la espalda. Cuando termino, agarra el bote de protector. Lo observo y me pregunto qué piensa hacer con él.

—¿Vas a dejarte la camiseta puesta o te las quitarás? —me pregunta.

—¿Eh?

Señala mi camiseta.

—Te toca. No quiero que parezcas una fresa en la televisión nacional.

Sonrío y me la quito. La lanzo a la arena, junto a la suya. Cuando lo miro otra vez, veo que se ha sonrojado. Se aclara la garganta y aparta la mirada.

—Bueno… —Trato de refrescarle la memoria.

Inclina la cabeza hacia mí, y una sonrisa incómoda le asoma en las comisuras de los labios. No puedo evitar reírme de lo adorable que es cuando se pone nervioso.

Se echa un poco de crema en una mano y me la frota en los hombros y continúa por los brazos. Cuando termina, coge otra vez el protector y mira hacia abajo, a mi cintura. Sus ojos suben hasta encontrarse con los míos.

—¿Puedo?

Creo que se asustaría si supiera lo mucho que quiero que me toque. Asiento, y, de alguna manera, logro mantener la calma.

—Adelante.

Primero, me la esparce por las costillas, hasta el abdomen y las caderas. Se me pone la piel de gallina. Tenerlo tan cerca, y que me toque de esta manera, me hace desear que no hubiéramos salido de casa. Sé que no seré capaz de resistirme a hacer algo inapropiado en la playa si sigue así, por lo que agarro el bote de protector y me lo aplico por el pecho mientras él se dedica a mi espalda.

—No puedo creer que al fin estés en la playa, después de llevar seis meses viviendo aquí —le digo. Sus manos me acarician la espalda, y cierro los ojos en un acto reflejo para respirar el aire salado del océano.

—Yo tampoco.

Cuando termina con la espalda, me giro para mirarlo.

—¿Eres una de esas personas a las que les gusta nadar más allá de las boyas o te dan miedo los tiburones? —Pone una expresión de asombro, y me doy cuenta de lo estúpida que ha sido mi pregunta—. Guau, soy idiota. Acabo de preguntarle a un veterinario marino si le dan miedo los tiburones.

Suelta una carcajada.

—Oye, no te preocupes. Creo que todo el mundo debería tener cierto miedo a los animales salvajes. Quiero decir, solo porque seas meteoróloga no significa que salgas durante una tormenta con papel de aluminio en la cabeza.

—Ay, no. Sabes que el aluminio no atrae los rayos, ¿verdad?

Frunce el ceño, confundido.

—¿No?

Ahora es mi turno de reírme.

—*Nop*.

—Joder. Todo lo que me enseñaron de pequeño sobre rayos es mentira.

Me quito las sandalias para sentir la arena entre los dedos de los pies. Me arrepiento de inmediato. La arena quema, y es como si tuviera los pies en una sartén al rojo vivo. Suelto un gritito y salto de un pie al otro, pero no ayuda a aliviar la quemazón.

Él se alarma.

—¿Qué pasa?

—¡La arena! ¡Me quemo!

Sin previo aviso, me coge en brazos y me lleva como una damisela en apuros hasta una montaña de algas que han arrastrado las olas. Al otro lado, la arena está lisa, húmeda y fresca. Me suelta y suspiro de alivio, pero dura poco, porque me doy cuenta de que se parte de risa a mi costa. Intento darle un empujón en un brazo, pero me esquiva.

—No sé por qué, pero pensaba que podría caminar descalza en la arena. Tendría que haberlo sabido.

—Tenías razón con lo de las algas —dice con la mirada fija en el montón que acabamos de cruzar—. Hay muchas.

—Antes no era así, al menos por lo que he oído. Siempre imaginé que las playas de aquí serían bonitas, pero hay tantas algas que es difícil disfrutar de una playa de arena blanca como Dios manda.

—Tal vez deberías mudarte a San Diego.

—¿En serio? ¿Intentas deshacerte de mí?

—Joder, me has pillado. —Le doy un codazo en las costillas—. Si intentara deshacerme de ti, no habría llamado a tu timbre y te habría invitado a venir a la playa conmigo.

—Humm, tienes razón.

—Venga, vayamos al agua —sugiere.

Lo sigo hasta el mar. No soy una buena nadadora, así que no me mojo más allá de las rodillas, pero él me coge de una mano y tira de mí hacia lo más profundo, hasta que casi no noto la arena bajo los pies.

—¿Cómo puedes estar seguro de que no hay tiburones? —pregunto.

—Podría haber, pero iremos con cuidado. Además, prefieren a las pelirrojas. El color les recuerda a la sangre.

—¿Qué? ¡Yo soy casi pelirroja, tengo el pelo rubio cobrizo!

Me coge un mechón de pelo y lo examina.

—Ostras, es verdad. De todos modos, no te preocupes. Mientras los tiburones se distraigan contigo, nadaré hasta la orilla y pediré ayuda.

—Oh, muchas gracias. —Me agarro a él con las piernas alrededor de su cintura y los brazos en sus hombros—. Si me atrapan a mí, tú te vienes conmigo.

Una ola choca contra nuestras cabezas, lo que hace que Jake pierda el equilibrio y nos sumerjamos bajo el agua un momento. Cuando sacamos la cabeza, tengo agua salada en la boca y en la nariz y me escuecen los ojos. Escupo el agua, pero respiro con dificultad. Noto que sus brazos me rodean, tiene la piel cálida en contraste con el agua fría del océano. Un momento después, vuelvo a sentir la arena bajo los pies. Ha nadado de regreso a la playa conmigo encima. Voy a buscar mi camiseta y la uso para limpiarme los ojos. Cuando ya no siento que me queman y puedo mirarlo otra vez, veo que se ríe de mí.

—Por eso solo me meto hasta las rodillas —me defiendo.

—¿Qué? ¿No puedes soportar un poquito de agua salada en los ojos?

—No. Escuece. ¿Cómo lo aguantas?

Se encoge de hombros.

—Antes nadaba en el océano a menudo. Estoy acostumbrado.

—¿En serio? Creía que nunca habías ido a la playa.

—Prácticamente me crie en la playa —explica—. Pero no en esta playa.

—Oh, y yo que pensaba que te habías estrenado conmigo.

—Ni de lejos.

Me siento en la arena, lo bastante cerca del agua para que las olas me salpiquen los pies. Él se acomoda a mi lado.

—Alucino con el hecho de que todavía no te haya ahuyentado —comento.

Sonríe con picardía.

—¿Por qué deberías ahuyentarme?

—Puedo hacerte una lista muy larga. —Empiezo a contar con los dedos—. Mi fobia a los ascensores, salir decapitada en la tele, mis chistes malos sobre el marisco…

—Me parecen un montón de peculiaridades adorables. Si tienes la intención de que salga corriendo, no lo estás haciendo bien. Necesito más de ti.

Estiro los brazos a los lados y señalo mi cuerpo.

—Aquí me tienes.

—No quiero solo tu cuerpo. —Se acerca un poco más a mí y, como resultado, se me acelera el pulso y noto que el calor se extiende por mi cuerpo. Se inclina y roza suavemente sus labios con los míos—. Lo quiero todo de ti.

—¿Mi cabeza también?

Sonríe y muestra sus dientes blancos.

—Sí, tu cabeza también. Pero preferiblemente unida a tu cuerpo.

Por alguna razón, ese comentario me hace pensar en la carta de Luca, lo que por un instante me saca de este momento. Tardo un segundo en recuperarme y recordar con quién y dónde estoy. Es la primera vez que pienso en Luca desde que Jake ha aparecido en mi puerta. Tiene la capacidad de mantenerme anclada al presente, donde tengo que estar (excepto ahora, cuando Luca se cuela en mis pensamientos sin que lo haya invitado).

—No te preocupes, evitaré que vuelvan a decapitarme —contesto.

—Es bueno saberlo. —Me besa otra vez, un beso suave y dulce en los labios.

—¿Les dices lo mismo a otras mujeres?

Se separa y me observa, lo que hace que, por un segundo, me pregunte si he dicho algo equivocado. Luego se ríe.

—Supongo que te refieres a la parte del «lo quiero todo de ti» y no a las decapitaciones, porque no es un tema habitual de conversación. Pero no. No estoy quedando con nadie más, si esa es tu pregunta. ¿Y tú?

Niego con la cabeza, pero no puedo evitar seguir pensando en las dos últimas cartas de Luca. Me siento culpable, y no debería sentirme así. No le prometí nada a Luca. Ni siquiera puedo contactar con él.

—Entonces, ¿estamos de acuerdo? —dice vacilante.

Me pregunto si esta es su manera de pedirme exclusividad. En realidad, no puedo responder que no porque yo he sacado el tema. Tampoco quiero decir que no. Así que abro la boca y afirmo:

—Sí. —Entonces me detengo, se me ha encendido la bombilla—. Ya sé cómo podemos hacerlo oficial.

Levanta una ceja.

—¿Cómo?

—Tienes que escribir nuestros nombres en la arena. Dentro de un corazón.

Lo piensa durante un momento. Mira hacia la arena mojada sobre la que estamos sentados.

—Tengo una idea mejor. Gírate.

—¿Qué?

—Gírate. Quiero que sea una sorpresa.

Me levanto y me giro para quedar de espaldas a él y al mar.

—¿Qué tipo de sorpresa? —pregunto.

—Ya verás.

—Ay, Dios. No vas a proponerme matrimonio, ¿a que no? Quiero decir, me gustas y todo eso, pero todavía no conozco a tus padres. —Estoy tan nerviosa que me pongo a decir tonterías.

Oigo la risa en su voz cuando me responde.

—Si hablamos de ahuyentar a alguien, esa sería la manera perfecta de hacerlo.

—Eso o salir decapitada en la tele —propongo.

—No creo que puedas hacer nada que vaya a ahuyentarme, Naomi.

—¿Y si de golpe me meo encima? Aquí, de pie, con los pantalones puestos.

—Supondría que te ha picado una medusa y que no me había dado cuenta.

—¿Y si te confesara que soy un robot?

—Entonces te diría que tu creador ha hecho un trabajo excelente.

Oigo cómo su mano juega con la arena mientras escribe nuestros nombres.

—¿Y si te dijera que odio a los niños?

—Entonces yo también los odiaría.

—¿Y si te dijera que quiero tener un bebé ahora mismo?

—Respondería: «Vamos a intentarlo», pero, si eres un robot, tal vez deberíamos contemplar la adopción.

Me río por la nariz y hago un esfuerzo por no reírme a carcajadas. Nunca he conocido a nadie como él. Empiezo a plantearme dónde ha estado este hombre durante toda mi vida, ojalá nos hubiéramos conocido antes. Me acuerdo del último chico con el que tuve una cita; no pareció encontrar gracioso nada de lo que dije. Luego pienso en Luca y en todas las cartas ridículas que nos hemos enviado a lo largo de los años. Me gustaría saber cómo es en persona. Y si nos llevaríamos tan bien. Aparto esos pensamientos. No tendría que pensar en Luca cuando me lo estoy pasando tan bien con Jake.

—¿Puedo girarme ya?

—Casi, dame un segundo. —Oigo el sonido de los granos de arena mientras le da los toques finales y después la alisa con una mano—. Vale, date la vuelta.

Hago lo que me dice. Me sorprende ver que no ha escrito nuestros nombres, sino que ha dibujado lo que parece un retrato horrible de nosotros dos en la arena. Son dos caras sonrientes y gigantes: una con el pelo hecho de algas rojas y la otra supongo que es él. Ha dibujado un cuerpo de muñeco de palo debajo de su cara. Nos rodea un gran corazón y varios corazones más pequeños rellenan el espacio sobrante.

—No lo has terminado —digo, y señalo el dibujo que se supone que soy yo—. No me has dibujado cuerpo.

—Está terminado —corrige—. Estoy seguro de que cualquiera que lo viera sabría exactamente quién se supone que es.

—Mira tú por dónde, ¿quién iba a decir que eras un artista? Tendrías que haber estudiado arte.

—Sí, pero, entonces, ¿quién salvaría a las morsas?

—Podrías dibujarles algo muy bonito.

Una ola rompe en la orilla y nos moja los pies y, cuando vuelve al océano, se lleva con ella mi pelo de algas y deja tan solo un débil rastro del dibujo.

Estiro un brazo y le toco el hombro, que tiene un ligero tono rosado.

—Ay, no. Parece que aquí no te he puesto crema. Pensaba que no te quemabas.

Se mira el hombro, sorprendido.

—Siempre hay una primera vez para todo.

—Tal vez deberíamos volver a casa —sugiero—. A no ser que quieras quedarte y construir un castillo de arena.

—Aunque suene divertido, probablemente deberíamos volver. He prometido a los gatitos que los llevaría a los bolos.

Me pongo las sandalias para caminar por la arena ardiente hacia el aparcamiento.

—No puedes decepcionar a los gatitos. Hace tiempo que no oigo ningún ruido procedente de arriba. Pensaba que tal vez habías dejado los bolos.

—Intento no molestarte.

—Qué considerado.

Me toma de la mano y caminamos así hasta el coche. Cuando llegamos a casa, Joel está en la portería.

—Buenas tardes, Joel.

Responde con el ceño fruncido y gruñe un «hola». Se me borra un poco la sonrisa. No estoy segura de si son imaginaciones mías, pero últimamente no parece alegrarse de verme. Me giro hacia Jake y me doy cuenta de que él también le pone mala cara a Joel. Al menos, Jake también se da cuenta de la actitud del hombre. Me pregunto si le dirá algo, pero no lo hace.

—¿Necesitas comprobar si tienes correo? —pregunto.

Relaja el rostro y me sonríe.

—*Nop.* Lo he hecho antes.

Cuando llegamos a mi planta, se detiene, y tengo la sensación de que espera algo.

—Me lo he pasado muy bien —aseguro.

Se inclina y roza sus labios con los míos. Se separa poco a poco, con los ojos fijos en mi boca.

—Yo también. —Mira la puerta de mi apartamento y luego sus ojos vuelven a mí—. ¿Puedo pasar?

Antes me moría de ganas de que me hiciera esta pregunta, pero ahora dudo. Quiero que mi mente esté centrada solo en él cuando nos acostemos, y no puedo hacerlo con Luca y sus cartas en mente.

—Tal vez deberíamos tomárnoslo con calma. —Me mata oír que estas palabras salen de mi boca—. ¿Te parece bien?

Sonríe.

—Claro que sí.

Me besa una vez más y regresa por el pasillo hacia las escaleras. Entro en casa. Agarro la tarjeta de Penelope Hayes de la encimera, la observo un momento y la tiro a la basura.

Noto que algo rueda por el suelo en el piso de arriba y el techo tiembla. Imagino que es Jake jugando con los gatitos y no puedo evitar sonreír.

Capítulo 21

Correo de fans

Naomi

—Eres un genio.

Esas son las primeras palabras que Patrick Facey dice el martes de buena mañana. Tiene la cara sonrojada y los ojos le brillan más que nunca. Da un poco de miedo. No sabía que este hombre podía llegar a estar tan eufórico.

—¿Puede dejarlo por escrito? —pregunto—. Porque ayer estuvo a punto de despedirme.

—El canal nunca había tenido tanto éxito —prosigue—. Ayer ganamos más de mil nuevos seguidores en nuestra página de Facebook, y no paran de subir. A todo el mundo le ha encantado tu cabeza flotante.

—Vaaaale. Si insiste, acepto el aumento de sueldo.

—Muy graciosa. En realidad, quería hablar contigo para incrementar el tiempo que sales en directo. No sería necesario que te quedaras hasta más tarde, pero los espectadores podrían verte más y disfrutar de tu deslumbrante personalidad.

Sé que no ha sido idea suya. Anoche leí los comentarios en las redes sociales del canal y algunas personas suplicaban verme más.

Me reclino en la silla y cruzo las piernas para darle la impresión de que me lo estoy pensando.

203

—¿De cuánto tiempo hablamos?

Se encoge de hombros.

—Tal vez uno o dos minutos por segmento. Podrías charlar un poco con los presentadores. Te he oído hablar con Anette. Sé que puedes ser muy graciosa, y creo que los espectadores también querrán verlo.

—Uno o dos minutos más requieren más preparación por mi parte. También tendría menos tiempo para planear el resto. Suena a más trabajo. ¿Qué gano yo?

—Visibilidad. Todo Miami te mirará a ti.

—Tiene razón. Algo más de visibilidad podría ser una ventaja. Tal vez así reciba alguna oferta de trabajo con un aumento de sueldo y entonces me llevaría a todos los espectadores a otro canal —digo, a ver si así reacciona.

Presiona los labios y su media calva se pone todavía más roja.

—Estoy seguro de que encontraremos algo que nos satisfaga a ambos. ¿En qué pensabas? ¿Un cinco por ciento más?

Alzo los ojos hacia el techo para fingir que ni siquiera me lo había planteado. Luego lo miro fijamente a los ojos y respondo:

—Más bien un veinte por ciento.

—¿Ve-veinte por ciento? ¿En serio?

—Veinte por ciento —repito, firme. Levanto una ceja.

—Vale. Bueno, veré qué puedo hacer.

Sale de la oficina y giro la silla hacia mi mesa de nuevo. Segundos después, Anne entra por la puerta con mi vestido verde colgado de un brazo y un café para mí en la otra mano.

—¿Qué le pasa al Hombre Pato? Parecía nervioso.

—Quiere que pase más tiempo en directo para mantener enganchados a nuestros nuevos fans. Le he dicho que lo haría a cambio de un aumento. Creo que no le ha gustado la cantidad.

Deja el café a mi lado y luego me entrega el vestido.

—No te subieron mucho el sueldo cuando empezaste a trabajar a tiempo completo. Estoy segura de que, ahora que Emmanuel no está, pueden permitirse lo que sea que les hayas pedido.

—Eso si asumimos que el Hombre Pato no se subió el sueldo tanto a él como a los presentadores.

—Tienes razón. —Echa un vistazo dentro de la bolsa en la que he traído su ropa—. ¿Es la mía?

—Lo siento, no la he lavado.

—No te preocupes, yo tampoco he lavado tu vestido. La etiqueta decía que solo se puede limpiar en seco. Además, no espero que vayas a la lavandería para lavar tan poca ropa.

—Eso es lo que me apetece más de mi nueva casa: tener lavadora y secadora. La instalación ya está hecha.

—Es necesario. Compra la lavadora y la sacadora, y vendré a verte una vez a la semana para hacer la colada.

—Tal vez me olvide de darte la dirección.

—No pasa nada. Te seguiré en coche.

—Acosadora.

Anne agarra la bolsa con su ropa y se marcha para dejar que me concentre. Salgo en el programa con ropa normal y me pregunto si alguno de nuestros espectadores se decepcionará al ver que ya no soy una cabeza flotante. Tal vez Patrick convierta el vestido verde en mi uniforme.

Termino la última previsión del día y regreso a la mesa. Me sorprende ver a Anne con un ramo de flores y una pila de papeles en una mano.

—¿Son para mí? —Hago el gesto de juntar las manos—. Oh, Anette. No tendrías que haberte molestado.

—Has recibido una barbaridad de correo de fans. Y no de tu enemigo por correspondencia. Correo de fans de verdad.

—¿Ya? Pero si solo ha pasado un día.

—La magia de internet —dice—. Nos permite utilizar el correo electrónico. Creo que eres la única persona que conozco que todavía utiliza el correo ordinario para algo más que para pagar las facturas.

Me tiende el montón de papeles.

—¿Has impreso los correos electrónicos? —pregunto—. ¿Por qué no me los has reenviado?

—Pensé que así sería más divertido.

Leo el primero, que, en esencia, dice lo mismo que los comentarios del vídeo. Se los devuelvo a Anne y me centro en las flores.

—¿De quién son? —Me inclino e inhalo hondo para deleitarme con su fragancia. Hace mucho tiempo que no recibo flores. Me pregunto si serán de Jake.

Cojo el pequeño sobre, lo abro y saco la tarjeta. Reconozco la letra.

—Luca —digo en voz alta antes de empezar a leer.

Querida Naomi:

Un millón de insectos microscópicos viven en estas flores, y, cuando las huelas, los aspirarás todos por las fosas nasales y se comerán el cartílago hasta dejarte sin nariz.

Besos,

Luca

—¿Te ha enviado flores? Interesante.

—También me dice que perderé la nariz.

Le paso la nota. La lee y suelta una carcajada. Le da la vuelta al papel y frunce el ceño.

—¿Qué? —pregunto.

Me devuelve la tarjeta.

—Es de una floristería local.

—¿Y?

—Pues que esa es su letra, ¿no?

La examino con cuidado. Su caligrafía ha sido lo primero que me ha llamado la atención cuando he sacado la nota del sobre.

—Supongo que existe una remota posibilidad de que llamara por teléfono y que el florista tenga la misma letra.

Incluso mientras lo digo, sé que es casi imposible. Recuerdo la carta que me envió ayer: la recibí el mismo día en que la escribió. No me apetece contárselo a Anne porque entonces querrá saber qué decía. Probablemente no tiene importancia. Su mirada me indica que sabe en lo que estoy pensando.

—¿Qué ocultas? —pregunta—. ¿Te ha enviado otra carta? Me fastidia la facilidad con la que me lee.

—Creo que no está en San Diego.

—¿Crees que está en Miami?

—No lo sé. Ayer me envió una carta. No es posible que llegara desde San Diego en un día. Mencionaba mi cabeza flotante. No podía saber antes de tiempo lo que haría.

—Es increíble que no me hayas dicho nada. ¿Cuándo pensabas contármelo?

—¿Ahora?

Entrecierra los ojos y sus labios se curvan en una sonrisa suspicaz.

—¿Qué más escondes?

—¡Nada! —Me pongo roja. Tomo un sorbo de agua con la esperanza de refrescarme un poco.

—Te ha enviado flores. Es algo.

—Solo las ha enviado para hacer la gracia. ¿No has leído la nota?

Toca uno de los pétalos.

—Es un ramo precioso. Seguro que se ha gastado una pasta. Es un chiste un poco caro, ¿no te parece?

—Sería propio de él gastarme una broma así.

De nuevo, cuando las palabras salen de mi boca, dudo de ellas. Me imagino a Luca entrando en una floristería y eligiendo un ramo para mí. Me gustaría saber si escogió el primer ramo que vio o si se lo pensó un poco. No sé si Anne tiene razón. Me preocupa que Luca quiera algo más aparte de intercambiar cartas.

—¿Todavía tienes el sobre en el que vino la carta? —pregunta Anne—. Puede que el matasellos nos dé una pista.

—No, lo tiré y después saqué la basura. Así que ya no podemos comprobarlo.

Anne suspira con fuerza, como si estuviera molesta conmigo.

—Quédate el de la próxima carta. Tal vez, si descubrimos de dónde vienen, no tengamos que ir a San Diego el fin de semana que viene.

—Mejor, porque ya noto el efecto que tienen estos viajes en mi cuenta bancaria. Además, Jake quiere que pasemos el fin de semana juntos.

—Claro que sí. —Mueve las cejas arriba y abajo—. ¿Te apetece que vayamos a comer?

Joel está sentado en el mostrador de seguridad cuando llego a casa después del almuerzo. Sonríe mientras paso por la puerta.

—Buenas tardes, Naomi.

Su saludo cordial me toma por sorpresa. Siento que las últimas veces que lo he visto se ha mostrado distante.

—Hola, Joel. ¿Cómo estás?

—De maravilla. —Señala los buzones con la cabeza; el cartero está dejando las cartas—. Has llegado justo a tiempo. Hoy ha llegado un montón de correo.

—Perfecto.

Abro el buzón y saco unos pocos sobres. Los reviso ahí mismo: correo publicitario y más facturas. Siento una oleada de emoción cuando llego al final de la pila y veo mi nombre y dirección escritos en una caligrafía que reconozco. En ese momento, recuerdo lo que me ha dicho Anne. Me giro hacia el cartero, que ya está terminando, y le muestro el sobre de la última carta que me ha enviado Luca.

—¿Podría decirme desde dónde han enviado esta carta?

Se inclina para examinar el sobre, frunce el ceño y me lo arrebata de la mano. La voltea, se encoge de hombros y luego me la devuelve.

—No ha pasado por la oficina de correos —responde—. No tiene matasellos. Ni siquiera tiene sello.

—¿Qué? —Miro el reverso y me doy cuenta de que tiene razón—. Pero estaba en mi buzón. ¿Cómo es posible? ¿Tal vez porque no tiene remitente?

Sacude la cabeza.

—La habrían detectado en la oficina y se habrían puesto en contacto con usted para que pagara el franqueo si quería recibirla. Alguien debe de haberla dejado en su buzón.

Me quedo mirando el sobre un momento. Soy consciente de que el cartero me observa durante unos segundos, y luego se gira y sale del edificio. Solo hay una explicación posible: Luca ha estado en mi edificio. O tal vez alguien ha venido a dejarla en su lugar. Sea como sea, tiene que estar en Miami.

—¿Todo bien, Naomi?

Levanto la vista para mirar a Joel y recuerdo que no estoy sola. Tengo una idea.

—Tú estás aquí casi todo el día, ¿verdad?

—Casi casi.

—¿Has visto a alguien que no viva aquí entrar en el edificio? ¿Quizá a alguien paseándose frente a los buzones?

—Nada fuera de lo normal —asegura. Su mirada se posa sobre el correo que tengo entre las manos—. ¿Podrías describir cómo crees que es físicamente?

Niego con la cabeza.

—Ni idea. —Me doy cuenta de lo ridícula que parezco—. ¿Podrías estar atento por si ves a alguien que no sea del edificio y que deje cartas en los buzones? No quiero causarle problemas, solo quiero saber quién es.

Esboza una sonrisa.

—Ese es mi trabajo.

—Cierto. Gracias.

Subo a mi planta y, cuando entro en casa, dejo las flores en la mesa de la cocina y abro el sobre.

Querida Naomi:

¿He mencionado que lamento no haberte escrito durante dos años? Porque lo siento mucho. Cuando encontré tu última carta, ya te habías mudado, y todas las que yo te envié me las devolvieron. Supongo que te pasó lo mismo cuando me escribiste. Tan solo lo supongo. Quizá no lo intentaste. Espero que lo hicieras.

Todavía conservo tu última carta. Mi ex la encontró y me la ocultó durante siete meses. Supongo que no le gustó que me dijeras que no me casara con ella y que podía venir a esconderme contigo. Desearía haber recibido esa carta mucho antes. No me habría quedado tanto tiempo en esa relación y habría aceptado tu oferta.

Hablando de la oferta, ¿sigue en pie? Porque me gustaría venir a esconderme contigo si me aceptas. Solo dilo y soy todo tuyo.

Con cariño,

Luca

Siento que me tiemblan las rodillas. No entiendo por qué, después de todos estos años, sus palabras me hacen sentir así. Recuerdo la última carta que le envié, hace dos años. Me preparé para lo que le respondería cuando él, inevitablemente, se burlara de mí por invitarlo a venir a esconderse conmigo. En aquel momento, lo decía de corazón. Tal vez no esperaba que aceptara la oferta, pero, cuando escribí la carta, me sentía sola, y fui un poco atrevida.

Quería cambiar de aires, de modo que empecé a buscar trabajo en otras ciudades. Mi novio de aquel entonces no quería dejar atrás su vida y mudarse conmigo, por lo que tomamos la decisión de romper nuestra relación. Tenía sentido, no llevábamos mucho tiempo juntos. Recibí la carta sobre el compromiso de Luca unos días después. La temporada de rupturas flotaba en el ambiente, y él no parecía querer casarse. Cabe la posibilidad de que mi parte más egoísta tuviera miedo de que dejara de escribirme después de sentar la cabeza. Ese miedo se confirmó cuando no supe de él durante los siguientes dos años.

Durante un tiempo, me pregunté si aparecería en mi puerta después de haberle enviado esa última carta. Pero luego me mudé a Miami, y sabía que no ocurriría a menos que tuviera mi nueva dirección. Sin embargo, la siguiente carta que le mandé se me devolvió, y también la siguiente. Tardé más de lo que quiero admitir en aceptar que Luca se había casado y que ya no le interesaba mantener el contacto.

Desearía poder contestarle ahora. Desearía no tener que usar mis previsiones del tiempo como un método ridículo de comunicación. Contemplo el sobre roto, sin sellar, y se me enciende la bombilla.

Le he dado demasiadas vueltas.

Encuentro un cuaderno y un bolígrafo en mi habitación, luego regreso a la mesa de la cocina y comienzo a escribir.

Querido Luca:

¿Cuánto tiempo hace que vives en Miami? Sé que has estado en mi edificio. No estoy segura de si debería asustarme o si tendría que alegrarme de que al fin pueda contestarte. Quizá querías que lo averiguara para que no volviera a Georgia a molestar a tus antiguos amigos. ¿Por eso no le pusiste sello al sobre?

Intenté enviarte mi nueva dirección cuando me mudé aquí, pero creo que tú ya te habías mudado, porque me devolvieron las cartas. Esperaba que te presentaras en mi puerta algún día. De hecho, todavía espero que lo hagas.

Con cariño,
Naomi

Doblo la carta y la meto en un sobre. Me tiemblan las manos cuando lo cierro. Lo observo un momento y medito si realmente quiero que lea la carta. En realidad, me da miedo que venga. No sé por qué. ¿Qué es lo peor que podría pasar? Ha tenido mi dirección durante años y nunca ha aparecido para asesinarme. Pero no es eso lo que me asusta. Realmente no sé de qué tengo miedo.

Escribo su nombre en el sobre. Nada más, ninguna dirección. Me pongo los zapatos y bajo las escaleras. Paso junto a Joel y dejo el sobre encima de los buzones, donde Luca pueda verlo si vuelve al edificio.

Joel tiene el ceño fruncido cuando me doy la vuelta.

—¿Qué es?

—Un cebo —contesto—. Avísame si ves quién lo coge.

Él hace un ruido de aceptación para contestarme.

Yo, por mi parte, regreso a mi apartamento.

Piensa en mí

Naomi

Esa noche sueño con Luca. Empieza como algo bastante inocente. Salgo del edificio y ahí está, en la acera, mirando hacia la calle. Ignoro cómo sé que es él, pero lo sé. Grito su nombre y se da la vuelta, pero, antes de poder verle la cara, me encuentro en otro lugar. Estoy en mi apartamento y él también. Está oscuro, de modo que no lo veo. Me evita. En un momento está a mi lado y al siguiente, trato de alcanzarlo, pero es como intentar tocar una nube. Lo atravieso con las manos, y luego está al otro lado y se ríe. Me caigo al suelo y lo siguiente de lo que soy consciente es de que sus piernas están enredadas con las mías. Intento tocarlo, pero se mueve, y todo lo que siento es una manta. El suelo está cubierto de mantas.

Sus manos se deslizan sobre mi cuerpo, y me susurra al oído lo mucho que se excitó al ver mi cabeza flotando en las noticias. Trato de alcanzarlo otra vez, pero, a pesar de que está tan cerca de mí, lo único que puedo tocar es la tela de la manta. Se ríe de la situación, y luego me pregunta por qué no intenté encontrarlo antes. Empiezo a frustrarme. Solo quiero tocarlo, saber que es real, pero, cuanto más lo intento, más me enredo con la manta, hasta que ya no lo noto.

Me despierto sobresaltada al oír que llaman a la puerta. Las cortinas opacas están cerradas, así que parece que sea plena noche, pero, cuando miro el reloj de la mesita, veo que solo son las siete de la tarde. Apenas llevo en la cama una hora. Gimo. Mi primer instinto es gritarle a través de la puerta a quien sea que haya interrumpido mi sueño. Estaba a punto de encontrar a Luca. Estoy muy sofocada. No sé qué habría hecho si lo hubiera alcanzado en el sueño. Estoy tensa, como si estuviera a punto de descubrir algo importante. Siento un dolor cálido entre las piernas, y me doy cuenta de lo que es. Lo quería en la cama conmigo. Estaba a punto de tener un sueño húmedo. Con Luca.

La persona que me ha despertado lo ha hecho justo a tiempo, aunque no estoy segura de que esto sea lo mejor. Me cubro la cara con la sábana, pero, cuando cierro los ojos, veo escenas del sueño. Me pongo muy cachonda, una fina capa de sudor me cubre la piel. Por mucho que no quiera pensar en lo que acaba de pasar en mi cabeza, sé por qué ha ocurrido. El motivo es todo el tiempo que he pasado con Jake, las caricias, el coqueteo, el no llegar más allá, junto con las cartas de Luca y la insinuación de que quiere algo más. Estoy confundida, y mi cuerpo trata de engañar a mi mente con pensamientos que no debería tener.

Mientras recobro poco a poco la conciencia, me pregunto quién podría estar en la puerta. Empiezo a repasar las posibilidades. Tal vez haya un incendio en el edificio y la alarma no ha sonado. Quizá hay alguna emergencia que solo una meteoróloga puede solucionar. Estoy segura de que, si fuera una emergencia, llamarían al timbre. Puede que sea alguien que no vive en el edificio, alguien que no sepa que me voy a dormir temprano.

Me incorporo, la sábana cae al suelo. Pienso en la carta que he dejado para Luca encima de los buzones. ¿Podría ser él? ¿Habrá vuelto ya a comprobar si le he contestado?

Enciendo todas las luces del apartamento de camino a la puerta principal. Me planteo pasarme por el baño para asegurarme de que estoy presentable, pero no lo hago y me conformo con peinarme un poco con las manos delante del espejo del pasillo. Respiro hondo antes de abrir la puerta.

No sé por qué me sorprende tanto encontrarme a Jake al otro lado. Tendría que haberlo imaginado. Al momento, me siento culpable por el sueño de hace un minuto.

—Siento presentarme aquí tan tarde —se disculpa—. He tenido un mal día y solo… necesitaba verte.

Abro un poco más la puerta y lo dejo pasar. Se detiene al final del pasillo y observa la sala. Saber que ha tenido un mal día hace que me sienta todavía más culpable, como si de alguna manera yo hubiera contribuido a su mierda de día, por mucho que él no tenga ni idea de lo que ocurre en mi cabeza. Me pregunto si Joel le habrá contado que he dejado una carta para otro hombre en los buzones.

—¿Qué ha pasado? —pregunto. Me apoyo contra la pared del pasillo, frente a él.

Levanta una mano y se frota la nuca.

—Temas familiares —suspira.

Mencionó que tenía una familia numerosa. Siempre me han dado envidia las personas que tienen hermanos, pero supongo que no están exentos de sus propios problemas.

—Me sabe mal. ¿Quieres hablar del tema?

Sacude la cabeza. Cuando habla de nuevo, su voz sale en un susurro tan suave que casi no lo oigo.

—Solo quiero fingir un poco más que todo va bien.

Puede que no sepa qué le ocurre, pero creo que sé cómo ayudarlo a sentirse mejor. Justo cuando lo pienso, me recorre el cuerpo con los ojos, y recuerdo la última vez que estuvimos en el pasillo. La chispa que ha aparecido durante el sueño con Luca se enciende de nuevo. Quizá esto es lo que necesito para ponerle fin a esta fantasía y a estos pensamientos intrusivos sobre Luca.

Doy un paso hacia él y dejo que mis manos descansen en su cintura. Respira de forma entrecortada, como si un contacto tan ligero como este lo afectara. Me pongo de puntillas para llegar mejor. Él inclina la cabeza y nuestros labios se encuentran a medio camino. Es un beso suave y dulce, pero no dura demasiado. Sus brazos me rodean, sus manos se mueven de mis costillas a mis caderas, y todavía más abajo. No estoy segura de cuándo me ha movido, pero de repente tengo la espalda contra la pared y su cuerpo pegado al mío. Esta vez no se contiene. Siento cómo presiona su erección contra mí; encaja a la perfección entre mis muslos. Cuando mueve sus caderas contra las mías, siento toda su longitud.

Bajo una mano y lo toco por encima de los pantalones de chándal.

—¿No decías que querías ir despacio? —pregunta.

—He cambiado de opinión. ¿Te parece bien?

Asiente con la cabeza y exhala un «sí» casi inaudible.

—Tomo la píldora —añado—. ¿Estás limpio?

Asiente.

—Me he hecho las pruebas.

—Yo también. —Le bajo los pantalones y…—. Oh, guau. Es…

Quiero decir que es muy grande, pero por su sonrisa de engreído veo que ya lo sabe. Lo cojo con la mano y lo acaricio. Tiene la piel sedosa y caliente, y está tan duro que tan solo el pensamiento de lo que podría hacerme envía pulsaciones por mi cuerpo hasta mi entrepierna.

—Así, perfecto —masculla. Esconde la cara en mi pelo y noto cada una de sus respiraciones contra el cuello.

Baja una mano por mi cadera, hasta que clava los dedos debajo de la cintura del pantalón, pero se detiene ahí. Le agarro la mano y la guío un poco más allá, y él termina de recorrer el camino hasta llegar a ese punto sensible entre mis piernas. Sus dedos se curvan y me estremezco. Lo hace de nuevo y, esta vez, jadeo.

—Quítatela —dice mientras tira de mi camiseta con la otra mano.

Me separo para sacármela, pero me detengo cuando mete los dedos más adentro, lo que me hace gritar y aferrarme a sus hombros involuntariamente. Lo intento de nuevo, pero me fuerzo a soltarlo cuando lo hace otra vez.

—No puedo quitármela si sigues haciendo… —Le muerdo el hombro para evitar hacer demasiado ruido.

Me suelta y me quita la camiseta por la cabeza, luego se quita la suya y las deja caer al suelo. Me levanta y me sujeta contra la pared, con mi centro pegado el suyo. Le rodeo la cintura con las piernas. Deja un rastro de besos desde mi oreja hasta la mandíbula, el cuello y el pecho. Se centra en mis pechos durante un minuto, y les presta la misma atención a los dos por igual. Entierro los dedos en su pelo y, cuando chupa uno de los pezones, aprieto más las piernas a su alrededor. Él sigue moviendo la lengua por mi pezón hasta que apenas puedo sujetarme. Nunca había estado tan cerca de correrme solo con esto, no sabía que era posible.

Incapaz de soportarlo más, me alejo de su boca. Tiene una mirada primitiva.

—Te necesito —le digo—. Ahora. —Calculo la distancia al dormitorio. Está demasiado lejos—. Vayamos al sofá.

Conmigo agarrada a su cintura, me lleva en brazos hasta el sofá. Cuando llegamos, me tumba de espaldas y luego me baja el pijama. También me quita las bragas. Cuando me ve completamente desnuda, se estremece.

—¿Estás segura de esto? —pregunta.

—Sí. Ven aquí. —Me incorporo y tiro de él para que caiga conmigo en el sofá.

Se coloca entre mis piernas hasta que noto su glande contra mi centro. No empuja dentro de mí de inmediato. Se queda ahí un momento, con los labios contra mi cuello, y luego se desplazan hasta mi oreja y bajan por la mejilla hasta los labios. Sus dientes tiran de mi labio inferior.

Envuelvo las piernas hasta cerrarlas en su espalda para acercarlo e intentar que entre en mí. Él se contiene, y creo que me volveré loca de lo cerca que estamos.

—Por favor —susurro a su oído. Se hunde solo unos centímetros para que le suplique—. Más.

Se toma su tiempo. Con cada centímetro que me ofrece, me empuja más cerca de un límite que nunca había alcanzado. Nadie me había provocado tanto como él. Cuando se introduce por completo dentro de mí, siento que estoy a punto de alcanzar el éxtasis. Me aferro a sus hombros, y disfruto de sus músculos mientras se mueve sobre mi cuerpo.

Entierra la cabeza en mi cuello, y su respiración me calienta la piel. No parece que sea la primera vez que nos acostamos. Se mueve como si supiera exactamente lo que me gusta. Aunque no estoy segura de saber lo que me gustaba hasta ahora, con él, que se sumerge en mí y me lleva más cerca del clímax, a un punto en que ya no puedo retenerlo más. No se detiene cuando me corro. Con cada movimiento de caderas, consigue llevarme a un nivel de placer que no había sentido nunca antes. Pierdo todo el control, y, aun así, no tengo suficiente. Estrecho los brazos a su alrededor y lo acerco con las piernas mientras mis pulsaciones lo envuelven. Grito de placer, me da igual que me oigan los vecinos. Lo único que me importa en este momento es él, lo bien que me siento y que podría vivir en este preciso instante el resto de mi vida.

Justo cuando la sensación empieza a disminuir, aprieta sus labios sobre los míos y entra más hondo, lo que envía una última oleada de placer por todo mi cuerpo.

Nos quedamos tumbados un momento, con su peso sobre mí y mis pies en su espalda. Los dos respiramos con dificultad y recuperamos el aliento poco a poco. Sale de mí y se coloca de tal manera que queda entre mi cuerpo y el borde del sofá.

Una vez que he conseguido recuperarme un poco, suspiro, aunque parece más una risa. Él sonríe, le hace gracia mi reacción.

—Ha estado bien —le digo; ya no me importa alimentar su ego—. Jodidamente bien.

Nos miramos un momento. Incluso en la tenue luz del salón, el azul de sus ojos es penetrante. No creo que llegue a cansarme de mirarlo a los ojos.

Mi mirada se va más allá, hasta la mesita de café en la que he dejado el ramo de flores. Justo cuando me pregunto si las habrá visto, él sigue mi mirada por encima de su hombro y las observa. Espero a que me pregunte de quién son, pero no lo hace.

—Lo siento si te he despertado —se disculpa, y centra su atención de nuevo en mí.

—No me quejo. Aunque debo decir que hace un minuto no parecías arrepentido.

Sacude la cabeza.

—Me has pillado. Supongo que no lo siento tanto.

—Pero necesito volver a la cama. Siéntete libre de quedarte, si no te importa verme dormir.

—¿Tienes una silla a los pies de la cama en la que pueda sentarme?

Suelto una carcajada.

—Sí, pero preferiría que me contemplaras desde la otra almohada. Así no me pondrás la piel de gallina.

—Perfecto —conviene—, porque todavía no he terminado contigo. —Me sigue hasta el dormitorio y me impide apagar la luz—. Me gusta verte.

Antes estábamos tan cerca que no he podido observarlo bien. Ya lo he visto dos veces sin camiseta: en la playa y cuando Anne y yo lo vimos durante su carrera matutina al volver de San Diego. Aun así, verlo desnudo en mi habitación me quita la respiración. Deslizo los dedos sobre su firme pecho, por su esculpido abdomen. Sus ojos se oscurecen con mis caricias.

—¿Eres real? —pregunto, y él sonríe con suficiencia.

—Podría hacerte la misma pregunta —dice. Acaricia mis pechos con las manos, y luego las lleva hasta mi cadera y traza líneas con las puntas de los dedos—. Mírate.

Cuando al fin nos metemos en la cama, se toma su tiempo, aunque no me tienta como la primera vez. Ahora explora mi cuerpo con las manos y con la boca, besa cada centímetro, hasta que me retuerzo de placer y le suplico que me dé más. Me separa las piernas, entra en mí y me da lo que quiero.

Es más lento y dulce que antes, pero no por ello menos apasionado. Me abraza cuando terminamos. Descanso la cabeza en su pecho y cierro los ojos. Siento el latido rítmico de su corazón, un ritmo constante que hace que el resto del mundo parezca un poco más tranquilo. Es la primera vez que me duermo con tanta facilidad entre los brazos de otra persona.

Esta vez sueño con unos ojos azules, y con aviones, y con cartas sin contestar.

Me despierto un rato más tarde, cuando se mueve para apagar la luz. Falta poco para medianoche, de modo que no tengo que levantarme hasta dentro de unas horas. Por un segundo, creo que va a marcharse, pero luego noto que el colchón se hunde y que la sábana se mueve cuando vuelve a meterse en la cama. Me abraza por la cintura y apoya la cabeza en mi pecho.

En la oscuridad, aspiro su aroma. Paso una mano sobre la piel lisa de su espalda y sobre su brazo firme. Él mueve los dedos arriba y abajo por la parte posterior de mi muslo y envía un delicioso cosquilleo entre mis piernas. Debería dormir un poco más antes de ir a trabajar, pero la forma en que me toca me ha quitado el sueño. Lo deseo. No me había dado cuenta hasta ahora de cuánto lo necesito.

Se acerca un poco más y me empuja con el muslo. Separo las piernas para él. Su mano se desliza entre mis piernas y me toca, con suaves caricias al principio y luego con masajes más profundos, como si supiera qué hacer exactamente para llevarme al clímax. Trato de tocarlo, pero, a oscuras, solo consigo agarrar la sábana. Intento apartarla, pero está enredada en él, y lo único que logro es aumentar el lío. Me siento como si volviera a estar en el sueño que he tenido antes, pero ahora es mucho más real. Me toca, pero no lo alcanzo porque la sábana está en medio. Respira de forma entrecortada y se ríe; le divierte que no pueda apartar la ropa de cama. Continúa tocándome, sin ayudarme a liberarme del enredo. Jadeo, cada vez más cerca, hasta que estoy a punto de alcanzar el orgasmo. El nombre de Luca se me escapa de los labios. Sale en un gemido susurrado, tan distorsionado que ni yo lo entiendo del todo. Pero lo he pronunciado. Es el único sonido en una habitación en absoluto silencio, y sé que lo ha oído, porque sus dedos dejan de moverse. «Mierda».

Por un momento, me quedo inmóvil en la oscuridad. Todavía siento su cuerpo contra el mío, y su mano permanece quieta entre mis piernas. Empieza a moverse, y estoy a punto de pedirle perdón e intentar explicarme hasta que me doy cuenta de que se pone encima de mí. No debe de haberme entendido. Quizá piensa que ha sido un gemido raro. Retira la sábana y a continuación me abre las piernas y se mete dentro de mí. Se mueve lentamente, no como alguien que está enfadado porque han gemido el nombre equivocado. Poco a poco, me lleva al mismo punto al que había llegado con sus manos. Cuando alcanzo el clímax, muerdo su hombro por miedo a lo que pueda salir de mis labios.

Termina poco después y se queda encima de mí, con su cuerpo pesado sobre el mío. En la oscuridad no lo veo, pero noto su respiración, y sé que me observa. Nuestros pechos se mueven al unísono mientras recuperamos el aliento. Espero a que me pregunte quién es Luca, o, al menos, qué he dicho, pero no lo hace. Se gira y cierra los ojos a mi lado.

Es un problema

Naomi

Querida Naomi:

Llevo un tiempo en Miami. Imagina mi sorpresa cuando me enteré de que también vivías aquí. El mundo es un pañuelo. Me alegro de que al fin hayas encontrado una manera de contestarme. Estaba a punto de darme por vencido y escribir mi dirección en la siguiente carta. Supongo que ya no tengo que hacerlo.

¿Es un reto o una invitación? Porque, si es una invitación, quiero que lo dejes claro. Quiero que me digas que me quieres a mí.

Con cariño,
Luca

Querido Luca:

Me disculpo si te he dado falsas esperanzas. Probablemente tendría que mencionar que salgo con alguien. No tenía intención de tontear contigo, y creo que tú deberías dejar de hacerlo.

Con cariño,
Naomi

Querida Naomi:

Apuesto a que no está tan bueno como yo. ¿Te envío una foto para que lo compruebes?

Besos,

Luca

Querido Luca:

Veo que sigues siendo tan engreído como siempre. ¿Eres así de pervertido en persona o solo cuando te escondes detrás del papel?

Con cariño,

Naomi

Querida Naomi:

Me refería a una foto inocente de mi cara. ¿Pensabas que me refería a una fotopolla? ¡Venga ya! Ya no estamos en el instituto. Bromas aparte, ¿tu novio sabe lo de nuestras cartas? Porque yo aprendí por las malas que pueden destruir una relación. Creo que cualquiera que las leyera se daría cuenta de que estoy enamorado de ti.

Con cariño,

Luca

Querido Luca:

¿Cómo puedes decir que estás enamorado de mí si no nos conocemos? Si eso es lo que sientes, tendrías que habérmelo dicho mucho antes. Ya es demasiado tarde.

Con cariño,

Naomi

Querida Naomi:

No es demasiado tarde.

Con cariño,

Luca

Las cartas llegan mucho más a menudo ahora que existe un canal de comunicación entre nosotros. El viernes por la mañana, todavía tengo en mente la última carta que metió en el buzón. No sé qué contestar. Parece que no importa lo cruel o despectiva que sea. Él sigue con las cartas, y yo no puedo dejar de pensar en él.

—He encontrado algo interesante mientras hacía la colada.

Pensaba que Anne ya no me asustaría más, pero, cuando oigo su voz, me sobresalto inevitablemente. Me doy la vuelta y la miro con furia.

—Ya basta. Te compraré unos zapatos con tacones de metal —le suelto—. Tu calzado es demasiado silencioso.

—Soy una serpiente sigilosa —dice—. Pero tú eres muy astuta.

—¿De qué hablas?

—De esto.

Me lanza una hoja de papel de cuaderno arrugada. Iba dirigida a mi regazo, pero se desvía y cae al suelo. La cojo y me enderezo.

—Mierda.

Me olvidé de sacar la carta del bolsillo de los pantalones de Anne antes de devolvérselos. Recuerdo que la metí ahí cuando Jake vino a casa el día que fuimos a la playa.

—Esto está al nivel de los mensajes asquerosos que recibo en las *apps* de citas. ¿Se ha puesto cachondo al verte en la tele? ¿No crees que esto es algo que deberías haberme contado? ¿Y qué hay de todas las otras cartas que te ha enviado a casa? ¿Qué más te ha dicho?

La doblo y la meto debajo del teclado.

—No es asunto tuyo.

—Te he acompañado a tres estados diferentes para buscar a este tío. Me has dejado leer todas las cartas que te envió en el instituto. ¿Desde cuándo no es asunto mío?

Gruño.

—Desde que se ha convertido en un problema.

—¿A qué te refieres? ¿Qué pasa?

Suspiro mientras decido cuánto contarle.

—He conseguido contestarle.

Abre los ojos como platos.

—¿Te ha dado su dirección? ¿Dónde vive?

—Ni idea. Me di cuenta de que las cartas que había enviado a casa no tenían matasellos. Está en Miami.

—Vale. Entonces, ¿cómo le escribes?

—Dejo las cartas encima del buzón de casa. Él las recoge y me contesta.

Parece que los ojos se le van a salir de las órbitas.

—¿Lo dices en serio? ¿Ha estado en tu edificio? Hostia puta, madre mía. ¿Cuánto tiempo hace que te guardas este pequeño dato?

—Eso no es lo peor. —Cierro los ojos. No me creo que vaya a contarle esto, pero también siento que me quito un peso de encima. No tengo a nadie más en quien confiar.

—Continúa —me pide.

—No puedo dejar de pensar en él.

Frunce los labios.

—¿En qué sentido?

Me avergüenza admitirlo, y me preparo para su reacción.

—He tenido un sueño erótico. O quizá no fue un sueño erótico, pero casi.

—¿Con *Luca?* —Su voz es tan aguda y fuerte que estoy segura de que todo el mundo en el canal la ha escuchado.

—Eso no es todo. Jake vino anoche justo después y nos, bueno, ya sabes…

—Os acostasteis —dice para terminar la frase.

—Gemí su nombre.

Frunce el ceño.

—¿De quién?

—Gemí el nombre de Luca. No sé qué me pasó. No es que estuviera pensando en él. Me siento horrible.

—Ay, seguro que eso le destruyó el ego.

—Creo que no me entendió, gracias a Dios —exhalo.

Me mira, seria.

—Entonces, ¿ya no crees que sea solo un rollo? Con Jake, me refiero.

Niego con la cabeza.

—No lo sé. Es más que eso. Siento algo por él, pero ¿por qué no puedo sacarme a Luca de la cabeza?

—Porque también sientes algo por Luca —sugiere Anne.

Suelto una risita nerviosa.

—No puedo estar pillada por dos tíos a la vez.

—¿Y qué vas a hacer? Si continúas saliendo con Jake y escribiéndole a Luca, no dejarás de decir su nombre en momentos inapropiados.

Suspiro. Sé que tiene razón. Yo ya había llegado a esa conclusión. Pero, después de pasar dos años sin saber nada de él, ahora que por fin puedo escribirle, soy incapaz de dejarlo ir por el momento.

—Siento que me pierdo algo. Luca y yo intercambiamos cartas desde quinto de primaria. Por carambolas de la vida, los dos hemos acabado en Miami. Nunca había creído en el destino, pero ¿y si esto lo es? ¿Y si el universo me dice que tengo que darle una oportunidad?

Tengo la esperanza de que me diga que soy ridícula y que debería dejarlo estar. Nunca he conocido a Luca y no sé cómo es en realidad. Además, ya he admitido que me estoy enamorando de Jake. A diferencia de Luca, quien es palabras sobre papel, Jake es de carne y hueso, está aquí, y lo conozco en persona.

—Creo que el destino y las almas gemelas y todo eso son tonterías —asegura—. Pero, venga ya, Naomi. Llevas escribiéndole a Luca más de lo que la mayoría de gente dura casada. No me malinterpretes. No te digo que dejes a Jake, pero tal vez deberías darle una oportunidad a Luca. Queda con él.

—Acabas de comparar su carta con los imbéciles de tus *apps*, ¿y ahora me dices que quede con él?

Se encoge de hombros.

—Si no lo haces, te quedarás con el gusanillo. Y ¿quién sabe?, puede que Jake te guste más.

—No lo sé. No me parece correcto, ya le he dicho que no veía a nadie más. Básicamente, acordamos ser exclusivos. Y no romperé con él para descubrir después que Luca es un cretino en la vida real. Además, me gusta mucho. No he sentido una conexión así con alguien desde…, bueno, nunca.

—Entonces, dile a Luca que quieres quedar, pero en plan amigos. Si quieres una carabina, yo te acompaño. Pero tienes que elegir. No puedes tirarte a uno mientras piensas en el otro. No está bien.

Alguien se aclara la garganta detrás de nosotras. Me giro en la silla y veo a Patrick, con la cara más roja que nunca.

—Sin duda, he entrado en el momento equivocado —dice—. Anette, vuelve al trabajo.

—Sí, señor —responde, y hace un saludo militar en broma. Se inclina hacia adelante y susurra—: Elige entre los dos. —Y luego sigue a Patrick para salir de la redacción.

Ven a Miami

Luca

Cuando me marché de Dallas, no estaba seguro de adónde ir. Terminé por regresar a San Diego. Lo único que tenía era la ropa, algunas cosas básicas y una caja llena de cartas de Naomi. Vendí la mayoría de los muebles antes de la mudanza y el resto los dejé porque no tenía ganas de pelearme con Penny. Recuperé mi antiguo trabajo. Solo llevaba fuera un mes y todavía no me habían sustituido. Alguien se había mudado a mi apartamento, de modo que acabé en la habitación de invitados de Ben e Yvette.

No era una situación ideal. Se habían casado justo después de la universidad y habían tenido a su primer hijo nueve meses más tarde. Cuando me mudé, acababan de tener a su tercer hijo. Había muchos gritos y llantos, juguetes por toda la casa, y parecía que todo el mundo corría arriba y abajo a todas horas. Era un caos absoluto.

No estaba triste por la ruptura con Penny, pero todo el mundo pensaba que debía estarlo. Era más un alivio que otra cosa. Tendría que haber roto con ella mucho antes.

Le escribí otra vez a Naomi en cuanto me instalé en mi nueva casa temporal. Me senté a la mesa de la cocina en uno de esos escasos momentos en los que los tres niños y la madre se echaban la siesta juntos. Ben entró en la cocina y tuvo que mirarme dos veces cuando vio que estaba ahí sentado con un bolígrafo y un papel.

—No me digas que todavía le escribes a la chica de quinto.

No tuve que levantar la vista para saber que bromeaba. Su tono de voz lo delató.

—Naomi Light —contesté.

—Espera. ¿Lo dices en serio? ¿Todavía le escribes?

—Nunca dejé de hacerlo.

—¿Todavía te escribe mierdas de esas perturbadoras sobre padrastros y que te amputen los dedos?

Encogí los hombros.

—A veces.

—Eres tan raro… Es increíble que todavía le escribas. —Se sentó al otro lado de la mesa—. ¿Y qué pensaba Penny de eso?

—No le gustaba. Me escondió la última carta de Naomi. En parte, es la razón por la que todo se fue a la mierda.

—¿Has conocido a Naomi en persona?

Negué con la cabeza.

—Quizá algún día.

—Me parece una locura que os hayáis escrito durante todo este tiempo y que aún no la hayas conocido. ¿Todavía miras su perfil de Facebook?

—Lo he intentado. Tiene la cuenta privada. Ni siquiera puedo ver las fotos.

—Probablemente sabía que las mirabas y quería que dejaras de hacerlo.

El bebé recién nacido rompió a llorar en la otra habitación justo en ese momento. Ben se fue para atenderlo y yo terminé de escribir la carta. La envié y esperé, y esperé. Pasaron varias semanas y me devolvieron la carta. No pudieron entregarla. Se había mudado.

La guardé durante un mes, hasta que intenté enviarla de nuevo. Mandé la siguiente a la última dirección donde había vivido de adolescente antes de irse a la universidad. Tenía la esperanza de que tal vez sus padres todavía vivieran en el mismo lugar y que le hicieran llegar la carta. También me la devolvieron un mes más tarde.

Intenté encontrarla por Facebook de nuevo, pero su perfil seguía siendo privado. No descubrí ninguna pista sobre dónde vivía o trabajaba. Ni siquiera tenía la opción de enviarle un mensaje o una solicitud de amistad. No quería dejar de buscarla, pero empezaba a perder la esperanza. Quizá ya no tenía remedio. Tardé demasiado en contestarle, y nuestra historia de despiadadas cartas había llegado a su fin.

Pensé que tal vez era mejor así. La había puesto en un pedestal tan alto que ninguna de mis otras parejas le llegó nunca a la suela de los zapatos. Si no las hubiera comparado a todas con quien creía que Naomi podía ser, ya estaría felizmente casado.

Entonces, un día, recibí una carta. Mi nombre y la dirección de Ben estaban escritas con una caligrafía tan descuidada que supe que no era de Naomi incluso sin leer el remite. Me quedé mirando el sobre un tiempo antes de guardarlo, sin abrir, en mi mesita de noche.

Al principio, no entendí cómo mi padre había conseguido la dirección. Habían pasado más de diez años desde que nos había abandonado a mi madre y a mí. No había sabido nada de él desde entonces. Cuando se marchó, me dijo que se mudaba a Montana, pero nunca me dio una dirección para contactar con él y tampoco se molestó en escribirme o llamarme. Me había insensibilizado ante su abandono. Tenía cosas más importantes de las que preocuparme.

No quería leer su carta y sentirme obligado a perdonarlo por todos los años que había estado ausente. No quería leerla y descubrir que ahora era pobre y que esperaba que yo fuera lo bastante rico para prestarle algo de dinero. No quería abrir ese sobre y encontrarme con una invitación hortera a una boda a la que no iría jamás de los jamases. No quería enterarme de que sufría un cáncer terminal y que intentaba reparar el daño que me me había causado antes de morir. Me cabreó que pensara que podía regresar a mi vida simplemente con una carta.

La dejé sin abrir en el cajón de la mesita de noche durante varios meses. Me planteé quemarla o hacerla pedazos y tirarla sin leerla, pero decidí conservarla. Tal vez un día estaría preparado para leerla.

Hacía diez meses que vivía con Ben e Yvette cuando descubrí cómo mi padre había encontrado la dirección. Penny la halló de la misma manera. Empezó a llamar al teléfono fijo de Ben y a dejar mensajes amenazadores en el contestador. Seguramente, se enteró de que había bloqueado su número y de que por eso no le devolvía las llamadas o los mensajes. Desesperada por contactar conmigo, me buscó en una base de datos en la que constaba la dirección de Ben como mi residencia habitual, junto con el número de teléfono de Ben.

Pagué a todas las bases de datos que encontré para que eliminaran mi información, y también desactivé la cuenta de Facebook. No quería correr el riesgo de que me encontrara ahí incluso después de bloquearla. Ben logró poner en la lista negra su teléfono, pero, poco después, empezó a enviar cartas y postales de mal gusto. Yvette me sugirió que escribiera «Rechazada» en todas las cartas, y con el tiempo dejaron de llegar. Solo deseaba que me buscara de nuevo en las bases de datos y que, al ver que mi nombre ya no aparecía en la dirección, asumiera que me había mudado.

Antes de que Penny empezara a acosarnos, ya sentía que abusaba de su hospitalidad. Ben e Yvette nunca se quejaron de que me quedara en su casa y tampoco me pidieron que me marchara. Les pagaba un alquiler por la habitación y les cuidaba a los niños dos veces al mes para que tuvieran una noche libre. Aun así, sabía que probablemente querían volver a la normalidad. Decidí buscarme un apartamento y empecé a meter las cosas en cajas para tenerlo todo preparado cuando llegara el momento.

Cuando abrí el cajón de la mesita de noche, me acordé de la carta que había guardado meses atrás. Ya no estaba tan cabreado como cuando llegó. La cogí y la observé un momento. Por primera vez desde que había recibido la carta, tenía curiosidad por saber qué era tan importante después de tantos años para que hubiera sentido la necesidad de escribirme. Pasé un dedo por debajo de la solapa y abrí el sobre.

Querido Luca:

Sé que no hay palabras suficientes para que me perdones por abandonarte cuando eras niño. En muchos sentidos, yo también era todavía un niño, pero sé que no es excusa. Pasaron cosas entre tu madre y yo que no podías entender en ese momento. No sé si ella te contó lo que ocurrió, pero, si lo hizo, es probable que no te contara toda la historia. Tampoco la culpo por ello.

Si pudiera cambiar las cosas, habría luchado más para que vinieras conmigo cuando me marché. La única razón por la que no lo hice fue porque ella era buena madre, por mucho que no fuera buena esposa. Seguramente no quieres saber esto de ella. Sé que no es correcto hablar mal de los muertos, así que no diré nada más. Tuvo mucha suerte de tenerte y de que la cuidaras cuando enfermó.

No puedo volver atrás en el tiempo y arreglar las cosas. No estuve ahí para ti, y lo lamento profundamente. Espero que algún día podamos resolverlo y formar parte de la vida del otro, pero lo entiendo si crees que es demasiado tarde.

A lo largo de los años, te he enviado muchas cartas. No sé si cambia las cosas, pero, si me permites ser algo egoísta, espero que sí. Ha sido algo difícil seguirte el rastro con todas las mudanzas. Solo espero que esta llegue a tus manos. Hay mucho más que quiero contarte, pero me veo limitado por lo que puedo escribirte en una carta que sé que rechazarás, como todas las demás.

Si te llega, espero que me des otra oportunidad de ser tu padre.

Con mucho amor,
Joel Pichler

La presentación del señor Pepinillos

Naomi

Llego al final de las escaleras al mismo tiempo que se abren las puertas del ascensor y salen la Niña Oruga y su madre. Supongo que debería empezar a llamarla Caitlin ahora que sé su nombre. La niña lleva un frasco de pepinillos y su madre, el libro para colorear de orugas sujeto contra el pecho. Ralentizo el ritmo para dejarlas pasar, y se dirigen al mostrador de seguridad donde Joel está sentado. El hombre debe de estar haciéndose de oro con la cantidad de horas extra que pasa trabajando.

—¡Pepinillos para el señor Pepinillos! —anuncia Caitlin mientras deja el tarro en el mostrador.

Los observo de camino a los buzones. Cuando oigo el apodo de Joel, mis pensamientos vuelven al viaje de Georgia. Recuerdo el apodo que Maxwell le puso a Luca y lo que dijo de que su exprometida quería ser Penny Pepinillos.

La carta que dejé para Luca ya no está, pero no hay ninguna nueva en mi buzón. Miro a través del cristal, pero veo que Anne todavía no ha llegado. Observo a Caitlin, a su madre y a Joel de reojo. Intento que no parezca obvio que estoy prestando atención.

—Eres la mejor —le dice Joel a Caitlin cuando acepta el frasco.

—No, tú eres el mejor —contradice la madre de Caitlin. Parece que le falta el aliento. Seguramente la niña la agota—. Volveré dentro de una hora. Muchísimas gracias por vigilarla.

—Un placer —dice Joel, que abre el bote y saca un pepinillo. Caitlin lo mira con los ojos bien abiertos y, cuando él le da un mordisco crujiente, ella suelta una carcajada.

La madre le entrega el libro para colorear a Caitlin y regresa al ascensor. Caitlin corre hacia la puerta principal y Joel grita:

—¡Quédate junto a la ventana, donde pueda verte!

Cuando somos las dos únicas personas en el vestíbulo, me acerco a Joel. Termina de comerse el pepinillo, cierra el frasco y me sonríe con amabilidad.

—¿Te sobornan para cuidarla? —Señalo el tarro.

Su sonrisa se ensancha.

—Eso parece.

Fuerzo una risa con la esperanza de que suene natural.

—¿Por qué pepinillos?

Se encoge de hombros.

—¿Quién sabe? Creo que la señora Bayer compra al por mayor. Debe de haber comprado demasiados frascos.

—Oh —digo. Lo más probable es que le esté dando demasiadas vueltas al apodo—. Pensé que tal vez estaba relacionado con cómo te ha llamado.

—¿Cómo me ha llamado?

—Señor Pepinillos —le recuerdo.

—Ah, ¿sí?

Hay algo en esa pregunta que me inquieta. Lo dice con un aire despreocupado que me lleva a pensar que tal vez espera que deje estar el tema. Quizá no debería leer tanto entre líneas.

Esbozo una sonrisa.

—Sí.

—Ah, bueno. Los niños dicen cosas muy graciosas a veces.

Miro por encima del hombro, hacia los buzones.

—Anoche dejé otra carta en la parte superior de los buzones. No habrás visto quién la cogió, ¿no?

—Lo siento, no he visto nada esta mañana.

—Y tampoco habrás visto a ningún extraño entrar al edificio, ¿no?

—Nadie ha merodeado por los buzones.

La puerta principal se abre antes de que pueda preguntar nada más y Caitlin asoma la cabeza.

—¡Tu amiga ha llegado!

Miro por la ventana y veo el coche de Anne aparcado en la acera. Salgo a la calle y camino hasta ella. Tiene la radio a tope, lo que me impide escuchar mis propios pensamientos. La apago.

—No he recibido nada nuevo de Luca.

—¿Le escribiste lo que comentamos?

—Sí. —Ayer, después del trabajo, Anne y yo fuimos a la cafetería a almorzar y hablamos sobre cómo debería proponerle a Luca que nos viéramos. En la carta fui directa y al grano. Le dije que quería conocerlo en un lugar público y que no quería que esperara nada más de mí—. La carta ya no estaba esta mañana —continúo—, así que la ha recogido en algún momento entre entonces y ahora.

—Pero no hay novedades.

—No. —Me muerdo el labio y considero si debería comentarle lo que tengo en mente—. Oye, ¿te acuerdas de cuando fuimos a Georgia y conocimos a aquel hombre que conocía a Luca?

—Maxwell. Era mono.

—Cómo no. ¿Te acuerdas de cómo se refirió a Luca?

Tuerce el labio, pensativa.

—Pepinillos, ¿no? Porque su apellido es Pichler, y se parece a *pickles*, 'pepinillos' en inglés.

—Pues así es como Caitlin llama a Joel. Pepinillos. Bueno, señor Pepinillos.

—¿Quién? ¿A quién?

—Caitlin es la Niña Oruga. Y Joel es el guardia de seguridad. Te he hablado de él.

—¿Crees que Joel podría ser Luca?

—No, es mayor. Pero está en ese mostrador casi todo el día y no parece enterarse de quién entra y coge mis cartas y mete otras en mi buzón.

—¿Y si Luca es el cartero?

Me río.

—Lo dudo. Mi edificio ya estaba en su ruta de reparto desde mucho antes de que yo me mudara.

—Yo no le daría demasiadas vueltas a eso del apodo. A ti te llama Gnomo.

—Sí, pero se parece bastante a Naomi.

Conduce hasta la tienda de mascotas que ha organizado el evento de adopción. La asociación ha preparado varias jaulas en la parte delantera de la tienda. Los perros con más posibilidades de ser adoptados están en estas jaulas y saludan a la gente que se les acerca. Pasamos junto a una jaula con ocho cachorros blancos y marrones que no parecen tener más de dos meses. Los más pequeños son los que reciben más atención.

Vamos dentro, hasta la parte trasera de la tienda, en la que tienen más jaulas con gatos y gatitos de todas las edades. Encuentro a Jake al lado de una de las jaulas. En el interior hay un gatito naranja atigrado y otro que es blanco con manchas grises y naranjas en la espalda. Él está hablando con otros voluntarios. Cuando se da cuenta de que he llegado, sonríe y se centra en mí.

—Has venido —dice.

—¿Son estos, los gatitos? —Meto un dedo entre las barras de la jaula y los dos se acercan a olerme.

—Estos son los famosos gatitos que juegan a los bolos —confirma. Señala al naranja—. Ese es Roland. El gato tricolor es Phoebe.

Anne se acerca y le tiende la mano.

—Creo que no nos han presentado. Me llamo Anne.

Él estira la mano por encima de la jaula para estrechársela.

—Un placer conocerte por fin, Anne.

—¿Y tú eres?

Deja escapar una carcajada y le suelta la mano.

—Qué graciosa.

Frunzo el ceño hacia ella y articulo con los labios: «¿Por qué estás tan rara?».

Jake devuelve su atención a los gatos.

—¿Se ha fijado alguien en los gatitos? —le pregunto.

—Un par de personas han pasado por delante y se han parado a jugar con ellos a través de la jaula, pero nadie ha rellenado la solicitud.

—Son una monada. ¿Cómo es posible que nadie los quiera?

Él se encoge de hombros.

—¿Quieres jugar con ellos?

—¿Puedo?

Nos muestra a Anne y a mí una sala pequeña diseñada para ser un lugar tranquilo y que las familias conozcan a los animales que están disponibles para la adopción. Luego trae a los gatitos. Anne y yo nos sentamos en el suelo mientras ellos dan saltitos por la sala y juegan juntos.

Él nos pasa una caja llena de juguetes y luego se sienta a mi lado. Anne elige un palo de plástico con plumas en la punta y lo agita por encima de los gatitos. Los dos se lanzan hacia el juguete al mismo tiempo, se chocan y no consiguen atraparlo.

Me río.

—¿Cuánto tiempo tienen?

—Cuatro meses —responde.

El gatito naranja salta encima de mi regazo y estira las patitas para agarrarme el pelo.

—Cree que mi pelo es un juguete —comento. Meneo la trenza y el gatito la agarra, pero esta vez no la suelta. Se tira para atrás y se lleva mi cabeza consigo—. Oh, ay.

—La garra se le ha quedado atrapada —dice Jake. Se inclina hacia mí y levanta al gatito para desenredar con cuidado su pequeña garra de mi trenza.

Desde este ángulo, todo lo que veo son su barbilla y su garganta. Tiene la mandíbula cubierta por una barba de unos días. Observo cómo su nuez sube y baja una vez. Ahora ya sé cómo es tener la piel de su cuello bajo mis labios, entre mis dientes. Si no tuviera un gatito enredado en mi pelo (o a Anne de espectadora), lo empotraría contra la pared y me divertiría un poco con él.

Cuando se aleja, sus ojos se encuentran con los míos un segundo y, en ese breve instante, se entrecierran lo suficiente para sugerirme que sabe exactamente en lo que pensaba. No puedo evitar preguntarme si soy tan fácil de leer o si él se planteaba hacer lo mismo.

Deja a Roland de nuevo en el suelo, pero el gatito regresa a mi regazo, aunque esta vez se pone cómodo en lugar de jugar con mi pelo.

—Le gustas —dice mientras me da un codazo.

—¿Estás celoso? —Levanto las cejas.

Me ofrece una sonrisa torcida.

—Un poco.

El gatito tricolor se abalanza desde unos metros de distancia y tira a Roland de mi regazo. Los observo entretenida mientras ellos se pelean durante un minuto. Luego, tan rápido como comenzaron, el juego termina y se lamen la cara el uno al otro mientras ronronean.

—¿Hacen esto a menudo? —pregunto, y señalo a los gatitos, que ahora tienen la cara empapada de la saliva del otro.

—Oh, sí. Si no se están peleando, se están besando. Es un poco raro si tenemos en cuenta que son hermanos.

Me río, lo que asusta a los gatitos, que me miran y luego vuelven a pelearse.

—No puedo creer que no me los hayas presentado antes —le digo.

—A juzgar por la expresión de tu cara ahora mismo, fue la decisión correcta. Probablemente, los habrías secuestrado y nunca habrían llegado a este evento de adopción.

Tiene razón. Ya no me imagino volver a casa sin ellos.

—¿Sería una locura si los adoptara? —pregunto.

Anne frunce el ceño y gira la cabeza hacia mí.

—¿Alguna vez has tenido un gato? —me interrumpe.

—No, aunque siempre he querido uno.

—No te sientas presionada para adoptarlos solo porque nadie lo haya hecho todavía —dice Jake—. No quería que vinieras por eso.

Me estiro y acaricio a Phoebe, que juega con los cordones de mis zapatos. Consigue atrapar uno con la boca, estira y me deshace el nudo.

—No me siento presionada. Hace tiempo que me planteo adoptar una mascota. Y siempre he querido un gato, desde que era pequeña. ¿De verdad pensabas que podías meterme en una habitación con estos dos y que no me enamoraría de ellos?

Levanto la vista y me encuentro con sus ojos mientras lo digo. Cuando veo que tiene el ceño fruncido, me pregunto si es un poco extraño que use estas palabras con alguien con quien salgo desde hace tan poco. Probablemente, no tendría que haber dicho que estoy enamorada de un par de gatitos que acabo de conocer antes siquiera de habérselo dicho a él. Durante un momento, hay un silencio tan sepulcral que me lo cuestiono todo, y me pregunto si debería retractarme o si eso solo nos incomodaría todavía más.

Antes de hacer el ridículo o de crear una situación todavía más embarazosa, su expresión se relaja y alza la comisura del labio en esa sonrisa torcida que tanto me gusta.

—Si lo dices en serio, le pediré a alguien que traiga el papeleo.

Cuando llego a casa, estoy orgullosa de poder decir que soy propietaria de dos gatitos, un transportín, un arenero, una bolsa de comida para gatos y más juguetes de los que son necesarios. Anne me ayuda a entrarlo todo, aunque me detiene cuando ve que me dirijo a las escaleras.

—Eh, ¿perdona? ¿No crees que sería más fácil subir con el ascensor?

Me doy la vuelta y la miro. Carga la mayor parte de las cosas que he comprado. No puede llevar nada más. Lo único que yo llevo es el transportín con los dos gatitos dentro. Recuerdo la última vez que subí con el ascensor y me quedé atrapada. En realidad, no quiero volver a entrar. Pero tampoco quiero que Anne tropiece y se caiga por las escaleras con todas mis cosas.

—Sube tú con el ascensor. Yo prefiero hacer ejercicio.

Llegamos a mi planta al mismo tiempo.

—Eres un bicho raro —comenta cuando estamos frente a la puerta—. ¿Es porque Luca te traumatizó con una carta sobre ascensores cuando eras niña?

—No. Una vez me quedé atrapada. Bueno, en realidad fueron dos. No he vuelto a usarlo desde entonces.

Abro la puerta y me sigue al interior.

—¿Dónde quieres que te lo deje? —pregunta.

—Donde puedas. Ya lo colocaré todo más tarde.

Dejo el transportín en el suelo, pero no abro la puerta. Todavía tengo que subir algunas cosas del coche de Anne, pero hay algo que quiero hacer antes. Agarro el cuaderno y el bolígrafo y me dirijo hacia la encimera.

—¿Qué haces? —pregunta Anne cuando ve que me pongo a escribir.

—Le escribo una carta a Luca.

—¿Ahora?

Se apresura a mi lado para mirar por encima de mi hombro.

—En la primera carta que le escribí, le dije que quería un gato. Él me contestó que los gatos son aburridos. Le encantará saber que acabo de adoptar a dos.

Termino de escribir la carta y la meto en un sobre.

—El arenero y la arena todavía están en el coche —dice Anne—. Bajo a por ellos.

—Voy contigo —ofrezco—. Además, tengo que dejar la carta. Te ayudo a subirlo todo.

Dejo a los gatitos en el transportín para que no se metan en ningún lío y salimos al rellano. Después me dirijo hacia las escaleras.

—¿Lo dices en serio? —pregunta—. El ascensor no se averiará.

La ignoro y bajo por las escaleras. No me doy cuenta de que Anne está detrás de mí hasta que habla. De alguna manera, tampoco hace ruido cuando baja deprisa por las escaleras.

—¿Por eso tienes unos gemelos tan impresionantes? —inquiere—. Subir varios tramos de escaleras al menos dos veces al día es un muy buen ejercicio.

—Estoy acostumbrada. Además, estoy segura de que es más rápido que con el ascensor.

Llegamos al vestíbulo. Paso junto a Joel y dejo el sobre encima de los buzones, como suelo hacer. Anne se ha adelantado y ya está fuera, haciendo malabares con el paquete de arena que he comprado y con el arenero. Corro fuera para ayudarla.

Cuando entramos en casa, dejo que los gatitos salgan del transportín. Jugamos con ellos unos minutos antes de que Anne se marche. Los gatos me miran con curiosidad mientras preparo el arenero. Es uno de los que se limpian solos. Anne me ha convencido de que lo compre porque no entendía por qué alguien querría arrodillarse delante de un arenero abierto y hacer el trabajo sucio. Pienso en las primeras cartas que Luca y yo intercambiamos durante quinto curso. Sonrío al recordarlo. Sus primeras cartas me molestaron un montón.

Me acuerdo de la carta que he dejado encima de los buzones. Me pregunto qué pensará de este giro dramático de los acontecimientos. Es probable que me diga que siempre estuve destinada a ser la loca de los gatos. Me pongo los zapatos y bajo. Sé que es imposible que haya entrado en el edificio en estos minutos desde que he dejado la carta, pero hoy todavía no he revisado el correo, y no pasa nada por ver si ya ha venido.

Salgo del hueco de las escaleras y cruzo la mitad del vestíbulo, hasta que me detengo en seco. Joel está al lado de los buzones con el sobre que he dejado para Luca entre las manos.

—¿Qué haces? Déjalo donde estaba.

No se mueve. Mira el sobre que tiene en las manos y luego los buzones.

243

—¿Joel?

—Yo, eh… —Se encoge de hombros y suspira.

—¿Has recogido las cartas que dejaba ahí?

Trato de encontrarle el sentido, pero no le veo ninguno. Joel es demasiado mayor para ser Luca. Pero, si es él quien ha cogido las cartas, entonces, ¿quién me ha escrito todo este tiempo? Entonces veo la luz. Siento que me han echado un jarro de agua fría. Todo me da vueltas cuando caigo en la cuenta de que, al contrario de lo que pensaba, Luca no ha estado en el edificio.

—Lo conoces. —Tenía intención de que saliera como una pregunta, pero suena más como una afirmación. En sus ojos veo que he dado en el clavo—. ¿Dónde está? ¿De qué lo conoces?

Sacude la cabeza para salir del estupor inicial. Tengo tantas preguntas…, en especial sobre por qué el guardia de seguridad del edificio es mi intermediario con Luca.

—¿Te ha pagado para que lo hagas? —pregunto.

Joel se aclara la garganta.

—No, no me ha pagado.

—¿De qué lo conoces?

De nuevo, vacila. Desvía la vista y prefiere mirar al sobre en lugar de a mis ojos.

—Es mi hijo —confiesa.

Capítulo 26

Los famosos gatitos con los bolos

Naomi

—¿Eres el *padre* de Luca? —En lugar de confirmarlo, Joel se mete el sobre en el bolsillo trasero y pasa de largo para llegar al mostrador de seguridad—. Entonces…, ¿qué? ¿Le has entregado todas mis cartas? —Levanta la vista y me mira medio segundo antes de centrarse en su trabajo. Organiza una pila de papeles que ya estaba perfectamente apilada—. ¿Has leído alguna? —pregunto—. ¿Dónde está?

Ignora mis preguntas, ni siquiera se molesta en levantar la vista esta vez. Abre un cajón y remueve el contenido como si buscara algo. Lo observo y espero a que me conteste, aunque está claro que no planea ofrecerme ninguna explicación. Supongo que por esto nos miraba a Jake y a mí con desaprobación. Apoya a su hijo, y Jake es un obstáculo en su camino.

—No sé qué te ha contado Luca sobre mí, pero no es de tu incumbencia con quién salgo. Jake y yo vamos en serio. Puedes decírselo a Luca. Me da igual.

Deja de rebuscar en el cajón y levanta la vista. Siempre pensé que era bastante buena leyendo a la gente, pero no soy capaz de descifrar su mirada. Murmura algo de que tiene que hacer su ruta y sale de detrás del mostrador y desaparece en el ascensor. Todavía estoy procesándolo todo cuando subo a casa.

El apodo de Caitlin cobra mucho más sentido ahora. Sabía que era importante. Hay tantas cosas que quiero preguntarle… Quiero saber cómo supo Joel que yo era la persona a quien su hijo llevaba escribiendo desde hacía tantos años. ¿Luca vino a visitarlo y me vio? Todavía no sé si Luca vive aquí o solo está de visita. Tal vez por eso no me ha dado su dirección.

Los gatitos están inspeccionando su nuevo hogar justo cuando alguien llama a la puerta. La abro y dejo que Jake entre. Ya han pasado unas horas desde que he descubierto que Joel es el padre de Luca. Estoy un poco más tranquila, pero agradezco la distracción.

En cuanto la puerta se cierra, me acorrala contra la pared solo con su cuerpo, sin usar las manos. El repentino movimiento me deja sin respiración. Su cercanía me enciende todo el cuerpo. Sus labios están a pocos centímetros de los míos, y me provocan. Mis labios tocan los suyos con suavidad, pero no lo beso. El delicado roce le oscurece la mirada con deseo y lo lleva al extremo. Toma la iniciativa y presiona sus labios contra los míos. De alguna manera, consigue que este beso parezca el primero. Han pasado un par de horas desde que lo he visto, pero parecen días, incluso semanas. Cuando al fin se separa, me doy cuenta de que no me estaba tocando porque esconde algo detrás de la espalda. Inclino la cabeza para intentar ver lo que es, pero se gira y me lo impide.

—¿Cómo se están adaptando los gatos? —pregunta.

—Ya se creen los dueños del apartamento. Ahora lo único que me falta para que se sientan como en casa es una bolera.

—Tengo que contarte algo, Naomi.

—¿El qué?

Respira hondo, como si se mentalizara para lo que me dirá. Exhala lentamente antes de hablar.

—No saben jugar a los bolos.

—¿Qué? —Finjo que hago una pataleta—. Me has timado. Quiero que me devuelvas el dinero.

Sonríe con sinceridad, y entonces saca un *skate* de detrás de la espalda. Es más o menos de la mitad del tamaño de uno normal, como si fuera para un niño.

—¿Haces *skate?*

—No, era de mi hermano. Se le quedó pequeño y, cuando empecé a acoger a los gatitos, me lo dio. Les enseñábamos a hacer *skate.*

Miro la tabla.

—¿Los gatitos saben hacer *skate?*

—Más o menos. Les gusta ir encima mientras yo lo empujo por el suelo.

Para mostrármelo, deja el *skate* en el suelo. Los dos gatitos se acercan corriendo. Los agarra y los pone el uno al lado del otro sobre el *skate* y luego le da un leve empujón. Los gatos se mantienen en la tabla mientras esta se mueve a través de la habitación, y giran la cabeza para mirar todas las cosas que les parecen interesantes de la casa.

—¿En serio? Así que, cuando te pregunté si jugabas a los bolos en casa, ¿esto es lo que se escuchaba? ¿Y no se te pasó por la cabeza decirme que tenías dos versiones gatunas y en miniatura de Tony Hawk que hacían *skate* ahí arriba durante todo el día?

—Creía que pensarías que estaba loco. O que me lo inventaba. Sea como sea, ya no necesito el *skate.* Es para los gatitos.

Los miro; se turnan para lanzarse el uno sobre el otro desde la tabla y la envían al otro lado de la habitación. Lo miro a él de nuevo.

—Te aseguro que mi vecino de abajo me odiará.

—No pasa nada. Quizá puedas ahogar el ruido con música.

—Es bastante efectivo.

Me toma de la mano y me lleva al dormitorio.

—Bueno, terminemos lo que hemos empezado hace unos minutos.

Querido Luca:

He descubierto que Joel es tu padre. No sé qué pensar. Odio que me mientan, y me duele descubrir que Joel me ha ocultado esto durante semanas. No estoy segura de si te dio la carta que dejé para ti el viernes por la noche. Siento que ya no puedo confiar en él, pero, con suerte, te hará llegar esta. Quiero que nos conozcamos en persona. ¿Saldrás de entre las sombras o tienes miedo de que me entere de que siempre has sido feo?

Con amor,
Naomi

Estoy en el trabajo, concentrada en el ordenador, cuando siento que alguien me observa. Se me ponen los pelos de punta. Me giro. Anne está detrás de mí. De algún modo, consigo no gritar ni mostrar que me ha asustado.

—Acosadora —suelto—. ¿Por qué estás ahí de pie?

Aprieta los labios.

—¿Qué tal el resto del fin de semana?

Me encojo de hombros y miro otra vez a la pantalla del ordenador.

—Ha estado bien. Ayer me eché una siesta en el sofá con los gatitos.

—¿Has hablado con Luca?

—¿Hablado con él? No. No he sabido nada de él durante todo el fin de semana, así que le escribí otra carta.

—Oh. ¿No se ha presentado en tu casa ni nada parecido?

Estoy confundida.

—¿No crees que eso sería lo primero que te contaría?

Se deja caer sobre la silla de al lado y coloca sobre la mesa el café que me ha traído.

—Contigo nunca sé qué pensar. A veces eres muy reservada cuando quieres.

—No te escondo nada. —Cuando estas palabras salen de mi boca, pienso en lo que he descubierto sobre Joel. Considero si debo contárselo—. De hecho… —Levanta una ceja—. Me enteré de algo durante el fin de semana —sigo.

—Continúa —me incita, y se inclina hacia delante.

—Luca no ha pisado el edificio.

No entiende nada.

—Pero ¿y las cartas que dejaste encima de los buzones?

—Su padre las recogía.

—¿Su padre? Pensaba que su padre lo había abandonado de niño.

—Eso es lo que nos dijo aquella vecina, Carol Bell. No sabemos si siguieron en contacto. Además, aunque fuera cierto, podrían haberse reencontrado en cualquier momento.

—¿Cómo sabes que ha sido su padre?

—¿Recuerdas cuando me dijiste que le daba demasiadas vueltas al apodo de Caitlin para Joel?

—Sí —contesta despacio.

—Resulta que el señor Pepinillos sí que es relevante en todo esto.

—Espera. ¿El padre de Luca es el guardia de seguridad del edificio?

Asiento.

—Imagina mi sorpresa cuando bajé y lo pillé mientras se guardaba la carta que había dejado para Luca.

—Menuda locura. ¿Crees que todavía le entrega las cartas a Luca? Tal vez por eso no te ha contestado.

Lo medito durante un momento.

—No lo sé. Primero pensé que tal vez solo estaba de visita unas semanas y que ahí se acabarían las cartas, pero no tiene sentido. Sabe dónde vivo. Puede escribirme. Y me dio a entender que está en Miami.

—Tal vez puedas seguir a Joel la próxima vez que recoja una de tus cartas. En algún momento, tiene que llevarte a Luca.

—¿No crees que sería un poco de acosadora?

No parece convencida.

—Has volado hasta San Diego para intentar encontrarlo. Has tratado de entrar en una base militar y has ido a Texas y mentido a su exprometida sobre quién eres. Explícame, ¿cómo es posible que espiar a su padre ahora sea llevarlo demasiado lejos?

—Vale, tienes razón —suspiro—. Es solo que estoy cansada de este juego del escondite. Y me da miedo que para él no sea más que eso, un juego.

—¿Qué te hace pensar en esa posibilidad?

Recuerdo la última carta que le envié antes de que desapareciera y no supiera nada de él durante dos años. Lo invité a esconderse conmigo después de que se quejara de su prometida. Durante los meses posteriores después de haber enviado esa carta, de la que no recibí respuesta, me replanteé mi invitación, por mucho que lo hubiera propuesto como una broma. Supongo que, en el fondo, sabía que en realidad no lo decía en broma. En aquel momento no lo habría admitido, pero tenía la esperanza de que aceptara la oferta. Me sentí rechazada por su falta de respuesta.

Y ahora el ciclo se repite. Le dije que quería que nos conociéramos en persona y ahora ya no me contesta. No estoy segura de cómo contárselo a Anne, de modo que opto por una explicación sencilla.

—Creo que no quiere conocerme.

Parece dudosa.

—Yo creo que sí.

Pongo los ojos en blanco.

—Tú no eres la que lleva intercambiando cartas con él todos estos años. Pero has leído muchas cartas. Nunca ha ido más allá de ser una broma para los dos. Llevamos desde quinto de primaria metiéndonos el uno con el otro. Nunca ha querido conocerme. Solo quería que yo admitiera que sí deseaba conocerlo.

No pienso confesarle a Anne que me siento dividida entre él y Jake. Tal vez sea algo positivo no tener noticias suyas. ¿Cómo sería posible construir algo real con Jake si no me quito a Luca de la cabeza? He pasado mucho tiempo intentando encontrarlo; tiempo que podría haber pasado con Jake, quien no se entretiene con juegos de niños.

Quizá será mejor que deje todo esto atrás cuando en unas semanas compre la casa nueva y me mude. Hace unos días, seguir a Joel tal vez no habría sido ir demasiado lejos. Pero, ahora que voy en serio con Jake, no me parece correcto, sobre todo cuando pasar tanto tiempo y gastar tanta energía para encontrar a Luca tiene como resultado que aparece en mi cabeza en los momentos más inoportunos.

—No creo que sea así —replica Anne sobre el hecho de que Luca no quiera conocerme—, y tampoco creo que tú lo pienses.

—¿Por qué no?

Intenta encontrar alguna razón.

—Te ha enviado flores —comenta.

—Pero sé que te acuerdas de la nota.

—Creo que eres un poco ridícula. Tal vez le sorprendió que quisieras conocerlo en persona. Es probable que esté averiguando cómo hacerlo.

—No quiero seguir haciéndome ilusiones mientras él se toma su tiempo.

—¿Volverás a escribirle?

—Le he dejado otra carta a Joel esta mañana. Si no encuentro una respuesta cuando llegue a casa, ahí termina todo. No debería gastar tanta energía en Luca cuando tengo un novio que me encanta.

Un novio que no se merece que gima el nombre equivocado, por mucho que no me escuchara. Pensé que el hecho de poder contestarle a Luca me ayudaría a sacármelo de la cabeza. En cambio, no puedo dejar de pensar en él. Escribirle es una cosa, pero que sea el tercero en la cama conmigo y con Jake es otra.

—¿Estás segura de que le gustas? Parece bastante reservado. No sé si confío en él.

—¿Reservado? —repito, desconcertada—. ¿Cómo has llegado a esa conclusión?

—Creo que tendrías que contarle lo de Luca —responde, e ignora mi pregunta.

Casi escupo la bebida.

—¿Qué? ¿Por qué?

—No quieres empezar una relación con mentiras, ¿verdad?

—No es una mentira. Solo es…

—¿Omisión de la verdad? —sugiere.

—Exacto.

—En cualquier caso, es una mentira. Llevas años escribiéndole a Luca. ¿De verdad quieres tener ese peso sobre los hombros justo cuando empezáis a ir en serio? ¿Y si estás predestinada a estar con Luca? No puedes ponerle los cuernos a Ojos de *Husky*. Tienes que contarle la verdad.

—Se llama Jake —respondo, irritada—. No creo que se lo tome bien. Ninguno de los dos sale con nadie más. Básicamente, hay exclusividad entre nosotros.

—No hace tanto que salís.

—Tú solo quieres que rompa con él para que te dé una oportunidad.

—Uf, qué va. Ese barco ya zarpó. Desde el momento en que empezasteis a salir, está prohibido. Código de chicas, ¿sabes?

—De todos modos, no creo que saliera tan bien como te piensas.

—Quizá sea un romántico. —Junta las manos y las presiona contra su mejilla—. Tal vez te diga que vayas a por tu enemigo por correspondencia.

—No estoy segura de que eso sea lo que quiero.

—¿Y si eso lo pone cachondo? Podríais hacer un trío.

Veo un movimiento por el rabillo del ojo y, cuando miro, Patrick nos observa desde la puerta. Tiene la cara, hasta las entradas, como un tomate.

—Mal momento para entrar, ¿eh, Patrick?

Los ojos de Anne se abren tanto que parecen pelotas de golf. Gira la cabeza para mirarlo y asegurarse de que no le tomo el pelo.

—Por Dios, señor Facey, ¿me ha robado los zapatos o qué?
—pregunta—. En general, soy yo la que asusta a la gente.

—Estoy seguro de que tienes trabajo que hacer, Anette —dice.

Ella se levanta de la silla, pero la detengo con una mano en un brazo. Estoy harta de que siempre pronuncie mal nuestros nombres.

—Anne —aclaro con la mirada fija en Patrick.

Anne lo mira, y luego los dos me observan, expectantes.

—¿Perdona? —pregunta Patrick.

—Se llama Anne.

Frunce el ceño.

—Es lo que he dicho, ¿no?

—Entonces debo de haberle escuchado mal. ¿Puede repetirlo? —Creo que nunca ha pronunciado bien su nombre. No sé si intenta demostrar su poder o si se le dan mal los nombres, pero quiero obligarlo a que lo diga.

—Annie… Anna. Anette —tartamudea.

—Ninguno de esos es correcto. De hecho, todos esos tienen más sílabas que su nombre.

—No pasa nada —interviene Anne, que fuerza una sonrisa—. El señor Facey puede llamarme como quiera.

—Anita —dice él.

—Anne —repito más alto.

Al mismo tiempo, Anne asegura:

—Sí, claro, así va bien.

Él frunce el ceño.

—¿Arnie?

—Vale, ahora le ha metido una letra completamente diferente. ¿Qué demonios le pasa?

—¿A qué te refieres? ¿Qué te pasa *a ti?*

—Lleva dos años pronunciando mal nuestros nombres. ¿No se da cuenta de la diferencia entre cómo nos llama usted y cómo lo hace el resto?

Tiene el descaro de sorprenderse.

—Espera, ¿hablas en serio? Pensaba que era una broma entre nosotros. —Cuando ninguna de las dos contesta, se encoge de hombros y añade—: ¿No es por eso que me llamáis señor Facey todo el tiempo? —Anne y yo intercambiamos una mirada. Miramos de nuevo a Patrick, y entonces todo cobra sentido—. Es Pacey —dice, y enfatiza la primera letra con un pop de los labios—. Patrick Pacey. —Nos mira fijamente un momento. Ninguna de las dos dice nada. Es el silencio más incómodo de mi vida. Al fin, Patrick prosigue—. ¿Realmente pensabais que mi apellido era Facey? ¿*Facey*? ¿Quién se llama así?

—Estoy segura de que es un apellido real —digo.

Anne no nos mira a ninguno de los dos. Sus ojos están fijos en la pared que hay detrás de Patrick.

—Jesús —murmura este—. Anne, vuelve al trabajo. Naomi, estoy seguro de que todavía tienes que terminar la previsión antes del directo.

Creo que esta es la primera vez que ha pronunciado bien mi nombre. Se da la vuelta y se marcha de la sala. En ese momento, Anne al fin me mira. Tiene la cara casi tan roja como cuando Patrick la escuchó proponerme hacer un trío.

—¿Realmente pensabas que su apellido era Facey?

Estoy confundida.

—¿A qué te refieres? Tú también lo pensabas.

Ella niega con la cabeza y le aparece una sonrisa en la cara.

—Los nombres se te dan fatal, ¿eh?

—¡Tú también pensabas que se apellidaba Facey!

—No. Es Patrick Pacey. Siempre ha sido Patrick Pacey. Es lo que dice la placa de la puerta de su despacho.

—Entonces, ¿por qué siempre lo llamas señor Facey?

—Porqué tú lo llamaste así en tu primer día y me pareció graciosísimo. Desde ese momento, empecé a llamarlo así. Creo que a él también le hizo gracia. Fue cuando empezó a llamarme Anette.

—¿Quieres decir que era una broma entre los tres y que yo no me había dado cuenta de que formaba parte de la broma? ¿Me tomas el pelo?

Se encoge de hombros y se gira hacia la puerta.

—Mejor me pongo a trabajar antes de que vuelva y me grite otra vez.

—Espera. ¿Por qué no has dicho nada ahora? ¿Por qué has dejado que él creyera que pensabas que ese era su apellido?

—Porque ya te habías avergonzado lo bastante. No podía dejarte sola.

Me conmueve el gesto. Anne ya casi ha salido de la sala cuando me doy cuenta de que no le he contestado.

—Eres una buena amiga, Anne —digo.

Me mira por encima del hombro y sonríe.

—Déjate de tonterías y termina la previsión —dice, imitando el tono de Patrick.

Una doble vida

Naomi

Ya han pasado unos días y todavía no sé nada de Luca. Cada vez que veo a Joel, le pregunto si tiene novedades, pero se limita a negar con la cabeza y finge que está ocupado con otra cosa. Me gustaría saber si le ha entregado mi última carta a Luca. Tampoco he visto demasiado a Jake. Lo vi el otro día por el cristal mientras volvía a casa, pero, cuando entré en el edificio, él ya se había metido en el ascensor y subía a la cuarta planta.

El viernes me voy a casa justo después del almuerzo con Anne. No sé qué hacer. No tengo cartas para leer. Anne y yo hemos cancelado el plan para volver a San Diego. Ahora que sé que Joel es el padre de Luca, no tiene sentido seguir la pista de Ben Toole. Me siento en el suelo con un puntero láser para jugar un poco con los gatos, les encanta perseguir la luz roja alrededor de la habitación.

Por algún motivo, empiezo a pensar que he perdido a Jake. Tal vez solo quería acostarse conmigo, aunque me parece poco probable. El tiempo que hemos pasado juntos no es el que pasarías con un rollo de una noche. Quizá quería continuar con la relación para inducirme a adoptar a los gatitos. Es un pensamiento ridículo, lo sé, así que tengo que quitarme esta idea de la cabeza. Lo único que se me ocurre es que Joel le haya contado lo de Luca y las cartas. Sería lógico que esté molesto porque se lo haya escondido, pero ojalá lo hablara conmigo.

Decido escribirle un mensaje, a pesar de que todavía no ha contestado los dos últimos que le envié, cuando me interrumpen unos llantos de un animal provenientes del piso de arriba. Levanto la vista al techo, y Roland y Phoebe hacen lo mismo. El sonido tiene que venir del piso de Jake. Intento ignorarlo y regreso al juego con el puntero láser, pero a los gatitos ya no les interesa, están demasiado concentrados en el ruido de arriba.

Consigo ignorar los gimoteos un ratito más, pero es insoportable, así que opto por ponerme los zapatos y salgo al pasillo. No parece que haya otros vecinos preocupados, debo de ser la única que lo oye, o los demás tienen más paciencia que yo. Subo a la planta de arriba y sigo el sonido del llanto hasta el apartamento de Jake. Es la primera vez que subo aquí, pero deduzco dónde vive por la posición de la puerta; es el apartamento que está justo encima del mío. Toco el timbre. Los quejidos no paran. Llamo otra vez. Nadie responde. Los llantos desgarradores continúan. Intento girar el pomo de la puerta, pero está cerrado con llave.

Marco el número de Jake, pero salta el contestador automático. Sé que no podré concentrarme en nada hasta que haya silencio, y me preocupa qué puede estar pasando ahí dentro. Bajo al vestíbulo y me encuentro con Joel, que está comiendo pepinillos de un tarro. A través del cristal, veo que Caitlin hace la rueda.

—Joel —lo llamo. Levanta la vista, sobresaltado. Tiene las mejillas hinchadas mientras mastica—. Hay un animal que está haciendo mucho ruido en el apartamento que hay encima del mío.

Se traga el pepinillo y luego se limpia la boca con una servilleta.

—Es un cachorro. ¿Quieres presentar una queja formal?

Niego con la cabeza.

—¿Podrías darme la llave de repuesto?

—No creo que sea una buena idea. He oído que os estáis dando un tiempo porque estás viendo a alguien más.

Pensaba que Jake me estaba evitando, pero que alguien más lo diga en voz alta lo convierte en un hecho. Es como si me dieran un puñetazo en el estómago. Tenía la esperanza, hasta cierto punto, de que le estuviera dando demasiadas vueltas. Supongo que quise pensar que sería lo bastante maduro para cortar conmigo en persona.

—¿Te lo ha dicho él? —pregunto.

Joel gruñe, evasivo.

—Le has contado lo de Luca, ¿no? ¿Sabes qué? Ahora tiene sentido que siempre pusieras mala cara cuando nos veías juntos. Sé que crees que le haces un favor a tu hijo, pero no puedes entrometerte en mi vida personal de esa manera.

Pone los ojos en blanco, lo que me molesta todavía más.

—Por esto precisamente no tendría que darte la llave.

—Venga ya, Joel. No voy a saquearle el apartamento. Solo sacaré a pasear al cachorro antes de que me vuelva loca, a mí o a los otros vecinos.

Me observa con los ojos entrecerrados, como si no se fiara de mis intenciones, y luego mira de reojo la caja fuerte que tiene en el mostrador.

—Espero no arrepentirme de esto —dice. A continuación, abre la caja, escudriña la pila de llaves y saca una que tiene una etiqueta con el número del apartamento de Jake.

Agarro la llave y regreso arriba. Cuando llego a la cuarta planta, oigo el lloriqueo agudo del cachorro desde las escaleras. Me sorprende que nadie se haya quejado ni haya salido al pasillo para ver qué ocurre, pero supongo que la mayoría estarán fuera de casa a esta hora.

Abro la puerta y entro en el apartamento. Tiene la misma disposición que el mío, pero le falta decoración. Veo que el animalillo está sentado en un transportín en una de las esquinas del salón. El cachorro deja de llorar cuando me ve. Empieza a dar saltitos y a gimotear mientras mueve la cola, como si supiera que he venido a rescatarlo.

Creo que lo vi en el evento de adopción del fin de semana pasado. Su pelaje es sobre todo de color blanco. Tiene una mancha marrón en un ojo y otra que le cubre la mitad de la espalda. Parece uno de los cachorros que recibieron tanta atención ese día. Me pregunto por qué nadie lo adoptó.

—Pobre criatura —digo mientras me arrodillo para abrir el transportín. El cachorro, un tanto patoso, se abalanza a mis piernas, se estira y me reclama atención—. Pero mira qué monada. Y qué suave eres. —Lo acaricio—. Como un peluche.

Decido cogerlo en brazos, no quiero que se mee en el suelo; entonces, busco una correa y encuentro una junto a un arnés en la encimera de la cocina. Me cuesta un poco ponérselo todo. Nunca he tenido perro, así que no entiendo la función de todas esas cintas, pero al final consigo atarlo. Engancho la correa al arnés y bajo las escaleras con él todavía en brazos. Puede que nunca haya tenido perro, pero sé que los cachorros son propensos a mearse en cualquier parte.

Cuando salimos del edificio, lo suelto en la acera. Caitlin chilla de emoción y viene corriendo justo cuando el cachorro baja las caderas y hace pis en la acera. Ella parece no darse cuenta, o tal vez no le importe. El cachorro tampoco se inmuta por los gritos de Caitlin.

—¡Has adoptado un cachorro! —exclama—. ¿Cómo se llama?

—No es mío —respondo—, solo lo saco a pasear.

—¿Puedo ir contigo?

—Seguramente deberías quedarte junto a la ventana para que Joel te vea.

—Voy a preguntarle si puedo ir contigo.

—No creo que…

Antes de que termine la frase, ella ya está en la puerta y habla con Joel. Cuando sale, regresa a mí dando saltitos.

—El señor Pepinillos dice que puedo ir contigo siempre y cuando no nos vayamos muy lejos. ¿Iremos lejos?

—No —suspiro—. Hasta la esquina y volver.

—¿Puedo llevar la correa?

—Probablemente debería sujetarla yo, solo por si acaso. Hay mucho tráfico en esta calle y no quiero que pase nada.

—Vale. He oído al señor Pepinillos y al Hombre Pez hablar de ti.

Frunzo el ceño.

—¿Hombre Pez?

Se encoge de hombros.

—Tu novio.

Tardo un segundo en caer en la cuenta de que lo llama así porque trabaja en el acuario. No esperaba que supiera que salgo con Jake, o, mejor dicho, que *salía* con él. No estoy segura de qué somos ahora mismo. Esa inesperada declaración me confirma que Joel le ha contado lo de las cartas. Estoy tan frustrada que podría echarme a llorar, pero no puedo derrumbarme delante de una niña.

—¿Cuántos años tienes, Caitlin?

—Acabo de cumplir ocho.

—Feliz cumpleaños retrasado. ¿Por qué los llamas Hombre Pez y señor Pepinillos?

—Se me da mal recordar los nombres. Es más fácil si me los invento. —Se encoge de hombros.

Parece que hablo con una versión más joven de mí misma.

—Nadie sabrá de quién hablas si pones apodos a la gente. ¿También lo haces en el colegio?

—Oh, a veces. No sé cómo recordar tantos nombres.

—No tienes por qué recordarlos de inmediato. No te avergüences de decir: «Lo siento, no he oído bien tu nombre, ¿podrías repetirlo?». Es mejor que inventarte uno y después no saber cómo se llaman. —Por mi parte, sé que puede sonar hipócrita cuando soy la primera que la llamaba Niña Oruga y que no tenía ni idea de que el nombre de mi jefe era Pacey y no Facey. Pero puedo ayudarla a aprender de mis errores para que no cometa los mismos que yo—. ¿Sabes cómo me llamo?

—Eh... ¿Naomi? —Tartamudea las sílabas.

—Así es. Y el señor Pepinillos es...

261

—Joel —responde—. Pero su apellido suena casi como Pepinillos. ¿No puedo seguir con el mote?

Lo considero un momento. No parece que a Joel le moleste que ella lo llame señor Pepinillos.

—Sí, supongo que no pasa nada. ¿Y el chico al que llamas Hombre Pez?

Esboza una sonrisa triste.

—No me acuerdo.

—Se llama Jake —le digo.

—Oh. ¿Y cómo se llama el perrito? —pregunta.

—No lo sé. ¿Qué nombre le pondrías?

—¿Puedo inventármelo?

—Claro.

—Bruno —propone.

Miro al cachorro. Camina por delante de nosotras y se detiene cada pocos pasos para perseguir una hoja u oler un viejo chicle que se ha endurecido en la acera.

—Tiene cara de Bruno.

—¿No quieres saber de qué hablaban? —pregunta Caitlin.

—¿Quién?

—El señor Pepinillos y, eh… —vacila. Me mira en busca de ayuda.

—Jake —la ayudo.

—Ay, sí. El señor Pepinillos y Jake. ¿No quieres saberlo?

Por mucho que no quiera hablar de esto con una niña de ocho años, la curiosidad es demasiado fuerte.

—¿De qué hablaban?

—Hablaban de ti y de tu carta. Creo que el Hombre Pe…, perdón, Jake, estaba enfadado, porque no nos saludó ni a mí ni a mamá. Discutían sobre la carta. Dijeron muchas más cosas, pero eso es todo lo que recuerdo. ¿Qué le dijiste en la carta que podría enfadarlo tanto?

No estoy segura de qué carta le mostró Joel, pero esto no puede ser bueno. Claro que me evita. Empiezo a encontrarme mal. Noto que un sudor frío me recorre el cuerpo, a pesar de que el sol brilla sobre Miami. Anne tenía razón. Debería haberle contado lo de Luca. Ahora ya es demasiado tarde, y lo más probable es que los haya perdido a los dos.

Llegamos a la esquina. Me detengo un momento y contemplo pasar el tráfico mientras pienso en lo que Caitlin ha dicho. Puedo enfadarme con Joel cuanto quiera, pero la verdad es que todo esto es culpa mía.

—¿Vas a romper con él? —pregunta.

—Es complicado —le digo—. Eres demasiado joven para entenderlo.

—Eso es lo que mi madre me dijo cuando se divorció de mi padre, y también cuando rompió con su último novio. No entiendo qué tiene de complicado y por qué siempre soy demasiado joven para entenderlo. Empiezo a pensar que la gente dice eso porque tampoco lo entiende.

—Puede que tengas razón —admito—. O quizá, a veces, no queremos que piensen mal de nosotros.

En este caso, pensaría mal de mí. La materialización de ese pensamiento duele. Frunce el ceño cuando damos la vuelta.

—¿Crees que mi padre le hacía cosas malas a mamá?

—No lo sé. No los conozco, así que tampoco puedo suponer nada. Pero estoy segura de que, cuando seas algo mayor, podrás preguntarle a tu madre y ella te contará por qué no funcionó.

Cuando llegamos al edificio, dejo que Caitlin se quede fuera, en la acera, para practicar sus acrobacias. Entro con el cachorro y me detengo junto al mostrador de Joel de camino a las escaleras. Me planteo preguntarle acerca de la carta que le mostró a Jake, pero me da miedo montar una escena. Me mira con ojos cansados.

Sin pronunciar palabra, me giro y me llevo al cachorro escaleras arriba. Le cuesta subir los peldaños, de modo que tardamos un rato en llegar a la cuarta planta. Podría haberlo llevado en brazos, pero quería cansarlo para que se duerma cuando lo meta en el transportín.

Llegamos al apartamento de Jake. Esta vez puedo fijarme en su casa porque no tengo la urgencia de sacar a un cachorro que no deja de gimotear. No está tan desordenado como me lo imaginaba. Los muebles no son de la mejor calidad, pero tampoco son baratos ni horteras. No se ve ningún toque femenino, ninguna señal de una doble vida. Es curioso que Anne sugiriera que es reservado y que, sin embargo, yo sea la única que vive con secretos.

Meto al perrito en el transportín y luego, sin tocar nada del apartamento, salgo al pasillo. En cuanto la puerta se cierra detrás de mí, los gritos, los lamentos y el llanto comienzan de nuevo. Espero un minuto para ver si para, pero no lo hace. Considero la posibilidad de volver dentro y llevarme el cachorro a casa. Si lo hago, Jake tendrá que venir a verme y podré explicarle el malentendido.

Con una mano en la puerta, vacilo. Por otro lado, quiero que venga a verme *a mí,* no porque tenga que recuperar a su perro. Sé que no sería la estrategia más correcta del mundo, pero es él quien me evita y no me dirige la palabra. Además, no debería haberme enterado del motivo a través de una niña.

El cachorro se tranquiliza un poco y suelto el pomo de la puerta. Decido irme, al menos por ahora. Necesito pensar un poco y averiguar cómo actuar de ahora en adelante.

La nota del rescate

Naomi

—Te lo dije.

A Anne se le da bien herir mis sentimientos. Me advirtió de que debería contarle a Jake lo de las cartas y ahora siente la necesidad de recordarme que tenía razón.

—También me dijiste que él escondía algo. En eso te equivocabas. He entrado en su casa.

Pienso en el cachorro y me pregunto si estará llorando de nuevo. Lo he oído varias veces a lo largo del fin de semana, pero los sollozos no duraban mucho porque Jake estaba en casa para cuidarlo. En algún momento, deseé que llorara más rato, así tendría una excusa para subir a verlo. De todos modos, no me atrevo a presentarme en su apartamento y fingir que todo va bien. No estoy segura de poder plantarme ante él y mentirle y decirle que Luca y las cartas no significan nada. No sé qué hacer, porque siento algo por los dos. Por mucho que odie que haya dejado de hablarme, se merece una explicación. Pero no tengo ninguna buena excusa. Bueno, no tengo una que le guste.

—Ahora que hablamos del tema, debería volver a casa y comprobar que el cachorro está bien.

Pone los ojos en blanco.

—¿De verdad piensas que puedes recuperarlo si sacas a pasear a su perro? Quiero decir, has gemido el nombre de otro hombre mientras os acostabais. Si te soy sincera, tal vez sea mejor así. Con él fuera de la ecuación, ahora ya puedes ver qué tal va con Luca.

—No pasará nada porque no me contesta.

—¿Has intentado enviarle otra carta?

—¿Cuántas veces tengo que escribirle antes de darme por vencida? —suspiro—. Me siento igual que hace dos años... Le propongo que nos veamos y se esfuma de la faz de la Tierra. No me sorprendería que pasaran unos años hasta que vuelva a saber de él.

—Lo dudo. Quizá solo necesita estar seguro de que lo dices en serio.

—Tampoco sé si quiero conocerlo. Pensaba que quería, pero ahora me da miedo perder lo que tenía con Jake.

—Abre los ojos, todo indica que ya no tienes nada con Jake. Escríbele otra carta a Luca.

Me termino el café.

—Me lo pensaré. Tengo que volver a casa.

Cuando llego a las escaleras de mi edificio, ya oigo a Bruno llorar. Resulta que me olvidé oportunamente de devolver la llave del apartamento de Jake, y Joel tampoco me la reclamó, así que subo hasta la cuarta planta. Llamo al timbre para asegurarme de que no hay nadie en casa. Espero un momento, y luego abro la puerta y entro.

Arranco una hoja de papel de su cuaderno y escribo una nota: «Tengo a tu perro».

La dejo pegada en la nevera con un imán, luego la releo. Parece un poco críptica, lo único que falta es que pida un rescate. Agarro el bolígrafo de nuevo y añado: «Ven a por él».

La releo y sigue sin parecerme adecuada. Las frases cortas y directas envían el mensaje de que cuidar de Bruno es una carga. Es probable que le esté dando demasiadas vueltas, pero añado algo más: «Por cierto, ¿cómo se llama? Yo le he puesto Bruno».

Dejo el bolígrafo y me dirijo al transportín de Bruno para dejarlo salir. Lo llevo abajo y salimos fuera para que haga sus necesidades, pero no parece tener ganas. Puede que ya haya salido a pasear. Entramos de nuevo en el edificio. Joel me mira, pero no comenta nada sobre el cachorro.

Bruno está entusiasmado por conocer a los gatitos cuando llegamos a mi apartamento. A Roland y a Phoebe no les importa que nunca se le acabe la energía. Juegan un rato, pero luego Bruno se detiene de golpe y, sin avisar, baja las caderas y se mea en el suelo.

—¡Bruno! —grito—. ¡No!

No parece darse por aludido. En cuanto termina de hacer pis, trota contento lejos del desastre y regresa con los gatitos. Yo lo limpio a toda prisa, luego me siento en el sofá y los miro mientras juegan. No pasan ni cinco minutos hasta que Bruno se agacha y hace caca en la alfombra. Menos mal que compré un espray especial para quitar manchas de animales cuando adopté a los gatitos. No había tenido que utilizarlo hasta ahora, pero ha llegado el momento. Con el segundo desastre arreglado, regreso al sofá. Ahora ya estoy tranquila, el cachorro lo ha sacado todo y ya no debería haber más accidentes en las próximas horas.

Sin embargo, no podía estar más equivocada. Bruno vuelve a hacerse pis en el suelo de madera y, mientras lo limpio, se mea una tercera vez. Gruño, decido ponerle el arnés y la correa y lo saco de nuevo. Caminamos arriba y abajo por la manzana varias veces, hasta que, al fin, resulta evidente que, como en casa, no se mea en ninguna parte.

—Me volverás loca —le digo cuando regresamos al edificio.

Lo animo a subir por las escaleras. La última vez, el ejercicio extra no lo cansó demasiado, pero ahora casi se queda frito en cuanto entramos. Cierra los ojos en mi regazo; estoy sentada en el sofá, por lo que al menos estoy cómoda.

No me percato de que me he quedado dormida hasta que alguien golpea la puerta y me despierta de repente. Roland y Phoebe están acurrucados en la otra punta del sofá. Me tomo un momento para admirar lo adorables que son y luego deslizo al cachorro de mi regazo y voy a abrir la puerta. Ya sé que es Jake. Me pregunto si hablaremos o si solo dirá lo estrictamente necesario para recuperar a su cachorro.

Cuando abro la puerta, está apoyado contra el marco. Me recuerda al día que vino a invitarme a cenar. Evoco cómo entró por la puerta, me empujó contra la pared y me besó. El recuerdo me enciende por dentro. Ojalá pudiéramos volver a ese momento.

—¿Bruno? —No parece convencido con el nombre. Al menos sé que ha leído la nota. Además, parece que ya me habla.

Me encojo de hombros.

—Se lo ha puesto Caitlin.

—Claro que sí. ¿Dónde está?

—En el sofá. ¿Cómo se llama de verdad?

Me aparto de la puerta y dejo espacio para que pase. Él vacila y mira el umbral como si hubiera una barrera física que le impidiera entrar en mi apartamento.

—No tiene nombre —responde. Entonces, como si tuviera que forzarse a entrar, cruza la puerta, pero se detiene delante de mí en el pasillo. Por un momento, está tan cerca que pienso que todo va bien y que lo que ha ocurrido estos últimos días han sido imaginaciones mías. Se me acelera el pulso. Veo que su pecho se hincha con una respiración profunda. La contiene, se gira y se dirige a la sala de estar.

—¿Cómo que no tiene nombre? —pregunto.

—Solo soy su casa de acogida, y es sordo, así que no importa mucho si tiene nombre o no.

—¿Es sordo? —Menuda sorpresa—. ¿Estás seguro?

—Por eso la familia que lo adoptó lo devolvió al refugio. No soportaban que llorara constantemente y nada de lo que hacían les funcionó. No obedecía a ninguna orden.

—No ha estado con ellos mucho tiempo, quizá simplemente es un poco terco. ¿Le habéis hecho las pruebas de audición?

—No, pero mira esto. —Da una palmada. Roland y Phoebe alzan la cabeza, pero Bruno no reacciona. Sigue durmiendo tranquilamente en el sofá.

—Eso no significa que sea sordo —le discuto—. Puede que solo esté cansado. Creo que sería bueno hacerle la prueba.

—El refugio no puede permitírselo, así que lo tratamos como si lo fuera. Lo cuidaré hasta que esté adiestrado y conozca suficientes señales para que lo adopte alguien que tenga experiencia con perros sordos.

Lo explica de un modo tan normal que parece que ya no está enfadado conmigo, como si me dejara traspasar el muro que construyó cuando se enteró de que le había mentido. Siento que yo misma bajo la guardia.

—Respecto a lo del adiestramiento —comento—, ha tenido cuatro accidentes en mi casa.

Me río ante la situación, pero él permanece serio. En un abrir y cerrar de ojos, el muro vuelve a erguirse entre nosotros.

—Eso es lo que ocurre cuando no lo vigilas, por eso lo estoy entrenando con el transportín. Si lo hubieras dejado ahí arriba...

—Lo estaba vigilando —lo interrumpo—. Si lo hubiera dejado ahí solo, alguien habría presentado una queja por el ruido.

—Bueno, préstale más atención la próxima vez. Cuando veas que empieza a caminar en círculos o a olfatear a su alrededor, es el momento de sacarlo.

Camina hasta el sofá y despierta a Bruno. El cachorro se asusta, pero se anima cuando reconoce a su padre adoptivo. Observo cómo coge en brazos al cachorro y busca con la mirada el arnés y la correa. Señalo el sillón donde los he dejado. Suelta al perro el tiempo necesario para ponerle el arnés, luego lo coge de nuevo y sale por la puerta.

Cuando estoy sola, por fin consigo respirar con normalidad. Puede que no esté listo para darme otra oportunidad, pero al menos no espera que deje de cuidar de Bruno cuando él está en el trabajo. O quizá le doy demasiadas vueltas a lo que ha querido decir con «la próxima vez». Me quedo mirando la puerta; ojalá me diera todas las respuestas.

Mientras oigo cómo se abren y se cierran las puertas del ascensor, mi mente regresa a Luca. Recuerdo todas las veces en que rechacé sus invitaciones para conocerlo, todas las veces que le habría dado una oportunidad si en ese momento no hubiera estado saliendo con otra persona. Tal vez Anne tenga razón y esta es la señal que me dice que tengo que conocer a Luca.

Si en algún momento vale la pena intentarlo y no sentirme culpable por ello, es justo ahora. Miro el cuaderno, que está abierto en la mesa de café. Busco un bolígrafo y tomo asiento.

Una buena impresión

Naomi

Querido Luca:
  Ven a esconderte conmigo.
  Con cariño,
  Naomi

No tenía pensado escribir otra carta, pero no saber nada de él me está volviendo loca. Decido usar las mismas palabras que cuando le propuse que dejara a su prometida hace dos años. Sé que es improbable que venga, pero si utilizo las mismas palabras, quizá despierte algo en él.

No me molesto en dejar la carta encima de los buzones. La dejo directamente sobre el mostrador de Joel, que observa el sobre y luego levanta la vista.

—Por favor, asegúrate de que le llega hoy.

Joel asiente. Regreso a casa, doy de comer a los gatitos y luego juegan a mis pies mientras preparo la cena. He guardado en el armario el *skate* que me dio Jake. Me niego a sacarlo y someter a mis vecinos de abajo a semejante tortura.

Cuando he terminado de cenar, oigo que llaman ligeramente a la puerta. Sé que es poco probable que Joel le haya entregado ya la carta a Luca, pero, de todos modos, se me acelera el pulso. Me peino el pelo con los dedos, no sé qué aspecto tengo. Me paso la lengua por los dientes para asegurarme de que no me han quedado restos de comida. No sé por qué hago todo esto. ¿Desde cuándo quiero darle una buena impresión a Luca?

Cuando abro la puerta, me encuentro a Jake. No esperaba verlo aquí.

—Hola —saludo.

Sin mediar palabra, abre más la puerta, entra y me besa.

—Siento haber estado tan distante —dice cuando se separa de mis labios.

—No eres tú quien tiene que pedir perdón —le discuto—. Debería haberte contado lo de las cartas. Necesito…

Pierdo el hilo, porque pasa por mi lado y se dirige a la sala de estar.

—Quiero explicártelo —le digo a su espalda.

Se sienta en el sofá. Vacilo. Tengo la impresión de que no quiere que le dé explicaciones, pero creo que se lo debo de todos modos. Me siento a su lado.

—Sé que dijiste que querías exclusividad, pero creo que debería contarte que he estado…

—¿Quién es Jake? —me interrumpe.

Frunzo el ceño. Su pregunta me deja fuera de juego.

—¿A qué te refieres?

—Joel me ha dicho que le comentaste que salías con un tal Jake.

Sacudo la cabeza. Estoy muy confundida.

—Hablaba de ti. ¿Crees que hay otro Jake? —Se me ponen los ojos como platos cuando intuyo lo que ha pasado. Quiero reírme de la situación, pero no sé si es el momento adecuado, así que intento contenerme—. ¿Por eso me evitabas?

Me mira fijamente, su expresión permanece seria. Mi sonrisa se disuelve mientras trato de entender qué ocurre.

Se aclara la garganta.

—No me llamo Jake.

Por un momento, creo que me toma el pelo, pero no hay rastro de humor en su expresión.

—No lo entiendo. —Recuerdo la placa con su nombre el día en que nos conocimos. Sé muy bien lo que leí—. Entonces, ¿cómo te llamas?

Lleva la vista hasta la mesita de café, donde he dejado el cuaderno que utilizo para escribirle cartas a Luca. Lo alcanza y saca el bolígrafo que guardo en la espiral de la libreta. He gastado muchas páginas, pero todavía quedan algunas en blanco. Me incomoda verlo sujetar el cuaderno con el que le he escrito tantas cartas a Luca. Lo observo y espero mientras escribe algo en la primera página en blanco. Tengo curiosidad por saber qué quiere decirme y por qué no lo hace en voz alta.

Inclina el cuaderno para que no vea qué escribe. Cuando termina, arranca la página, la dobla y me la ofrece. Sujeto la página doblada un segundo. No sé por qué, pero me pone muy nerviosa el hecho de abrirla y leerla. Levanto la vista y veo que me observa, a la espera. La desdoblo.

Querida Naomi:

Espero que esta noche te olvides de limpiar el arenero y Roland se cague en tu cesto de la ropa sucia.

Con cariño,

Luca

Me quedo mirando la carta mientras trato de procesar qué es esto. Durante un segundo, creo que es un truco, pero es la misma caligrafía que he leído durante años. Levanto la mirada lentamente, de la carta hasta él. Ahora entiendo por qué me ha interrumpido.

Me siento como si me hubieran echado un jarro de agua fría encima.

—Eres Luca.

—Sí. Sé que tendría que habértelo contado…

—Vete —espeto antes de que continúe. Me tiembla el cuerpo de la rabia. Me levanto de golpe del sofá. No puedo creer que haya sido tan tonta. Me doy la vuelta y señalo la puerta. Él permanece sentado en el sofá y su mirada me dice que no está seguro de si hablo en serio.

—Vete —repito—. Sal. Ahora mismo.

—¿No quieres que hablemos?

—No. Ni siquiera sé quién eres. Vete de mi casa.

—Soy yo, Naomi. No he cambiado. Todo lo que hemos hablado, lo que hemos hecho, era yo.

Lo miro de arriba abajo, desde su pelo oscuro a sus ojos azul hielo y su cuerpo, sentado en el sofá, y, por mucho que haya pasado tanto tiempo con él, que lo haya visto y tocado tantas veces, siento que tengo a un extraño ante mí. No me creo que sea la misma persona con la que he intercambiado cartas durante tantos años. No es Luca, es…

Una nueva oleada de rabia me inunda. Tiene que ser consciente de que durante todo este tiempo pensaba que se llamaba de otra manera. Se ha aprovechado de que no sabía quién era. Me ha mentido.

Se levanta, y parece todavía más alto que antes.

—Por favor, Naomi. Tenemos que hablar de esto.

Habla con voz suave, lo que me enfurece todavía más.

—¿Cómo se supone que tengo que creerme nada de lo que dices cuando me has mentido desde el principio?

Da un paso hacia mí y estira una mano. Me roza un brazo con las puntas de los dedos, y mi determinación flaquea un poco. Doy un paso atrás para dejar de sentirme tan atraída por él. Necesito pensar con claridad para no caer en la red de sus mentiras.

—No me toques —le advierto—. ¿Dónde conseguiste la placa con el nombre falso?

Frunce el ceño.

—¿Qué placa?

Que finja que no sabe de lo que hablo me enfurece todavía más.

—La placa que llevabas en la ropa el día que nos conocimos para hacerme creer que te llamabas Jake Dubois.

Continúa con las cejas fruncidas. Casi parece que no sabe a lo que me refiero. Luego pone los ojos como platos.

—Jake Dubois es el otro veterinario del acuario. Me prestó su uniforme porque me manché el mío cuando cuidaba de un animal herid... —Niega con la cabeza y se interrumpe a sí mismo—. Ahora da igual. No intentaba engañarte. No me di cuenta de que llevaba la placa.

No me creo nada de lo que dice.

—Tienes que irte.

—Naomi...

—Vete. ¡Ya! —Grito la última palabra. Noto que los ojos se me llenan de lágrimas. No quiero que me vea llorar ni que intente quedarse y consolarme cuando es él quien me ha traicionado.

—¿No podemos...?

Está demasiado cerca. Presiono ambas manos contra su abdomen. Podría resistirse, pero deja que lo empuje hasta la puerta. Cuando llegamos, la abro, lo echo al pasillo y cierro de un portazo.

De todos los edificios

Luca

No tenía pensado perdonar a Joel cuando viajé a Miami. Me negué siquiera a considerarlo mi padre. Me había abandonado, por lo que no se merecía ni siquiera eso. No iba a quedarme demasiado. Solo decidí ir a verlo porque quería hablar con él cara a cara y ver cómo me explicaba por qué podía volver a formar parte de mi vida después de tantos años. Era increíble que insinuara que nos había abandonado por culpa de mi madre.

Alquilé un coche en el aeropuerto porque quería poder marcharme cuando me diera la gana. No quería estar a merced de nadie más. Joel me había enviado la dirección de una cafetería donde íbamos a encontrarnos. Me alegré de que no quedáramos en su casa y, sobre todo, de que no tratara de impresionarme ni de recuperarme con un restaurante de cinco estrellas.

Cuando llegué, él ya estaba sentado en un reservado. Casi no lo reconocí. Había engordado unos kilos y el pelo se le había encanecido, pero tenía los mismos ojos. Llevaba puesto un uniforme de guardia de seguridad. Me di cuenta de que no me reconoció hasta que llegué a la mesa.

Se levantó.

—¿Luca?

Asentí. Abrió un poco los brazos, como si fuera a abrazarme, pero se lo replanteó y extendió una mano para que se la estrechara. Nos sentamos a la mesa.

—Te he pedido un café —dijo mientras empujaba una taza hacia mí—. No sé cómo te gusta, así que… —Señaló los envases de crema y azúcar que había pedido.

Tomé un sorbo del café sin añadirle nada. Él me observaba con los ojos bien abiertos y expectantes. Comprendí que él tampoco sabía qué se suponía que tenía que decirme. Tras un tenso silencio, le pregunté lo único que se me pasó por la cabeza:

—¿Has estado aquí todo este tiempo?

Negó con la cabeza.

—Primero fui a Montana. Me mudé aquí hace unos años.

—Déjame adivinar, tienes otra familia en Montana y también la has abandonado.

—Entiendo que estés enfadado —aclaró. Yo no contesté. Quería terminar con las preguntas. Era su turno, me debía una explicación. Continuó—: Conocí a una mujer poco después de mudarme a Montana, Cheryl. Nos casamos y criamos a tres hijos juntos, dos gemelas y un niño.

En los últimos años, me había preguntado en más de una ocasión si mi padre habría vuelto a casarse o si habría tenido más hijos. Cuando era niño, cuando mi familia aún no se había roto, me habría encantado tener a un hermano o hermana. Jamás imaginé que ocurriría de ese modo.

—Tengo hermanos —dije. Pensé que, si lo decía en voz alta, parecería más real, pero no fue así.

Apartó la mirada.

—Las cosas entre Cheryl y yo no funcionaron. Rompimos de mutuo acuerdo. Le ofrecieron un trabajo aquí poco después de que nos divorciáramos. La ayudé con la mudanza y no regresé a Montana.

Sonreí, sarcástico, aunque no me parecía divertido.

—A ver si lo he entendido bien. Rompes con mamá y te vas corriendo a otro estado sin volver a dar señales de vida. Rompes con Cheryl y no solo la ayudas con la mudanza, sino que dejas tu vida para no tener que estar lejos de tus nuevos hijos.

—Sé que fui un padre horrible…

—No —lo interrumpo—. Eso es lo que me confundió. Me llevabas a la playa cada día. Montamos un gimnasio en casa y hacíamos ejercicio juntos. Todos los putos recuerdos que tengo contigo son buenos. Pero, de repente, te marchaste sin dar explicaciones, y te odié por ello. No sabes cuántas veces deseé que hubieras sido un cabrón para no tener que echarte tanto de menos. ¿Qué cojones tiene tu nueva familia para que funcione con ellos y no conmigo?

—No tuvo nada que ver contigo.

—Pues lo parece, si tenemos en cuenta que no he sabido nada de ti durante quince años.

—Tu madre y yo…

—Claro, échale la culpa. Ahora que está muerta no puede defenderse.

—Lo sentí mucho al saber que había muerto, a pesar de cómo me trató.

Lo miré fijamente; quería que me explicara a qué se refería, pero permaneció callado. Esperaba a que yo le preguntara. No quería escuchar cómo culpaba a mi madre de lo ocurrido, pero había viajado hasta Miami y necesitaba conocer su versión de los hechos.

—¿Qué te hizo? —Me entró un sabor amargo al pronunciar esas palabras.

—No quieres saber esto de tu madre —respondió.

—Tú has sacado el tema.

Suspiró y miró por la ventana al edificio de la calle de enfrente. Luego volvió a centrarse en mí.

—Tu madre tuvo una aventura. Discutimos mucho por ello. Mucho. Fuimos a terapia de pareja. La cosa mejoró una temporada, pero un día… —Se detuvo y apretó los labios—. Me contagió una ETS. Después de eso, no podía mirarla a la cara. Le pedí el divorcio y me marché. Cada día me arrepiento de no haberte llevado conmigo. Cuando me fui, estaba tan enfadado que solo quería seguir adelante y no mirar atrás. Hay tantas cosas que desearía cambiar… Habría tenido que dejar antes a tu madre. En ese caso, lo más probable es que me hubiera quedado en San Diego, pero también es cierto que no habría conocido a Cheryl, y tampoco tendría a las gemelas y a Caden.

—¿Cuándo te acordaste de mí? Has tardado quince años en contactar conmigo.

—En aquel momento, pensé que sería mejor esperar a que fueras mayor para contactar contigo. No quería causar problemas entre tu madre y tú. Después me enteré de lo que había ocurrido y, cuando traté de ponerme en contacto contigo, ya te habías marchado. Y no tenía ni idea de adónde. Hace unos años, Cheryl me ayudó a encontrar tu dirección en internet, pero, cada vez que te enviaba una carta, ya te habías mudado. Cuando tardaste siete meses en llamarme, ya pensaba que la carta se había perdido.

No quería creer ni una sola palabra. Estaba preparado para levantarme y volver a San Diego cuando vi algo por el rabillo del ojo en otra mesa. Un destello de pelo rubio y ojos azules. Estiré el cuello para ver mejor. Dos caras idénticas me observaban desde unas mesas más allá. Al lado de las gemelas había un chico un poco más joven que me miraba con el mismo interés.

En cuanto Joel había mencionado a mis hermanos, había decidido que nunca los conocería. No era justo que él esperara que quisiera hacerlo. Aceptar la vida que mi padre había construido lejos de nosotros sería como traicionar a mi madre. Pero todo cambió cuando los vi en la cafetería. Miré a Joel y luego a los niños. Querían ver si su hermano mayor los aceptaba.

Ni siquiera los conocía, pero sabía que no podía abandonarlos.

Una semana después, me mudé al edificio en el que Joel trabajaba. Regresé a San Diego para recoger cuatro cosas y luego conduje a través de ocho estados hasta llegar a Miami. Me aseguré de evitar Dallas.

No tenía demasiadas cosas. Solo la ropa, el coche y algunas cajas con efectos personales. Abrí el maletero y saqué la caja con las cartas de Naomi. Caminé hasta la puerta principal del edificio. Me pregunté si podría volver a enviarle una carta. Tendría que preguntarle a Joel cómo había encontrado mi dirección. Tal vez podría encontrar la suya de la misma manera.

Justo cuando estaba pensando en ella, una mujer salió por la puerta y se detuvo para sujetármela. Su pelo rubio cobrizo me llamó la atención. Estuve a punto de tropezarme y de que se me cayera la caja. Pareció que el tiempo se ralentizaba a medida que se acercaba a mí. Lo único que podía hacer era mirar a esa mujer e intentar recordar cómo era Naomi. Sabía que no podía ser ella. Naomi no se había marchado de Oklahoma. Miami era una gran ciudad en la que seguramente vivían miles de mujeres con ese color de pelo. Era una simple coincidencia que estuviera pensando en Naomi en el preciso instante en que una mujer preciosa abría la puerta.

—Gracias —dije mientras entraba. Ella dejó ir la puerta y siguió su camino. Me quedé allí, en medio del vestíbulo, y la observé por la ventana hasta que desapareció.

—Es guapa, ¿eh? —comentó Joel desde el mostrador de seguridad.

Me volví hacia él.

—¿Vive aquí?

—Sí. Es un poco famosa, trabaja dando el tiempo, así que de vez en cuando la vemos en la tele.

Era consciente de que no podía ser ella, pero tenía que preguntarlo de todos modos.

—¿Cómo se llama?

—Naomi Light.

Tenía que haberlo oído mal. No era posible que hubiera dicho su nombre. Estaba convencido de que mi mente me había traicionado y le había puesto su nombre en los labios.

—¿Qué?

—Naomi Light —repitió.

Observé la caja llena de cartas que sostenía y luego miré por la ventana. Ya se había ido, pero era ella. De todos los edificios del mundo, me había mudado al suyo.

—No puede ser.

El sonido del portazo detrás de mí confirma todas las dudas que tenía sobre si esto era una buena idea. Escucho el clic de la cerradura, como si le diera miedo de que intentara entrar otra vez. No estoy seguro de qué esperaba que ocurriera, pero supongo que algo mejor que esto. Hace tiempo que en sus cartas me propone que nos conozcamos en persona. Aunque, cada vez que aparezco, no parece recordar lo que me escribió. Supongo que no es justo decir que no lo recuerda. En realidad, no sabía que me invitaba *a mí*. He estado a punto de decírselo muchas veces, pero siempre me he acobardado. Hasta ahora.

Me mata que piense que era ella la que me engañaba. Nunca tuve la intención de alargarlo tanto. Estos últimos días he tratado de poner un poco de distancia, pero el daño ya estaba hecho. Le había mentido.

Le había hecho tanto daño que Joel tuvo que mentirle. Y mi actitud ha sido reprochable. Sabía que la distancia no aliviaría el daño, solo esperaba que no fuera demasiado tarde para confesarle la verdad. Pensé que escribir una carta lo haría más fácil. Pensé que el yo real le gustaba lo suficiente como para alegrarse de que fuéramos la misma persona. Ahora me doy cuenta de lo ingenuo que he sido. Escribir esa carta fue una estupidez.

Me doy la vuelta y me acerco a la puerta para que me oiga a través de ella.

—¿Naomi? ¿Podemos hablar, por favor?

—¿De qué? —responde con brusquedad. La cercanía de su voz me indica que está pegada a la puerta—. ¿De cómo me has mentido? ¿O de cómo me has acosado los últimos seis meses?

—No te he acosado —digo—. Y, si estás enfadada por eso, entonces te recuerdo que has ido al menos a tres estados para intentar encontrarme.

—Y una mierda. ¿Esperas que crea que tú tampoco sabías quién era yo y que te mudaste al mismo edificio por pura casualidad? ¿Joel es tu padre realmente? ¿Tienes hermanos? Pensaba que eras hijo único. ¿Hay algo de verdad en todo lo que me has contado?

—Es mi padre.

—Carol Bell me dijo que tu padre te abandonó cuando eras niño.

—Lo hizo. Retomamos el contacto hace seis meses, por eso terminé en Miami. No te he mentido sobre eso. Y tengo tres medio hermanos. ¿Quién demonios es Carol Bell?

—La mujer mayor que vivía en la esquina de tu calle en San Diego.

Siento la necesidad de recalcar que esa afirmación demuestra que ella me ha acosado, pero decido que es mejor callar. No quiero empeorar la situación, solo quiero que hable conmigo.

—Nada de eso era mentira —aseguro—. Bueno, excepto que no te dije mi nombre.

—Durante todo este tiempo, has sido consciente de que no sabía tu nombre. Si tu objetivo era hacerme sentir como una idiota, enhorabuena.

Recuerdo cuando gimió mi nombre mientras la tocaba en su habitación en mitad de la noche. En aquel momento, pensé que sabía quién era, pero por la mañana me di cuenta de que no. Todavía pienso mucho en aquel día. Me gustaría saber si lo entendí mal, aunque no parece el momento adecuado para preguntarlo.

—Lo sé —reconozco—. Lo siento. No era mi intención. —No contesta. No sé si todavía está al otro lado de la puerta. Si es así, respira en silencio. Decido continuar con la esperanza de que todavía me escuche—. Lamento no haberte dicho mi nombre antes. Para ser honesto, tenía miedo de que no quisieras tener nada que ver conmigo. Nunca quisiste conocerme, y entonces llegué a Miami y me enteré de que vivías en el mismo edificio que yo. Se suponía que no sabía cómo eras físicamente. Cuando era adolescente, me pasaba horas mirando las fotos que colgabas en Facebook. ¿Qué probabilidades había de que acabara en el mismo edificio que tú?

—Muy pocas. No te creo.

Me sorprende oír su voz, pero me alegra saber que sigue ahí, escuchando.

—Debería haberme presentado en ese momento —continúo—. Me acobardé.

—Has tenido mucho tiempo para presentarte, y elegiste no hacerlo. ¿Por qué has tardado seis meses?

—Tenía miedo.

—¿De qué? No sabía quién eras.

—Me daba miedo que pasara exactamente esto. Que te contara quién soy y no quisieras tener nada que ver conmigo. Me daba miedo que todavía pensaras lo mismo que cuando me dijiste que no querías que fuéramos amigos en Facebook, o cuando me dijiste que ni muerta vendrías a mi graduación del campo de entrenamiento básico. Supongo que pensé que sería más fácil si al principio no sabías quién era.

—Claro, porque mentirme es mucho más sencillo.

—No planeaba engañarte tanto tiempo. Quería enviarte aquella primera carta al canal de noticias y luego decirte quién era. Te veía casi cada día durante el almuerzo. Pero el día en que tenía planeado decírtelo, estabas ahí sentada con Anne y te pillé buscando mi nombre en Facebook, así que cambié de estrategia. Te invité a cenar, y pensaba contártelo entonces, pero aplazaste la cena…

—Ah, así que es culpa mía que no me lo contaras.

Su tono de voz está lleno de sarcasmo. Aun así, continúo.

—No, no es culpa tuya. Me dijiste que ibas a San Diego, y pensé que tal vez era para intentar encontrarme.

—Así que, en lugar de decirme: «Hola, soy Luca y estoy aquí en Miami», ¿decidiste callarte y dejarme viajar por todo el país para buscarte?

—No, esa no es la razón. Tenía miedo de haber esperado demasiado y de que estuvieras enfadada conmigo.

—No estaría tan enfadada como ahora.

—Lo siento, Naomi. —Presiono la frente contra la puerta. Desearía que me dejara entrar para poder hablar de esto sin que nos escucharan todos los vecinos.

—Ya lo has dicho.

—¿Me perdonas, por favor?

—No. Vete a casa.

—No puedo perderte, Naomi.

—Demasiado tarde.

—Por favor. Te prometo que no habrá más secretos.

—¿Secretos? ¿Te crees que se trata de eso? ¿Secretos? Me has hecho sentir como una idiota y te has aprovechado de mí. ¿Cómo se supone que puedo estar segura de que no te reías de mí a mis espaldas cada vez que me acostaba contigo sin saber quién cojones eras en realidad? Ojalá no te hubiera contestado. Ojalá hubiera sacado otro nombre de aquel maldito sombrero en quinto.

Me duele oír eso.

—¿Lo dices en serio?

—Sí. —Su voz viene de más abajo, como si estuviera sentada en el suelo. Yo también me siento para estar a la misma altura.

—Tus cartas fueron la única constante en mi vida durante mucho tiempo —explico—. Mis padres siempre discutían cuando estaban juntos. Después de que mi padre nos abandonara, mi perro se escapó de casa y no volvimos a verlo. Luego mi madre enfermó, y falleció el día de mi graduación en el instituto. Lo único que me quedó después de eso fue el entrenamiento militar y tus cartas. Me mudé mucho durante cuatro años, pero tus cartas siempre me encontraban. Eran lo único bueno de mi vida, y entonces…, y entonces, de golpe, un día dejaron de llegar. No sé qué habría sido de mí si no me hubieras contestado a aquella primera carta llena de insultos, o si me hubiera escrito otra persona desde el principio. No creo que ninguno de mis compañeros de clase continuara con las cartas después de esos primeros meses. Supongo que, en perspectiva, las cosas no habrían cambiado tanto. Mi madre le habría puesto los cuernos a mi padre igualmente. Él nos habría abandonado y ella habría muerto de todos modos. No sé si me habría alistado o si habría salido con Penny. Tendría el listón mucho más bajo si no hubiera sabido que existías, y tal vez me habría casado con otra persona. O tal vez no. Mi padre se habría puesto en contacto conmigo y habría venido a Miami, habría conocido a los tres hermanos que no sabía que tenía. Me habría mudado a este edificio de todos modos y no habría tenido ni idea de quién eras el día en que me sujetaste la puerta para que entrara. —Espero un momento para ver si dice algo, pero permanece callada—. Probablemente te habría invitado a salir mucho antes.

Me apoyo contra la puerta y espero a que conteste, pero no lo hace. Seguramente he gastado saliva para nada. Debe de haberse ido hace rato. No ha oído nada de lo que he dicho. Me quedo un poco más junto a la puerta. Lamento cómo he llevado la situación. Ojalá pudiera volver atrás en el tiempo y presentarme el mismo día en que me sujetó la puerta. Si lo hubiera hecho, tal vez no habría disfrutado del tiempo que he compartido con ella estas últimas semanas. Al final, mentirle no ha valido la pena, pero no cambiaría por nada el tiempo que he pasado con ella. Me encantaría decírselo sin que sonara como si no le diera importancia a mi traición. Al cabo de unos minutos, decido que es mejor dejarla sola. Me levanto y me dirijo hacia las escaleras.

Di mi nombre

Naomi

Tardo un buen rato en responder porque no confío en que me salga la voz. Estoy muy enfadada con él, pero todavía más conmigo misma por creerme todo lo que ha dicho. Me seco las lágrimas de los ojos y suspiro, temblorosa.

—No nos habríamos encontrado en Miami —digo—. Nunca se me pasó por la cabeza convertirme en meteoróloga hasta que tú lo sugeriste en una carta. Estaría en algún otro lugar con otro trabajo.

Otro trabajo que no me gustaría tanto como el mío, pero eso no lo confieso en voz alta. Me doy cuenta de que ya ha pasado un rato y todavía no me ha contestado. Espero un poco más. Aún nada. Me levanto y abro la puerta. Se ha ido.

Esa noche no pego ojo. Estoy segura de que se me notará en la cara. Por la mañana, me pongo mucho maquillaje, pero me temo que las ojeras asustarán a los nuevos espectadores que conseguí con el vestido verde. En días como este, desearía que el canal tuviera a un maquillador profesional en lugar de que lo hagamos nosotros mismos.

Estoy más agradecida que nunca por la taza de café que me trae Anne. Sé que dije que ella sería la primera persona en saber si Luca aparecía, pero ahora estoy demasiado avergonzada para contárselo. Todavía no me creo que fuera tan estúpida como para no darme cuenta de que era él.

—Pareces cansada —comenta mientras me tiende el café—. ¿Has pasado la noche con alguien? —Lo dice con un guiño y en un tono sugerente. No estoy segura de cómo responder sin decir más de la cuenta, de modo que opto por ignorar la pregunta. Sin embargo, no se le escapa nada. Se sienta y acerca su silla para situarse justo a mi lado—. Estás cabreada. Habla.

—No quiero. —Fijo la vista en la pantalla del ordenador, pero no consigo centrarme. Se me desenfoca la visión mientras me quedo mirando algún punto entre mi cabeza y el monitor.

—Oye. —Me pone una mano en el hombro—, estoy aquí para lo que necesites.

—Tengo trabajo.

—Es sobre Luca, ¿no? ¿Ha... salido de entre las sombras? —baja la voz a mitad de la frase.

Me giro para mirarla. No debería sorprenderme que crea que se trata de Luca si consideramos que es nuestro gran tema de conversación desde hace semanas. Me gustaría que me dejara procesarlo sola, pero supongo que podría ser útil hablarlo con ella.

—Jake no se llama Jake —digo. Hago una pausa. Ella no me fuerza a continuar, solo me observa, paciente—. Es Luca.

Pasa un momento hasta que abre mucho los ojos y luego, en voz baja, comenta:

—Ay, Dios, ¿lo dices en serio?

Es la cara de sorpresa más falsa que he visto en mi vida. Ahora me siento todavía más tonta. Pongo los ojos en blanco.

—Ya habías atado cabos, ¿no?

—Tal vez. —Se encoge de hombros.

—¿En qué momento?

—Empecé a sospechar el día que adoptaste a los gatitos. Él… había algo. Se me da bien leer a la gente.

Odio que siempre tenga razón.

—¿Por qué no me dijiste que sospechabas que podía ser él?

—No quería ponerte paranoica por si acaso me equivocaba, cosa que era posible.

—Soy idiota.

—No lo eres. Solo… Bueno, me sorprende que no lo sospecharas, pero…

—Jake tenía tres hermanos y un padre al que veía cada día. Luca era hijo único y su padre lo abandonó de pequeño. ¿Cómo iba a pensar que son la misma persona?

—¿Cómo te lo contó? ¿Te enfadaste?

—Pues claro que me enfadé —respondo—. Me ha mentido todo este tiempo. Nos acostamos y me hizo creer que era otra persona. Ya ni siquiera sé quién es. ¿Cómo se supone que puedo confiar en él después de lo que me ha hecho?

Veo que Patrick asoma la cabeza por la puerta, justo por detrás de Anne. Parece que está a punto de hablar, pero lo corto.

—Ahora no, Facey. Estoy hablando con Anne.

Él murmura algo de su apellido, luego se da la vuelta y se marcha. Anne lo mira por encima del hombro y luego me observa a mí con una ceja levantada.

—Facey —repite, risueña. Luego vuelve a ponerse seria—. Quizá deberías darle otra oportunidad. Después de mandaros cartas crueles durante todos esos años, es probable que sintiera pavor por si no querías conocerlo.

—¿En serio? ¿Te pones de su parte?

—No del todo. Es un imbécil por mentirte durante tanto tiempo y, sin duda, creo que no tendría que haberse acostado contigo hasta confesar su identidad.

—No salgo con mentirosos —aseguro—. Y esto es mucho más serio que cualquier mentirijilla que me haya soltado un ex.

Anne frunce los labios de una manera que indica que está a punto de decirme que no está de acuerdo. Me preparo para ello.

—En cierto modo, las mentirijillas son mucho peores —dice.

—Ahora te estás pasando. Ha mentido sobre su identidad. No creo que eso sea más fácil de perdonar que una mentira tonta.

—Deja que me explique —continúa—. No me refiero a cuando un chico te dice que ese vestido horrible te queda bien, aunque que se vaya a la mierda cualquiera que me deje salir de casa hecha una piltrafa. Hablo de las pequeñas mentiras, como cuando alguien le dice a su jefe que está enfermo porque no tiene ganas de ir a trabajar o decirle a alguien que se le ha averiado el coche porque no quiere quedar. Soltar una mentirijilla de vez en cuando no es un problema, pero alguien que dice muchas tiende a convertirlas en un hábito. Hace tiempo salí con un mentiroso patológico. Comenzó con excusas para cancelar las citas en lugar de decirme que no podía permitírselo. Siempre eran tonterías, pero, si intentaba sacarle el tema, parecía paranoica; llegó un punto en que mentía tanto que sentía que nunca decía la verdad. Tampoco tenía necesidad de mentirme. Me decía que estaba ayudando a su madre con cualquier cosa cuando en realidad había salido a tomar algo con un amigo. No me habría enfadado si me hubiera contado la verdad.

—Yo también salí con un tío así —reconozco—. No podía confiar en nada de lo que me decía.

—No creo que Luca sea como nuestros ex. No es un mentiroso patológico. ¿Crees que te ha mentido sobre algo más aparte de su nombre?

—No lo sé, ¿cómo puedo estar segura? Siento que no lo conozco.

—Te has esforzado mucho por encontrarlo. Y tenéis una conexión impresionante. Tú misma me lo dijiste. Dudo que fingiera todo eso. Te mostraba su verdadero yo. ¿Y qué si no te dijo su nombre? Tenía miedo de que te enfadaras. Y, adivina, no iba desencaminado.

—No me habría enfadado si me hubiera dicho quién era.

—¿Estás segura de eso? Imagínate qué habrías sentido si se hubiera acercado a hablar contigo de la nada antes de conocerlo y te hubiera dicho que él era Luca, la persona que te escribe desde hace tantos años.

—Nunca sabremos cómo habría reaccionado porque no ocurrió así. En lugar de eso, me mintió, y ahora no puedo confiar en él.

—Tú también le mentiste.

—No.

—¿Cómo le explicaste nuestros viajes a San Diego, Georgia y Texas?

—Vale, eso es diferente.

—¿Diferente cómo? Estoy segura de que no le contaste que intentabas encontrar a tu antiguo amigo por correspondencia.

—Pero en realidad no le mentí. Simplemente, no le di los detalles. Le conté que quería ver cómo eran las playas en San Diego, lo que es verdad.

—Bueno, mentira por omisión. Se parece mucho a...

—Ni se te ocurra.

—Se parece mucho a lo que ha hecho él cuando evitó decirte su nombre —continúa, más alto.

—No es lo mismo ni de lejos.

—Tampoco le contaste lo de las cartas. Tonteabas con un tío que pensabas que era otro mientras empezabas algo serio con él.

—Eso no cuenta. Le escribía a él, y es culpa suya que yo no lo supiera. Además, pensaba contarle lo de las cartas anoche, cuando me interrumpió y me confesó quién era.

—Tal vez, si le hubieras contado antes lo de las cartas, él también habría confesado su identidad hace tiempo.

Abro la boca para rebatírselo, pero empiezo a asumir que tiene razón. Escribí la última carta a Luca con la esperanza de que viniera a verme. No sé cómo esperaba que terminara la noche. Si él hubiera resultado ser otra persona, entonces yo sería la mala de la película.

—Puede que tengas razón —admito con un suspiro—. Oye, deberías volver al trabajo. Tengo que terminar unas cosas antes del directo.

Lo último que necesito en estos momentos es encontrarme a Luca; todavía estoy procesando todo lo que pasó anoche y no dejo de repasar las últimas semanas. Pero, por supuesto, nada sale como quiero. Cuando vuelvo a casa después del trabajo, lo veo junto al mostrador de Joel. Están en medio de una conversación que se interrumpe en cuanto entro por la puerta. Los miro fugazmente y me encamino hacia los buzones. Incluso medito si debería subir en ascensor para desaparecer cuanto antes del vestíbulo. Por suerte, la compra de mi casa está casi cerrada, así que me mudaré en un par de semanas y ya no tendremos que cruzarnos más.

Antes de que me dé tiempo a abrir el buzón, Luca aparece a mi lado.

—¿Podemos hablar? —pregunta.

Sin mirarlo, abro el buzón y saco el correo de esta mañana. Reviso los sobres. Al final del montón, encuentro una carta suya, la saco y se la estampo contra el pecho. El gesto lo asusta. Toma el sobre y lo mira antes de volverse hacia mí.

—¿Ni siquiera vas a abrirla?

Lo ignoro y, cuando me alejo de los buzones, me corta el paso. Odio que ahora mismo se me acelere el pulso, como si no hubiera pillado que estoy enfadada con él.

—Necesito que hablemos —pide—. Sé que metí la pata, pero esto no puede terminar así. Tenemos algo especial, Naomi. Sé que tú también lo sientes. —Ignoro el latido de mi corazón y lo miro con rabia, deseosa de que se aparte de mi camino—. Creo que, en el fondo, sabías que era yo —continúa. Levanto una ceja, curiosa por saber adónde quiere llegar con esto. Él baja la voz—. Gemiste mi nombre.

—¿Perdona?

—Dijiste mi nombre en la cama. Creo que sabías que era yo.

He intentado enterrar ese recuerdo, pero ahora él saca el tema y noto que me sonrojo.

—Dije tu nombre porque fantaseaba con una persona que pensaba que era otra —digo, y trato de mantener la voz lo más baja posible porque Joel parece interesado en nuestra conversación desde el mostrador—. Tal vez, si fueras mejor en la cama, no lo habría hecho.

Capítulo 32

Malo en la cama

Naomi

—Ay.

Así es como reacciona Anne cuando le cuento lo que le dije ayer a Luca. Estoy muy orgullosa de mí misma por mi ocurrencia, pero Anne cree que me pasé.

No fue malo en la cama, solo quería que me dejara en paz. Y no me importa si herí su ego, siempre ha sido arrogante, y sé que lo superará. Aun así, sé que las palabras pueden hacer mucho daño. Espero que no sea para siempre.

—Él no es la víctima —digo, más para recordármelo a mí misma que para Anne—. Él me hizo daño primero. Lo que dije no es nada en comparación.

Ambas giramos la cabeza cuando Patrick se acerca. Parece reacio a darle órdenes a Anne después de que ayer yo le hablara mal.

—Tal vez podríamos pedirle la opinión a un hombre —comenta Anne—. Oye, Hombre Pato…

—No me llames así —interrumpe.

Ella continúa de todos modos.

—¿Alguna vez te han dicho que eres malo en la cama?

No creo que haya meditado mucho esa pregunta. Patrick tartamudea, y su rostro se tiñe de un rojo brillante.

—¿Qué...?, ¿por qué me preguntas eso?

—Naomi se lo ha dicho a su novio —explica—. Yo creo que se ha pasado tres pueblos, que ha sido demasiado cruel. ¿Qué te parece? ¿Te lo han dicho alguna vez?

—Este tema de conversación no es apropiado para el entorno laboral —responde.

—Ni para hablarlo con tu jefe —añado.

Anne pone los ojos como platos.

—Dios mío, lo siento. No quería avergonzarte. No tienes que contestar.

—Nadie me lo ha dicho —contesta—. Tan solo... no... no es apropiado.

Murmura algo sobre que volvamos al trabajo mientras se aleja. Anne lo observa cuando sale por la puerta. Cuando se ha ido, me mira y sonríe, satisfecha.

—Cuando está nervioso, es adorable.

Casi me atraganto con el café.

—¿Acabas de llamar a Patrick «adorable»?

Se encoge de hombros.

—Como un osito de peluche mandón y calvo.

—Nada de eso suena adorable, excepto por el oso de peluche, y no creo que nunca haya comparado a Patrick con un oso de peluche.

—Le das demasiadas vueltas a lo que he dicho. La cuestión es que la mera mención de que alguien pudiera decirle que es malo en la cama lo ha hecho enfadar. Tú, básicamente, le dijiste a Luca algo que afecta a cualquier hombre.

—No creo que Patrick se haya molestado por eso, creo que ha sido porque una empleada le ha preguntado acerca de su vida sexual.

—Intentas cambiar de tema porque sabes que tengo razón.

—No cambio de tema. ¿No te das cuenta de lo rara que ha sido esa pregunta?

—No era tan rara. Nos ha oído tener conversaciones mucho más delicadas.

—Cierto, pero nunca ha intervenido.

Anne se da una palmada en la cara y gruñe.

—Uf. Ha sido raro, ¿no? ¿Crees que me despedirá?

—No creo que te despida por eso, pero quizá, si sigues hablando conmigo toda la mañana, tendrá una razón para hacerlo.

Anne pilla la indirecta y se levanta.

—Tendré que evitarlo el resto del día. O de la semana.

Me detengo en el tercer piso, en el rellano, y observo los escalones que conducen a la cuarta planta. Tengo ganas de subir para ver si el cachorro esté bien. Ahora que sé quién es Luca, dudo si hacerlo. Estoy enfadada con él, pero eso no significa que ya no me preocupe por Bruno. Tras una breve deliberación, subo.

Su apartamento está más desordenado que de costumbre. Hay una pila de papeles en la mesa de la cocina. Me acerco para ver de qué se trata. Reconozco mi caligrafía. Son las últimas cartas que le escribí. Levanto algunas hojas y compruebo, para mi sorpresa, que aquí están todas las cartas que le he escrito. Las ha guardado todas. Al final de la pila está la primera carta, la de quinto de primaria. La leo y me entristezco. Fui tan amable… Tan inocente… No tenía ni idea de que me contestaría con una carta tan cruel y que se convertiría en una extraña amistad por correspondencia que duraría años. No podría haber predicho cómo terminaría todo.

Dejo las cartas como las he encontrado y entonces veo un sobre sin abrir dirigido a mí. Parece el que me dejó ayer en el buzón. Decido llevármelo. Al fin y al cabo, era para mí.

Saco a pasear a Bruno y, cuando vuelvo a casa, me siento en el sofá con el sobre. Devolvérselo a Luca fue una reacción instintiva de la que me arrepiento. Llevo todo el día dándole vueltas y me molestaba pensar que jamás descubriría lo que me había escrito. Lo abro y me llevo una sorpresa: en el interior hay dos sobres cerrados. El primero tiene la dirección de mi última casa en Oklahoma City. La segunda dirección es la de la antigua casa de mis padres, donde vivíamos antes de que me fuera a la universidad y de que se mudaran a una casa más pequeña. Ambos sobres tienen una etiqueta amarilla pegada, lo que indica que no pudieron entregarse.

Querida Naomi:

Sé que hace tiempo que no sabes nada de mí. La vida últimamente ha sido una montaña rusa. Todo empezó cuando no me respondiste. O, al menos, cuando pensé que no lo habías hecho. Mi exprometida encontró tu carta y me la ocultó varios meses. También debo decir que estaba como una cabra, aunque durante mucho tiempo pensé que era lo mejor a lo que podía aspirar. Y entonces me lanzó tu carta a las narices y me di cuenta de que sí que me habías respondido. ¿Venir a esconderme contigo? ¿La invitación sigue en pie? Porque, si es así, cogeré el próximo vuelo.

Sé que siempre nos insultamos y bromeamos (al menos, espero que sean bromas), pero quiero que sepas que lo digo en serio.

Con cariño,

Luca

Querida Naomi:

Supongo que en el tiempo que tardé en mudarme a Dallas y después de vuelta a San Diego, tú también te has mudado. Es un poco raro darme cuenta de que no tengo ni idea de dónde vives ahora. Enviaré esta carta a casa de tus padres, por si acaso todavía viven allí. Espero que te la hagan llegar.

En resumen: no me he casado y no vi tu carta hasta meses después de que la enviaras.

Actualización de mi vida: ahora mismo vivo con el colega que en quinto de primaria me dijo que no debería ignorar la primera carta que me enviaste. También vivo con tres niños gritones y con su madre, que se echa muchas siestas. Necesito una vía de escape. ¿Se te ocurre algún sitio al que ir?

Con cariño,

Luca

Pensaba que antes estaba triste, incluso enfadada. Lo que siento ahora es algo nuevo, no sé explicarlo. Ojalá hubiera visto estas cartas mucho antes. Ojalá no se las hubiera estampado contra el pecho cuando intentó dármelas ayer, y ojalá no lo hubiera insultado.

Cuando nos mudamos, si me hubiera preocupado por dejar una dirección de reenvío en caso de recibir correo, estas cartas me habrían llegado. El matasellos indica que las escribió más o menos cuando empecé a pensar que ya no sabría más de él. Cuando todavía deseaba que algún día, sin esperarlo, se presentara en la puerta de mi casa. Supongo que nunca perdí del todo la esperanza.

Cuando Luca llama a la puerta, pongo las cartas boca abajo, como si pudieran meterme en problemas. Voy hasta la puerta y lo dejo entrar. Sus ojos azules parecen de hielo, y en su rostro no atisbo ni un amago de sonrisa. Creo que nunca lo había visto tan enfadado.

—Podría denunciarte por secuestro de perros —dice. Pasa por delante de mí y agarra el arnés y la correa de Bruno.

Me giro para mirarlo, confundida.

—Todavía no me creo que sea sordo —comento. No responde. Desliza el arnés por la cabeza del cachorro—. A mí me parece un perro bastante normal. —Ata la correa al arnés—. ¿Ahora me ignoras? ¿Es eso?

—Culpa mía —dice, sarcástico—. No quería que tuvieras que soportar más mediocridad.

Pongo los ojos en blanco.

—Oh. ¿Ahora te enfadas *conmigo*? ¿Es así como funcionan las cosas? Me mentiste, Luca. Me engañaste. No tienes derecho a enfadarte.

Se aleja de la puerta y se acerca a mí. Se me acelera el pulso. Me mantengo firme, me niego a sentirme acorralada. Tengo que estirar el cuello para mirarlo a los ojos. Todavía lleva el cachorro en brazos, que le da lametazos con entusiasmo. Me mira fijamente, pero es difícil tomarlo en serio cuando tiene a un cachorrito tan adorable pegado a la cara. Aprieto los labios para evitar que se me escape una sonrisa.

—Tengo todo el derecho a enfadarme —dice—. ¿De verdad crees que eres la única que sufre por esto? Me enamoré de ti y te perdí.

Esas palabras me pillan a contrapié. El corazón me late tan fuerte que en cualquier momento se me podría salir del pecho. Levanto una mano en contra de mi voluntad para intentar tocarlo, pero me obligo a bajarla antes de cometer alguna estupidez. Su mirada desciende hasta mi mano y luego se encuentra de nuevo con mis ojos. En los suyos veo un brillo que me hace dudar de si realmente se habría alejado de mí.

Quiero creer que solo dice esto para intentar recuperarme, aunque no parece que quiera hacerlo.

—¿Cómo puedes decir que te enamoraste de mí? Apenas me conoces.

Suspira y aparta a Bruno de su cara.

—Te equivocas. Te conozco desde hace mucho tiempo. Puede que al principio solo conociera una idea de ti, pero pensaba que en la vida real serías tan graciosa como en tus cartas.

—Eso no es amor, eso es…

Me interrumpe y continúa:

—Me enamoré tan profundamente de ti que no podía disfrutar de la compañía de nadie más porque ya había decidido que eras tú. Traté de decirme a mí mismo que solo te había idealizado, que no era posible que fueras tan graciosa o hermosa o increíble como me imaginaba que eras. Antes de venir a Miami, me convencí de que estaba equivocado por pensar que me había enamorado de alguien a quien jamás había visto en persona. Y luego te conocí, y resulta que tenía razón. Todo lo que creía que sentía era real. Me enamoré de ti de nuevo.

No tengo la oportunidad de responder porque se dirige a la puerta.

—Luca…

Abre la puerta, luego me mira.

—Es una pena que también seas igual de cruel en la vida real —concluye—. Supongo que me he librado de una buena.

La amistad más rara del mundo

Luca

Estoy junto a la única parcela con hierba que hay en toda la manzana mientras espero a que el perro haga sus necesidades para volver dentro y hundirme en mi miseria sin testigos. Le he dicho a Naomi que me he librado de una buena, pero quizá estaba equivocado.

Tal vez el problema soy yo.

Destruyo todas las relaciones de mi vida y dejo un reguero de dolor y amargura. Soy así desde que tengo uso de razón. Siempre pensé que las cosas serían diferentes si conocía a Naomi en persona. Nunca me importó que ninguna de mis relaciones anteriores funcionara, y no era porque no quisiera sentar la cabeza, sino porque esperaba a la única chica que se había adueñado de mi corazón.

Sin mentiras, sin fingir, sin aparentar que sentía algo solo para no parecer un cabrón despiadado. Pensé que, cuando conociera a Naomi, todo sería real. Y lo fue, hasta que le dije cómo me llamaba.

Supongo que es mejor que hayamos terminado tan pronto. Prefiero saber que no funcionamos ahora que más adelante, así puedo fingir que no duele tanto como en realidad duele.

Vuelvo al edificio con el cachorro. Joel está sentado en el mostrador de seguridad, aunque está fuera de su jornada laboral. No creo que tenga nada mejor que hacer. Es un poco patético. Supongo que algún día seré como él.

—No te ha destrozado la casa, ¿verdad? —pregunta sin apartar los ojos del libro que está leyendo.

—No, solo me ha vuelto a robar al perro.

Llevo seis meses sin hablar con Ben, así que me sorprende cuando veo que me llama. Por un momento, me planteo si Naomi llegó a ponerse en contacto con él, pero imagino que me lo habría comentado. Contesto la llamada.

—Esto te parecerá un poco extraño, pero ¿Boca Ratón está lejos de Miami?

—No mucho. ¿Estás por ahí? —pregunto.

—Me envían por trabajo para arreglar un proyecto, el equipo no deja de meter la pata y necesitan que alguien lo solucione. ¿Qué haces el lunes? He pensado que podría escaparme unas horas para almorzar.

—Me va bien —le digo—, pero tendrá que ser por aquí cerca. Tengo un cachorro de acogida y normalmente vengo a pasearlo durante la hora de comer.

Le parece bien que nos veamos en la cafetería. Dice que ha buscado el menú mientras hablábamos por teléfono y que la comida tiene buena pinta, pero tengo la sensación de que quiere asegurarse de que no vivo en un zulo como en la universidad.

El lunes llego a casa con antelación suficiente para sacar al perro antes de que Ben aparezca por aquí. Cuando nos encontramos, le enseño el apartamento para que vea que es más o menos decente. Es un edificio bonito, pero compré los muebles en tiendas de segunda mano. Después de un rápido *tour*, bajamos a la cafetería.

Cuando entramos, veo a Naomi en su mesa habitual con Anne. Pensaba que evitaría venir aquí después de todo lo que ha ocurrido entre nosotros. Me alegra que no sea así. No quiero que deje de disfrutar de lo que le gusta por mi culpa. Y quizá también soy un poco masoquista, porque, por mucho que me duela, me gusta verla, aunque sea a distancia.

—Tengo que contarte algo —le digo a Ben.

—¿Es sobre esa chica de pelo cobrizo de la que no has apartado la vista desde que hemos entrado?

Sé que lo dice de broma.

—¿Te acuerdas de mi amiga por correspondencia?

—Claro, eras la última persona que esperaba que siguiera en contacto con su amigo por correspondencia después de que el resto lo dejara. —Avanzamos en la cola—. ¿Por? ¿Has vuelto a saber de ella?

Señalo a Naomi.

—Es ella. Naomi Light.

Gira la cabeza para mirarla.

—¿Ella? ¿En serio? —Luego me mira con los ojos muy abiertos y baja la voz—. Para el carro. ¿La has seguido hasta aquí?

—No exactamente.

—¿A qué te refieres con «no exactamente»? O la has seguido o no.

—No la seguí. Me mudé al edificio y ella vivía… aquí.

—¿Te conoce? —pregunta Ben—. Por favor, dime que sabe quién eres.

—Sí, bueno, la cagué.

—¿Tú? ¿La cagaste? No me lo creo.

Ignoro su sarcasmo.

—Al principio no le dije quién era. Ahora no confía en mí.

Está claro que no entiende lo mucho que la he cagado porque entonces dice: «Tengo que conocerla», y a continuación sale de la cola y se dirige a su mesa. Maldigo en voz baja y después lo sigo.

—Naomi Light —dice cuando se sienta al lado de Anne para quedar frente a Naomi—. Eres absolutamente impresionante.

Ella parece confundida y un poco asustada. Anne se aleja de él, claramente incómoda. No es agradable que un extraño se entrometa en tu conversación.

—¿La has visto en la tele? —sugiere Anne.

—¿Sales en la tele? —pregunta a Naomi.

Naomi nos mira a Ben y a mí. Su expresión me indica que ha deducido que debemos de conocernos.

—Da el tiempo en la televisión local —le explico a Ben.

Anne me observa de reojo. Ben continúa, pero esta vez le habla a Anne.

—Esta chica intercambia cartas con mi amigo Luca desde quinto de primaria. ¿Te lo puedes creer? —Mira de nuevo a Naomi mientras junta las manos de manera dramática—. Todavía estoy traumatizado por lo del pellejo.

—¿Has leído las cartas? —pregunta Naomi.

—Solo un par. —Extiende una mano sobre la mesa—. Me llamo Ben.

Ella le estrecha la mano.

—¿Ben Toole? —pregunta.

Me sorprende que sepa su nombre. Él también se queda perplejo.

—No sabía que Luca te había hablado de mí.

—Fue Penny.

Esto no será una conversación rápida, así que me siento al lado de Naomi. Ella se desliza por el banco para darme algo de espacio, pero no se mueve lo bastante rápido y mi pierna choca con la suya. Se separa de mí, pero todavía noto su roce en la piel. Es casi suficiente para distraerme de la mirada que noto que me dedica.

—Encontró a Penny mientras me acosaba —decido explicarle a Ben.

—No te estaba acosando.

—En realidad, sí —responde Anne.

—Él me enviaba cartas al canal de noticias sin remite —le explica Naomi a Ben—. Trataba de encontrar la manera de contestarle.

—¿Qué tal la experiencia con Penny? —pregunta Ben—. ¿Todavía está loca?

—Le faltan muchos tornillos —interviene Anne.

—No hablamos con ella mucho tiempo —comenta Naomi—. Solo el suficiente para descubrir que Luca ya no vivía con ella.

No la miro, pero soy consciente de cada pequeño movimiento que hace. Se pasa los dedos por el pelo y huelo el familiar aroma de ese champú tan fuerte que es como si tuviera la cara enterrada en su cuello. Con mucha fuerza de voluntad, consigo no rozar la rodilla con la suya para ver si se aleja de nuevo.

—Y que Naomi es la razón por la que no hubo boda —añade Anne.

—Te tomaste muchas molestias para encontrar esa dirección —comenta Ben.

—También viajó hasta San Diego y a una de las bases a las que me destinaron en Georgia —agrego.

—Al menos yo no te mentí sobre quién era —dice ella. Luego mira a Ben y continúa—. Envió una amenaza de muerte al canal.

Ben me mira con los ojos como platos. Está horrorizado.

Dirijo mi respuesta a Ben porque soy incapaz de girar la cabeza y mirarla; está demasiado cerca. Podría soltar alguna estupidez.

—En realidad, no era una amenaza de muerte —me defiendo—. Solo le dije que ojalá que la partiera un rayo.

—Para ser justos, Naomi soltó una carcajada cuando lo leyó —admite Anne—. Yo estuve a punto de sugerir que llamáramos a la policía.

—Sois unos raritos —dice Ben mientras sacude la cabeza. Se dirige otra vez a Naomi—: ¿Sabes que, si no fuera por mí, Luca no te habría contestado aquella primera carta? Supongo que deberías darme las gracias por la amistad más rara del mundo.

—Ya casi no son amigos —comenta Anne—. ¿No notas la tensión?

Ben alterna la mirada entre Naomi y yo con el ceño fruncido, como si no notara lo incómodo que es todo esto para los dos. Me armo de valor y giro la cabeza para mirarla, y resulta que ella también me está mirando, pero se gira rápidamente.

—Vaya, la has cagado pero bien, ¿no? —suelta Ben—. Fácil, discúlpate. —Nos mira a los dos y veo que le puede la curiosidad—. ¿Qué has hecho? ¿Le has arrancado un pellejo de la mano? ¿La has amenazado de muerte?

—Vivió aquí durante seis meses, le escribió cartas y la invitó a salir mientras le hacía creer que era otra persona —contesta Anne.

—¿Seis meses? Joder. —Ben mira a Naomi. Ella mira por la ventana.

Antes de detenerme, meto una mano debajo de la mesa y la coloco sobre su pierna. No me la aparta, pero tampoco me mira.

—Tendría que haber adivinado que sería tan idiota en la vida real como en las cartas —espeta.

Sus palabras duelen más que si me hubiera apartado la mano, pero tienen el mismo efecto. Retiro la mano de su muslo. Me mira un instante antes de fijar la vista al frente, hacia Anne y Ben.

—No le mentí durante seis meses —aclaro—. No tuve el valor de hablar con ella hasta hace unas semanas.

—No me sorprende. No puedes negar que eres un gallina con las mujeres —dice. Luego, dirigiéndose a Anne y Naomi, continúa—: Lo que es bastante raro, porque fue un donjuán hasta el penúltimo año de instituto. Nunca lo vi con nadie hasta que llegó Penny.

Por el rabillo del ojo, noto que Naomi gira la cabeza en mi dirección. Me fuerzo a girarme y a mirarla a los ojos. Tiene las cejas un poco fruncidas y los labios ligeramente separados, como si quisiera decir algo, pero vacila y cierra la boca. Me pregunto si se acuerda de que fue ese año cuando le pregunté si podíamos ser amigos en Facebook. Me pregunto si llegará a la conclusión de que perdí el interés en mis compañeras de clase por su culpa.

Me mira un momento antes de volver a prestar atención a Ben.

—¿Conoces a Luca desde quinto?

Asiente.

—Desde cuarto, de hecho.

—Pero ¿ibais juntos a clase? ¿También tuviste un amigo por correspondencia?

—Por supuesto. Se llamaba… —Se rasca la barbilla, como si le costara acordarse—. Creo que Andy. Algo así.

Está claro que ella sabe de quién habla, porque le brillan los ojos.

—¿Andy Nicoletti?

Ben sonríe con admiración.

—¿Te acuerdas del nombre y el apellido de todos tus compañeros de clase?

Su boca se ensancha en una sonrisa.

—No, pero crecimos juntos. Salimos una temporada en el instituto.

Sé que ha llovido mucho desde entonces, pero no puedo evitar preguntarme por qué se pone tan feliz al pensar en Andy Nicoletti. Luego me mira de reojo y creo que lo entiendo. Trata de ponerme celoso.

—Ni de coña —dice Ben—. No puedo creer que le escribiera al futuro exnovio de la increíble Naomi Light.

Ella pone los ojos en blanco, todavía con una sonrisa en la cara.

—No soy tan increíble.

—Le has escrito a este tío durante casi veinte años y no has perdido la cordura por el camino. Para mí eso es bastante increíble.

Ella se inclina sobre la mesa y descansa la barbilla en las manos.

—¿Durante cuánto tiempo le escribiste a Andy? —pregunta—. La mayoría de los niños solo duraron un par de meses.

—Estoy bastante seguro de que las últimas cartas que nos mandamos fueron sobre lo que queríamos que nos regalaran en Navidad. —Me mira y añade—: Tú fuiste el último en recibir una carta, lo cual fue gracioso, porque al principio no te apetecía escribir a nadie. —Se dirige otra vez a Naomi y añade—: Este tío guardó las cartas en secreto hasta octavo, que fue cuando me enseñó la del pellejo.

—No me extraña que estés tan obsesionado con esa. Ni siquiera es la peor —comenta Anne.

—Desde entonces, cada vez que he tenido un padrastro en algún dedo, no podía evitar pensar en la carta —confiesa Ben—. ¿Eso significa que estoy traumatizado? Creo que tengo un trauma.

—Siento curiosidad por ese tal Andy Nicoletti —añade Anne. Me mira brevemente antes de centrarse en Naomi—. ¿Cuánto tiempo salisteis?

—Un par de años. Rompimos antes de ir a la universidad.

—¿Era guapo?

Naomi vuelve a apoyar la espalda en el asiento y suspira, como si eso le trajera buenos recuerdos. Sé que solo hablan de Andy para ponerme celoso, pero me molesta cuando pienso en Naomi coladita por otro tío.

—Era *muy* guapo.

—Uf, seguramente era el indicado para ti —dice Anne—. Deberíamos encontrarlo.

—Avisadme si lo conseguís —comenta Ben—. Quizá pueda enviarle una amenaza de muerte.

Las chicas se ríen.

—Yo sí que le enviaría una amenaza de muerte —digo antes de poder evitar que las palabras salgan de mi boca.

—Guau, chicos —exclama Anne—. Qué giro tan dramático de los acontecimientos.

—Nadie amenazará a nadie —aclara Naomi—. Y tampoco lo buscaremos.

—Aguafiestas —se queja Anne—. ¿Es porque era malo en la cama?

En cuanto Anne lo suelta, me sonrojo. Pensé que Naomi me soltó ese comentario porque estaba enfadada, pero si se lo ha contado a Anne… Tengo que salir de aquí. Me levanto antes de que alguien diga nada más.

—Hay un restaurante español al final de la calle —le digo a Ben—. La comida está más buena que aquí. Vamos.

La exhumación de Naomi Light

Naomi

—¿De verdad era necesario que dijeras eso? —le pregunto a Anne.

—¿Decir el qué? Pensaba que estabas enfadada con él.

—Y lo estoy, pero ahora pensará que te conté detalles sobre nuestra vida sexual.

Frunce el ceño.

—Así que no pasa nada si te enfadas con él, pero ¿no quieres que él se enfade contigo?

—Ya está enfadado, ¿no te has dado cuenta? Cada vez que quería decirme algo, le hablaba a Ben, como si yo no estuviera sentada a su lado.

—Ha sido un poco difícil saber qué se le pasaba por la cabeza —admite Anne—. A ratos te miraba con ojos de cachorrito enamorado y luego te fulminaba con la mirada como si quisiera cumplir con su amenaza de muerte.

—Creo que actúa así porque le dije que era malo en la cama. Y tú vas y se lo recuerdas. ¿Me estoy comportando como una idiota con todo esto?

—Sí, los dos.

—¿Por qué lo dices?

—Él mantuvo su identidad en secreto. Te la jugó. Tú no le contaste lo de las cartas. También se la jugaste.

—Me parece que fingir su identidad es un poquito peor que no confesar lo de unas inocentes cartas.

—¿Inocentes? Entonces explícame todas esas cartas subidas de tono y cuando planeabas quedar con él en secreto.

—No planeaba quedar con él en secreto. Solo quería conocer a la persona con quien intercambiaba cartas desde hacía tanto tiempo y ponerle cara. Y creo que se merece otro punto por imbécil, porque ignoró las cartas. Me hizo creer que quería conocerme y luego dejó de contestarme.

—Puede que no las ignorara —sugiere—. Quizá respondía a tu invitación cuando se presentaba en tu casa.

—Lo que nos hace volver al tema de que es idiota por no decirme quién era. ¿Podemos sumarle un tercer punto?

—Solo si tú ganas otro por mentirle sobre los viajes. Y otro por el comentario de «malo en la cama».

Suspiro.

—Eso nos lleva a un empate técnico.

—No todo es una competición. Guárdate el complejo de superioridad para las cartas y sincérate con él.

Contemplo mi edificio por la ventana. Luca y Ben se han marchado a otro restaurante. Tal vez Anne tenga razón. Esto no debería ser una competición. No quiero que lo sea. Solo quiero…

Me detengo un segundo para pensar qué quiero en realidad. Echo de menos escribirle cartas a Luca, pero extraño todavía más lo que teníamos cuando pensaba que era Jake. Odio que la única razón por la que no estoy con ninguno de los dos es porque son la misma persona.

Supongo que quiero recuperarlo. Todo.

Cuando llego a casa, todavía pienso en Luca. Saco la caja con las cartas del armario y las reviso. Durante mucho tiempo me pregunté si Luca habría guardado alguna de las que le había enviado. No las vi cuando entré en su apartamento las primeras veces, antes de saber quién era. Me gustaría averiguar si las guarda en una caja en el armario como yo. Aunque puede que ahora planee quemarlas.

No importa lo enfadada que esté con él; sé que nunca me atrevería a destruirlas. Imagino que estarán presentes en cada mudanza que haga. Es muy probable que, cuando sea una anciana viuda, las guarde en el desván. Tendré noventa y siete años, y mi difunto esposo nunca habrá conocido el contenido de esa caja. Cuando me muera, dejaré mi mansión en herencia a mis nietos (sí, mi plan es ser rica y vivir en una mansión cuando sea mayor). Ellos tendrán que revisar todo lo que hay para decidir qué vender y qué guardar, y justo en ese momento encontrarán la caja.

Por un momento, pensarán que han hallado las cartas de amor secretas de su abuela Naomi, hasta que las lean y se den cuenta de que no, no son cartas de amor, son algo mucho más jugoso. Son cartas de odio. La abuela Naomi tuvo un enemigo que le escribió cartas horribles durante décadas. Pero ¿por qué las guardó? Tal vez tenía miedo de que un día esa persona la encontrara y la envenenara. Entonces, los nietos tendrían que mostrar las cartas a la policía y se abriría una investigación sobre lo que en apariencia era una muerte por causas naturales. Exhumarían mi cuerpo y llevarían a cabo una autopsia.

Esto es algo que podría haberle escrito en una carta. De repente, un horrible pensamiento se abre paso en mi mente: puede que nunca volvamos a intercambiar una carta. No me gusta la idea. Dejo la caja en el salón y bajo al vestíbulo. No estoy segura de qué espero encontrar. A estas alturas, no volverá a dejar ninguna otra carta en mi buzón.

Cuando llego abajo, veo que Luca está junto al ascensor. No hay rastro de Ben. Me observa un momento después de que se abran las puertas, luego aparta la mirada y entra. Me obligo a entrar en el ascensor con él. Estamos uno al lado del otro frente a la puerta.

—Luca, lo siento —digo cuando las puertas se cierran.

Se gira hacia mí, y lo imito. Su expresión refleja confusión.

—¿Por qué?

Me molesta tener que explicarme. No estoy enfadada con él, sino conmigo misma por sacar el tema.

—Por lo que te dije el otro día.

Alza una ceja.

—¿Podrías ser un poco más específica?

Hace mucho calor aquí dentro. Decido aguantarme y continuar.

—Es posible que insinuara que eres malo en la cama. No le dije a Anne que lo fueras, por si lo has pensado antes cuando ha hecho ese comentario. Solo le conté lo que te dije.

Me mira a los ojos y su expresión es inmutable, excepto por el atisbo de una sonrisa en la comisura de los labios. No me gusta que esto le parezca gracioso cuando yo me he comido tanto la cabeza.

—No te disculpes por eso —dice. Por un segundo, creo que no dirá nada más, pero añade—: Estabas enfadada. —Su mirada baja por mi cuerpo antes de regresar a mi rostro—. Sé que te gustó.

Estoy tan enfadada y avergonzada que suelto un gruñido. Esto le parece todavía más gracioso, y ese atisbo de sonrisa se convierte en una sonrisa radiante. Lo que me lleva a odiarlo todavía más, porque, joder, le queda demasiado bien.

—Te odio —digo.

Intenta poner mala cara, pero ahora parece incapaz de borrar la sonrisa.

—¿Por qué lo dices?

—Siempre has sido tan arrogante…, desde que empezamos a escribirnos. Quería que fueras un trol feo, pero… uf. Seguro que se te subieron los humos cuando nos conocimos y yo solo quería saltarte encima.

Su sonrisa se desvanece.

—Si era arrogante, sería porque quería impresionarte. Tenías razón, ¿sabes?

—¿Sobre qué?

—En quinto —precisa—. No estaba bueno. Solo era un palillo.

Las puertas del ascensor se abren en mi planta. Voy a salir, pero extiende la mano y sus dedos me rozan el antebrazo. Me detengo y me giro hacia él mientras noto su caricia en la piel. Tiene el ceño fruncido y los labios separados, como si vacilara y no supiera si decir lo que piensa.

—¿Luca?

—No has tenido un ataque de pánico —dice.

Tardo una décima de segundo en recordar mi miedo al ascensor. Miro las paredes y después hacia el pasillo y luego vuelvo a mirarlo a él.

—Tienes razón —digo, y asiento—. Supongo que contigo me siento segura.

Desliza la mano por mi brazo, hasta llegar a mis dedos, que entrelaza con los suyos. Los aprieto ligeramente y luego suelto la mano.

Las puertas del ascensor comienzan a cerrarse y me aparto en el pasillo para que no me golpeen. Mantenemos contacto visual mientras se cierran, ambos congelados en el mismo lugar. Me pregunto si él también duda, al igual que yo, si deberíamos dejar que se cierren. Me planteo estirar la mano para evitarlo, pero no estoy segura de qué le diría si lo hiciera, así que dejo que se cierren, y él también. Me quedo en el rellano un minuto con la mirada clavada en las puertas; todavía noto sus dedos en los míos y escucho el eco de lo que ha dicho antes de que se abrieran. Oigo el ruido de la polea mientras el ascensor lleva a Luca hasta su planta.

Me alejo y, de camino a mi apartamento, pienso en ese primer año de cartas. Me pregunto si también las ha releído recientemente, o si las palabras que olvidé haber dicho eran lo bastante poderosas para que las recordara todo este tiempo, a la espera de una oportunidad de que pudiera pronunciarlas de nuevo.

La zona de amigos por correspondencia

Naomi

Puede que esté perdiendo la cordura, pero quiero que vuelva a escribirme. No estoy muy segura de cómo sacar el tema. Tal vez sea un poco raro pasar de acostarse con alguien, a no hablar en absoluto, a decirle que quiero que volvamos a ser amigos por correspondencia. Parece que lo relego a la zona de amistad, pero mucho peor. Me gustaría saber si la zona de amigos por correspondencia existe.

Por otro lado, ¿puede llamarse «zona de amistad» si las dos personas ya estuvieron en una relación en el pasado? Tal vez sería más adecuado llamarlo «exzona». Porque es cierto que hay parejas que mantienen la amistad después de romper, pero otros no vuelven a dirigirse la palabra. Yo suelo formar parte de este último grupo, pero no quiero que las cosas entre Luca y yo terminen así.

Estiro un brazo y acaricio a los gatitos, que están sentados a mi lado y se asean el uno al otro. Quizá, en lugar de preguntarle si podemos volver a escribirnos, debería dar el primer paso y enviarle una carta. A fin de cuentas, fui yo la que rechazó la última que quiso darme. Ahora lo más probable es que tenga miedo de dar ese paso porque no sabe que lo he perdonado.

Esto me lleva a pensar: ¿realmente lo he perdonado? Lo cierto es que no lo he meditado. Sé que ya no estoy enfadada. Sé que lo echo de menos cada día más. Sé que tengo que encontrar la manera de decírselo.

Espero a que Bruno empiece a llorar para subir a buscarlo. No evito a Luca, pero tampoco pretendo encontrármelo. No quiero que intente convencerme de dejar en paz a Bruno, o, peor, que me pida que le devuelva la llave y me encuentre entre la espada y la pared.

La nota que dejé antes en su nevera ya no está. ¿La habrá tirado o la habrá guardado en la caja? Me planteo husmear por la casa para ver si descubro dónde guarda las cartas, pero una vocecilla en mi cabeza me advierte de que será mejor que no lo haga. He traído una carta y opto por dejársela en la nevera, sujeta con un imán.

Querido Luca:
Tengo algo tuyo. ¿Adivinas qué es?
N

Saco a pasear a Bruno y luego me dispongo a pasar la tarde investigando sobre la sordera en los perros. Decido hacerle algunas pruebas de audición, pero lamentablemente no reacciona a ninguno de los estímulos. Creo que ha llegado la hora de aceptar que este cachorrito no oye nada. Después busco algunos vídeos de adiestramiento de perros sordos en los que usan señas con las manos y pruebo algunos ejercicios con Bruno. Será un trabajo arduo, pero no pierdo la esperanza; creo que, con paciencia, podemos conseguir avances. Estoy metida por completo en esto cuando Luca llama a la puerta.

—¿Qué te has llevado de mi casa?

No pierde el tiempo con saludos, va directo al grano. Aun así, no puedo evitar pensar en la última vez que estuvimos tan cerca al uno del otro, en cómo rozó su mano con la mía y se me puso la piel de gallina.

—Se supone que no puedes contestar a una carta hablando —lo regaño.

—¿Debería haber escrito la pregunta y entregado la hoja de papel sin hablar?

No estoy segura.

—Por ejemplo.

—En serio —dice con una sonrisa torcida—, ¿qué has robado? —Mira en el salón, donde Bruno juega con los gatitos—. ¿A Bruno?

—No. Bueno, sí, pero no me refería a eso. Por cierto, le he enseñado a sentarse.

No parece convencido.

—¿Cómo? Es terco como un demonio.

—Todo es posible con un poco de queso.

Voy hasta la cocina a por un paquete de queso. Bruno lo huele y se acerca corriendo. Hago la seña que he visto en los vídeos. El perro baja el culo hasta el suelo y me observa con anticipación. Le doy un trozo de queso. Se lo come, luego corre hasta el otro lado del salón y sigue jugando con los gatitos.

La mirada de Luca me indica que está impresionado, aunque también parece un poco celoso.

—No sabía que tuvieras experiencia con perros —comenta.

—No la tengo.

—¿Lo dices en serio? ¿Ahora resulta que eres una encantadora de perros?

—Esta tarde he visto un montón de vídeos sobre el tema —aclaro—. Además, cuando era pequeña tuve un hurón. Me encantaba enseñarle trucos.

Luca sonríe y se apoya contra el reposabrazos del sofá.

—Supongo que el sueño que tenías en quinto se hizo realidad. En la primera carta que me escribiste, ¿no mencionaste que querías un hurón?

—También quería un gato, y ahora tengo dos.

Suelta una risita.

—¿Qué te dije de los gatos por aquel entonces?

—Que eran aburridos, y que por eso eran perfectos para mí. O algo por el estilo. —Ambos miramos a Roland y Phoebe, que se confabulan contra Bruno en el salón.

—Tal vez estuviera equivocado. —Se aleja del sofá y camina hacia mí, pero pasa de largo, así que me doy la vuelta para mirarlo mientras se acerca a la isla de la cocina.

—Te has equivocado respecto a muchas cosas —le recuerdo—. Para empezar, mis padres no son hermanos.

Lo sigo hasta la isla y saco un taburete para sentarme. Cuando cruzo las piernas, uno de mis pies le roza una rodilla. Él observa el gesto, pero no se aparta. Yo tampoco. Noto el punto de contacto entre nuestros cuerpos. Es lo único en lo que puedo pensar. Una ola de calor se extiende desde mi pie hacia el resto de mi cuerpo.

Observo que su nuez sube y baja antes de reencontrarme con su mirada.

—En aquella época era bastante cabrón, ¿verdad?

—¿En aquella época? ¿Y ahora ya no?

Su sonrisa se desvanece un poco. ¿Me he pasado de la raya? Aparto el pie de su rodilla, lo que atrae su atención a mis piernas.

—Has releído las cartas —dice sin levantar la vista—, ¿a que sí?

—Sí. Y tú también.

—Suponía que habrías visto la caja.

—Me sorprende que las guardaras. Siempre me pregunté si era la única que las conservaba.

—Debo confesar que tiré la primera —admite—. Luego me arrepentí y la saqué de la basura. Fui incapaz de deshacerme de ellas.

—Durante aquel primer año, realmente pensé que me odiabas —reconozco—. Pero cuando me di cuenta de que nadie más seguía en contacto con sus amigos por correspondencia, pensé que tal vez no me odiabas tanto como querías hacerme creer.

Me mira, y es como si fuera la primera vez en mucho tiempo que veo esos ojos azules.

—¿Por qué las guardaste si pensabas que te odiaba?

Me encojo de hombros.

—Es difícil de explicar. Me gustaría pensar que era demasiado sentimental, pero puede que guardara un montón de cosas de forma compulsiva. Durante años, conservé todas mis felicitaciones de cumpleaños, hasta que un día mi madre me obligó a tirarlas —me justifico.

—Tengo dos cartas más arriba, por si las quieres —comenta—. Son las que intenté enviarte, pero ya te habías mudado. Quería dártelas el otro día, pero todavía estabas muy enfadada. —Lo dice como si tanteara el terreno, por si aún estoy molesta.

—Oh. Eh… Bueno, debería decirte algo, pero no sé cómo hacerlo…

—¿El qué?

—Eso es lo que cogí de tu casa.

Frunce el ceño.

—¿Cogiste las cartas?

—A ver, técnicamente, eran para mí —respondo para restarle importancia.

Ladea la cabeza y en la comisura de sus labios veo una sonrisa incipiente.

—Me sorprende no haberme dado cuenta de que habían desaparecido. ¿Cuándo las cogiste?

—El día después de que intentaras dármelas. Estaban justo al lado de las otras.

Arquea una ceja.

—¿Por qué no me has dicho nada antes?

—Por si no lo recuerdas, no estabas de muy buen humor.

Suspira.

—Cabe la posibilidad de que tu comentario sobre mis habilidades en la cama me hiriera el ego.

—¡Ajá! Sabía que te había molestado. —No sé por qué me satisface tanto que lo reconozca. Mientras Luca se arrodilla para ponerle la correa y el arnés a Bruno, tengo una idea—. ¿Quieres leerlas?

Me mira.

—¿A qué te refieres?

—Me refiero a que podríamos leer las cartas juntos. He releído algunas hace poco, pero no tengo las que te mandé. Podríamos leerlas en orden cronológico.

—Tengo que sacar a pasear a Bruno.

—Oh. Olvídalo, entonces. Pensaba que…

—Nos vemos en cuanto vuelva —me interrumpe.

Sonrío.

—¿Preparo la caja y te veo arriba?

—Perfecto.

Dulce e inocente

Luca

Cuando llego a casa, Naomi me está esperando con una caja en los brazos. Tiene una copia de la llave, así que no sé por qué no ha entrado directamente. Abro la puerta y pasamos al apartamento. Le pongo la comida al perro mientras ella se acomoda en el sofá. Los muebles de mi casa no son tan bonitos como los suyos. Los compré de segunda mano cuando me mudé a Miami. No están destrozados, pero digamos que cada uno es de su padre y de su madre.

Voy al dormitorio a por la caja de cartas. Regreso al salón y me siento junto a Naomi en el sofá. Opto por dejar una separación prudencial entre nosotros para no agobiarla.

Se inclina para abrir su caja, que ha dejado en el suelo. Saca una pila de cartas antiguas. Reconozco la letra de cuando era pequeño. Es raro verla de nuevo. Cuando se endereza, se acerca un poco más a mí. Trato de convencerme de que no es un gesto importante, pero desde aquí huelo el aroma de su pelo, y eso hace que quiera acercarme un poco más a ella. Sé que la piel del cuello se le eriza después de besarla. Quiero sentirla otra vez. Probablemente, no se sentaría tan cerca si supiera que no puedo dejar de pensar en esto.

Se acomoda, dobla las piernas, se sienta sobre los pies y me entrega la pila de cartas.

—Tú puedes leer estas —dice—, y yo leeré las que te envié.

Le doy la pila que tengo en mi caja. Están en orden cronológico inverso. Después de que Penny las desparramara, las ordené y pasé horas releyéndolas. Echo un vistazo a las que me ha dado y compruebo que las conserva en el mismo orden, de más reciente a más antigua.

Saca la primera del fondo y empieza a leer.

—«Querido Luca: Estoy muy emocionada de ser tu nueva amiga por correspondencia. Mi profesora dice…».

—Para —la interrumpo.

Me mira con los ojos muy abiertos.

—¿Qué pasa?

—No la leas en ese tono.

Esboza una mueca.

—¿En qué tono?

—Ya sabes a lo que me refiero. La lees en un tono dulce e inocente. Pareceré un pedazo de imbécil cuando lea la mía.

—Por si no te habías dado cuenta, eras un pedazo de imbécil. Este es el tono con el que me la imaginé cuando la escribí, así que es el que usaré. —Termina de leer la carta, y luego llega mi turno.

—Mierda —exclamo—, mi letra era realmente horrible.

—Pues sí. Imagina cómo me sentí al descifrar esa locura y comprobar que me decías cosas tan feas.

—Debiste de quedar destrozada.

—Y muy triste. —Hace un puchero para exagerar su expresión facial.

Tengo que emplear toda mi fuerza de voluntad para no inclinarme y besarla. Ella sonríe y, por un segundo, parece que estemos otra vez en el mismo punto que antes de que descubriera mi identidad. Sin embargo, tampoco soy tan ingenuo como para pensar que me ha perdonado así como así. Sus ojos bajan hasta mis labios unas décimas de segundo, es algo tan rápido que creo que me lo he imaginado. Se coloca un mechón de pelo detrás de la oreja, luego sonríe de nuevo y se centra en las cartas.

—Te toca —dice.

Nos turnamos para leerle al otro nuestras cartas, nos reímos de lo que ya no recordábamos que habíamos escrito y de otras cosas que ahora, con el paso del tiempo, nos provocan vergüenza ajena. El tiempo pasa rápido mientras las leemos y, antes de darme cuenta, ya se ha hecho de noche. En ese momento, nos tomamos un descanso para que yo saque a pasear a Bruno. Mientras estoy fuera, Naomi se adueña de la cocina y, cuando regreso, me encuentro que ha preparado unos sándwiches de queso. El olor es delicioso. Nos los comemos en la cocina y luego volvemos a instalarnos en el salón.

Me siento en el sofá y ella se deja caer a mi lado; está tan cerca que su brazo roza el mío. Vuelve a doblar las piernas, pero esta vez descansa las rodillas sobre mí. Inclino la barbilla para mirarla, pero me ignora. Tiene un montón de cartas en las manos y se dispone a seguir leyendo.

Querido Luca:

¿Quieres que te cuente algo raro? Hoy alguien ha dejado una caja llena de plátanos en mi porche. Estoy muy confundida. Alguna vez me habían dejado galletas de Navidad durante las vacaciones. Pero falta mucho para la temporada navideña, así que no estoy segura de qué ocurre. Intento averiguar si hay alguna festividad de plátanos que debería conocer.

Con cariño,
Naomi

Querida Naomi:

Alguien te ha confundido con un mono, lo que tampoco me sorprende. Por eso te han dejado los plátanos. Hablando de plátanos, hoy he ido por primera vez a un huerto. ¿Sabías que la gente paga cantidades ridículas de dinero para recolectar manzanas cuando podrían comprarlas mucho más baratas en una tienda y que alguien hiciera todo el trabajo? Sea como sea, me ha hecho pensar en ti. Me apostaría algo a que comes las manzanas sin quitarles la pegatina del supermercado. Es probable que te las comas enteritas, incluso el corazón. Y el tallo, si todavía sigue ahí.

Con cariño,

Luca

Querido Luca:

Me encanta comerme las manzanas exactamente así. Tengo un sistema digestivo muy potente. Por eso te soporto.

Con cariño,

Naomi

Querida Naomi:

Tengo una idea. Si seguimos solteros cuando tengamos veinticinco años, deberíamos casarnos. ¿Qué te parece? Por cierto, ¿qué clase de nombre es Naomi Light? Parece el nombre de un extraño superhéroe que se ha inventado un tío que no se ha cortado el pelo en tres años y que usa el cortaúñas para cortarse las puntas abiertas.

Con cariño,

Luca

Querido Luca:

Hablas de los veinticinco como si faltara mucho y no queda tanto. Los cumplo el año que viene, y tampoco estoy soltera. Además, ¿cómo se te ocurre proponerme matrimonio en una frase e insultarme en la siguiente, y esperar que te diga que sí? Seguro que has vuelto a beber agua salada.

Con cariño,

Naomi

Deja la carta en su regazo y me mira. Está tan cerca que, si me inclinara tan solo un poco, le alcanzaría los labios.

—Esta carta es de hace unos años —comenta—. ¿No estabas comprometido con Penelope cuando quisiste hacer ese pacto para que nos casáramos a los veinticinco?

—No. Cuando escribí esta carta, intentaba alejarme de ella.

Permanece callada un momento. Intuyo lo que piensa. Contengo la respiración, a la espera de que diga algo.

—Estuviste con ella mucho tiempo. Maxwell me contó que os conocisteis durante el servicio militar.

De forma involuntaria, se me tensa el cuerpo. No me gusta hablar de Penny. Naomi se aparta un poco, pero llevo un brazo alrededor de su hombro y deja de moverse.

—Tuvimos un rollo durante una temporada. Éramos una de esas parejas que rompen y vuelven, rompen y vuelven —explico—. Nunca quise nada serio con ella.

—Entonces, ¿por qué le propusiste matrimonio? —No aparta sus ojos de los míos. Yo clavo la mirada en la suya.

—No lo hice.

Frunce el ceño. Debe de pensar que miento. En este momento, desearía no haberle ocultado mi identidad y haber perdido su confianza por eso.

—Utilizó mi tarjeta de crédito para comprarse un anillo y luego empezó a planear la boda —continúo.

Naomi abre los ojos de par en par y se mueve para sacar una de las cartas más recientes de la pila. Es la última que le escribí antes de que Penny y yo nos mudáramos a Texas.

—Eso es lo que escribiste en esta carta —dice—. ¿De verdad esperas que me crea que esto es lo que pasó?

Suspiro. Nunca había tenido que contarle a nadie la historia completa. La mayor parte de la gente está dispuesta a aceptar que casi me casé con alguien que estaba lo bastante loca como para fingir un compromiso. Sin embargo, Naomi se merece toda la verdad.

—Fue un malentendido.

—¿Cómo es posible?

—Voy a contártelo. —Tomo un sorbo de agua para aclararme la garganta antes de continuar—. Penny y yo terminamos el servicio militar más o menos al mismo tiempo. Ella sabía que nunca me iría a Dallas con ella, así que vino a San Diego. No fui consciente de ello hasta que un día me la encontré en la universidad. Supongo que pensó que, de ese modo, podría recuperarme. La evité durante semanas, pero ella no se rendía. Encontró la manera de que coincidiéramos cada día. Me agotó. Ella vivía en la residencia de la universidad y yo, en un apartamento. Cada vez pasaba más tiempo en mi casa, hasta que un día, no sé cómo, me di cuenta de que se había mudado. Cuando hablé con ella del tema, se ofreció a pagar la mitad del alquiler. Yo cobraba un subsidio por la Ley de Reajuste de Militares y el apartamento costaba una pasta, así que acepté. Al cabo de un tiempo, empezó a presentarse ante mis amigos como mi novia.

»Discutírselo fue muy duro. Vivíamos juntos, hacíamos la compra juntos, íbamos a la universidad juntos. Incluso su familia nos visitó unas cuantas veces. Hablaba de mudarse a Dallas cuando termináramos la universidad, así que pensé que entonces acabaría todo. Pues resulta que quería que me mudara con ella. Yo estudiaba veterinaria, así que pude aplazar un poco esa conversación. Supongo que tendría que haber sido honesto con ella. Siempre le decía que no estaba listo para comprometerme, pero al cabo de un tiempo di por hecho que Penny sabía que las cosas no habían cambiado y que yo seguía sin estar listo. Me equivocaba. Un día me escuchó hablar con Ben, y creyó que hablaba de ella. Pensó que íbamos a casarnos.

—¿Cómo llegó a esa conclusión a partir de tu conversación con Ben? —pregunta Naomi con el ceño fruncido—. ¿De qué estabais hablando para que creyera eso?

—Bueno… —vacilo—, digamos que no tiene importancia. Un año más tarde, aproximadamente, supongo que se impacientó al ver que todavía no le había propuesto matrimonio, así que empezó a planear la boda y usó mi tarjeta para comprarse un anillo.

Gira todo su cuerpo en el sofá para ponerse frente a mí, aunque tiene los ojos entrecerrados.

—¡Eso no tiene ningún sentido! Creo que has omitido algún detalle importante.

Me encojo de hombros, y espero que lo deje pasar.

—Estaba loca.

—¿De qué hablabas con Ben? Es eso, ¿no? ¿Le ponías los cuernos?

—No. Qué va, no.

Se pone muy seria.

—No vuelvas a mentirme, Luca. ¿De qué hablabas con Ben para que ella pensara que os ibais a casar?

Soy plenamente consciente de que, si se lo cuento, pensará que estoy como una cabra. Si no se lo cuento, no volverá a confiar en mí. Tengo que contárselo. Frunzo los labios y me preparo para lo que viene a continuación.

—Hablábamos de ti.

—¿De mí?

—Ben siempre supo lo de las cartas. Es lo más parecido que tengo a un mejor amigo. En quinto, siempre me echaba en cara que te escribiera cosas tan crueles. En secundaria, me creí que era un pibón. Tenía una novia diferente cada día. Y lo mismo en el instituto, al menos durante los dos primeros años. —Hago una pausa para suspirar—. Pensarás que soy patético.

Levanta una ceja.

—¿Más patético que comprometerse accidentalmente con alguien?

—*Touché*.

—Continúa —pide.

Desplazo la vista a la mesita de café, porque me resulta difícil mirarla a los ojos mientras explico lo siguiente.

—Ben empezó a reírse de mí porque dejé de salir con chicas durante el penúltimo año de instituto. Dijo que seguro que tenía algo que ver con todas las cartas que te escribía. Creo que no sabía cuánta razón tenía. Durante el instituto, él y yo no estuvimos muy unidos, pero sí que coincidíamos en algunas clases, y se dio cuenta de que me comportaba de manera diferente. No seguimos en contacto cuando me fui al campo de entrenamiento básico. Me lo encontré tres años después de volver a San Diego. Penny no me dejaba en paz. Entonces me dijo que se alegraba al ver que había seguido adelante y que ya no estaba colado por «aquella chica de quinto».

Señalo la última carta que he leído y que está en la mesita de café, la del pacto del matrimonio a los veinticinco.

—Te escribí esta carta dos días antes. Le dije a Ben que nos casaríamos, que ya te había propuesto matrimonio y que dejaría que eligieras el anillo perfecto. Supongo que Penny pasó por la habitación justo en ese momento. Nunca me escuchó decir tu nombre. Creyó que hablaba de ella.

—Pero no le habías propuesto matrimonio. ¿Por qué pensaría que lo habías hecho solo a partir de una conversación que oyó entre Ben y tú?

Me encojo de hombros.

—No lo sé. Creo que deseaba con tantas fuerzas que fuera cierto que ella sola se montó la película.

—Pero seguro que notó el sarcasmo en tu voz cuando se lo contaste a Ben.

—No lo decía con sarcasmo. —Cuando entrecierra los ojos, añado—: Bueno, quizá me gustó la idea de casarme contigo. Estaba decidido a convencerte para que nos conociéramos. Casarnos me pareció un siguiente paso bastante lógico.

—Venga ya —dice, y se ríe—. ¿En serio pensaste que aceptaría tu propuesta de matrimonio? Ni siquiera te conocía.

Su risa me afecta. El corazón se me acelera y noto que las comisuras de los labios se me alzan, hasta que esbozo una sonrisa.

—Cosas más raras se han visto. Nunca le dije a Penny que la quería, pero ella pensó que íbamos a casarnos.

Naomi bosteza.

—¿En serio? ¿Nunca pronunciaste esas dos palabras? ¿Ni por obligación?

—¿Estás cansada? Se ha hecho tarde.

Niega con la cabeza.

—Ya hemos leído un montón de cartas. Solo nos quedan un par de años, no tardaremos mucho. Y quiero saber más de... —Se cubre la boca con una mano para esconder otro bostezo. Cuando termina la frase, habla en un murmullo ininteligible.

Suelto una carcajada. Es una monada cuando está tan cansada. Quiero acercarme a ella y abrazarla, pero me obligo a quedarme donde estoy.

—¿Qué has dicho?

—Quiero saber por qué estabas tan obsesionado conmigo.

—Ya hablaremos de eso más tarde. Tenemos que terminar de leer las cartas antes de que te quedes dormida.

Un corte con el papel

Naomi

Me despierto atrapada entre Luca y el sofá. Tengo la cabeza apoyada sobre su pecho y algo duro se me clava en el estómago. Miro hacia abajo y, en la oscuridad de la habitación, veo que Bruno duerme entre nosotros y se me clavan sus patitas traseras.

Estiro un brazo para reajustar la posición de Bruno y que deje de darme patadas. El cachorro bosteza, se da la vuelta y sigue con las patitas estiradas, listo para golpear esta vez a Luca, que suelta un gruñido. Me levanto y me siento con cuidado de no molestar a ninguno de los dos. El montón de cartas sigue donde lo dejamos, en la mesita de café. Echo un vistazo para tratar de encontrar el reloj.

Supongo que mis movimientos despiertan a Luca, porque, cuando lo miro, tiene los ojos abiertos.

—Ey —dice.

—¿Qué hora es? No quería dormirme.

Toca su teléfono para encenderlo.

—Son casi las dos.

—Tengo que irme a casa. Dentro de poco debería empezar a prepararme para ir al trabajo.

Él se sienta para que yo pueda levantarme del sofá con más facilidad, pero aún no me muevo. Los dos observamos a Bruno, que, a pesar de estar dormido, se mueve. Me río, pero enseguida me llevo una mano para cubrirme la boca y que no me oiga. Entonces caigo en la cuenta: el perro *no puede* oírme. Luca y yo intercambiamos una mirada que da paso a una sonrisa.

En la penumbra del salón, se le ven los párpados pesados y las pupilas, oscuras. Tiene el pelo alborotado y luce una barba incipiente. Se me hace difícil no inclinarme para acercarme más a él, para recordar cómo es sentir su barba contra mi piel.

—Es genial que hayas progresado tanto con el adiestramiento —dice sobre el perro—. Así será más fácil encontrarle un nuevo hogar.

Se le borra la sonrisa. Es muy fácil olvidar que Bruno está en el refugio de animales y que Luca en realidad solo es su familia de acogida.

—¿Cuánto queda para que lo adopten? —pregunto.

Se encoge de hombros.

—Podrían ser meses. Semanas. Días. Tengo otro evento de adopción este fin de semana. Pensaba que aún no estaría preparado, pero llamaré al refugio por la mañana y les preguntaré si quieren que lo lleve.

—Ah. —Miro al cachorro, que sigue dormido. No sé por qué me he puesto tan triste—. Pensaba que podría pasar más tiempo con él.

Me levanto del sofá y Luca me sigue. Recojo mi caja con las cartas y me doy la vuelta para mirarlo.

—Me lo he pasado muy bien leyendo las cartas contigo —dice. Yo asiento, estoy demasiado cansada y tengo demasiados sentimientos encontrados como para responder—. ¿Qué te parece si las terminamos más tarde? —pregunta.

—Sí, claro que sí.

Me sigue hasta la entrada.

—Te acompaño a casa —se ofrece mientras abre la puerta.

—Gracias, pero creo que estaré bien. No saldré del edificio. Además —añado, y señalo la caja que sostengo contra la barriga—, si alguien me ataca, puedo defenderme con esto.

—Eso le da un sentido completamente nuevo a hacer daño con las palabras.

Salgo al rellano y me giro para quedar frente a él. Algo ha cambiado. Ya no estoy enfadada con Luca. Quiero que las cosas vuelvan a ser como antes de que me revelara su identidad. Quiero volver a confiar en él.

Luca está en la puerta y me observa mientras me recoloco la caja para sujetarla bien. Estoy retrasando lo inevitable. Podría haberme dado la vuelta y haberme dirigido hacia las escaleras, pero algo me hace permanecer aquí quieta, en este pasillo.

—Buenas noches —digo; por mucho que para mí acabe de empezar el día, sé que él volverá a la cama.

Me doy la vuelta y ahora sí me encamino hacia las escaleras. Ya casi he llegado cuando oigo unos pasos apresurados detrás de mí. Miro por encima del hombro y veo a Luca muy cerca.

—Te he dicho que no hacía falta que me acompañaras…

Antes de que termine la frase, me sostiene la cara con las manos ahuecadas y me besa. Todavía sostengo la caja, y está en un ángulo un poco incómodo entre los dos, por lo que tiene que inclinarse sobre ella para llegar bien a mí. Siento sus labios cálidos sobre los míos y su barba me roza la cara, como he imaginado hace unos minutos. El corazón me late tan rápido que me da miedo que lo note.

Cuando me suelta, da un paso atrás.

—Perdona —se disculpa—. Solo quería acompañarte, pero…

—¿Pero? —pregunto al ver que no termina la frase.

—No quería que te marcharas a casa pensando que no quería besarte.

Sonrío, pero me quedo en blanco y no encuentro las palabras adecuadas para contestar. Bajo hasta mi planta sin dejar de pensar en él, en el beso, en todo lo que ha ocurrido esta noche.

Entro en mi apartamento y dejo la caja en el suelo un momento para abrir la puerta. Me detengo antes de girar la llave. Puede que le esté dando demasiadas vueltas, es algo típico en mí. Antes teníamos una conexión especial y, después de pasar la noche leyendo nuestras cartas, parece que sigue ahí. Quiero confiar en él, así que tal vez debería dejar de buscar razones para no hacerlo.

—Enhorabuena, propietaria —me felicita Anne, que choca su copa con la mía—. Avísame si necesitas ayuda con la hipoteca. Dicen que soy una excelente compañera de piso.

Es viernes por la noche. Esta tarde he visitado mi nueva casa y luego he firmado una barbaridad de documentos, hasta que he empezado a notar dolor en la muñeca y me he autodiagnosticado el síndrome del túnel carpiano. Cuando he terminado con el papeleo, me han entregado las llaves de mi nuevo hogar y el proceso de compra se puede dar por concluido. Nunca imaginé que me sentiría tan normal al comprar una casa. Ahora me encuentro en un restaurante con Anne para celebrarlo por todo lo alto con una cena cara y una botella de champán.

—Ya tengo a dos compañeros de piso —le digo—. Se llaman Roland y Phoebe.

Ella pone los ojos en blanco.

—Los gatitos no cuentan como compañeros de piso.

—¿Por qué no?

—No pagan alquiler.

—Me he planteado meterlos en una agencia de modelos. Les he enseñado tantos trucos que seguro que los contratarían para un montón de campañas.

—Qué rarita eres —comenta. Toma un sorbo de champán y, mientras lo hace, su teléfono vibra en la mesa. Le da la vuelta para que no vea la pantalla, pero es demasiado tarde.

—¿Te ha escrito Patrick? No sabía que tenía tu número personal.

—Antes le he enviado una foto de las dos delante de tu nueva casa —comenta. Trata de sonar despreocupada, pero no se me escapa que se ha sonrojado.

—Madre mía, te gusta.

—¿Qué? No. Claro que no. Es mi jefe, y prácticamente está calvo.

Casi escupo el champán.

—Dijiste que Maxwell te parecía mono.

—¿Quién?

—El amigo de Luca, el que conocimos en la base de Georgia. Era calvo.

—¿Y qué? —Se encoge de hombros—. No tiene nada que ver con Patrick.

Sonrío y decido dejar el tema. Ella pone el teléfono boca abajo hasta que terminamos de cenar.

—¿Cuándo harás la mudanza? —pregunta.

—Vendrán la semana que viene. Empezaré a preparar cajas este fin de semana.

—Muy bien. ¿Y qué pasa con Luca?

—¿A qué te refieres?

—No te hagas la tonta. ¿Qué tienes pensado hacer con él?

Sonrío.

—Tengo un plan.

El final del camino

Luca

Estoy en la cama, medio dormido, cuando alguien llama a la puerta. Me levanto sin molestarme en ponerme una camiseta y me dirijo a la puerta. No hay mucha gente que venga a verme a casa, y lo cierto es que tampoco lo harían a esta hora. Creo que solo puede tratarse de una persona, aunque, de todos modos, me sorprende verla al otro lado de la puerta.

—Naomi.

No espera a que la invite a entrar. Cruza el umbral, se pone de puntillas y me besa. Sus labios saben a vino. No le pregunto dónde ha pasado todo el día. Ahora está aquí y me besa, y parece que esto es lo único que importa en este preciso instante.

Sin separarme de ella, me acerco todavía más para cerrar la puerta. No deja de besarme mientras nos movemos por el apartamento, nos chocamos contra los muebles y tropezamos con los juguetes de Bruno de camino al dormitorio. Cuando llegamos, aterrizamos directamente en la cama. Se quita la ropa poco a poco, entre besos y ligeros roces de las puntas de los dedos contra la piel, ese tipo de roce que te pone la piel de gallina incluso en una habitación cálida.

Cuando terminamos, nos quedamos tumbados con su cabeza descansando sobre mi pecho. Respira profundamente, y aunque no le veo los ojos, creo que se ha dormido. Ojalá pudiera congelar este instante para siempre, pero no sé si ella estaría de acuerdo. Le hice daño, y todavía trato de recuperarla.

A la mañana siguiente, Naomi sigue en mi cama. La observo mientras duerme. Es bastante raro que pueda dormir hasta tarde, si tenemos en cuenta a qué hora suele levantarse, de modo que no quiero despertarla. Me visto en silencio, preparo a Bruno y recojo todas sus cosas para llevarlo a la tienda de mascotas. Siempre es duro despedirse de un animal de acogida. Antes de Roland y Phoebe, acogí a un gato adulto y, antes de eso, a un perro que ya era mayor. Intento no cogerles mucho cariño, pero es inevitable, y luego vuelvo a casa con la sensación de que he renunciado a una parte de mí, hasta que acojo a otro animal.

Creo que con Bruno será todavía más difícil. No porque sea más especial que los otros animales que he cuidado, sino porque Naomi también se ha encariñado con él. Estar aquí en la tienda de mascotas, con Bruno en el transportín, a la espera de que lleguen los posibles nuevos dueños, me hace sentir como si regalara la mascota de otra persona.

Ahora se irá a su nuevo hogar, y Naomi ya no lo escuchará llorar desde su apartamento y ya no tendrá ninguna razón para colarse en casa y dejarme notas en la nevera.

Esta mañana llueve, así que, en vez de tener la jaula de Bruno en la calle como la última vez, estamos todos apretujados dentro de la tienda, con las jaulas alineadas en el pasillo central. Espero que la gente no se desanime por la lluvia e igualmente vengan a adoptar una mascota.

Observo que las puertas de la tienda se abren y entra una mujer con un abrigo impermeable. Se quita la capucha y, por un momento, creo que me estoy imaginando ese pelo cobrizo como el fuego. Me siento como la primera vez que la vi salir de nuestro edificio, cuando me sostuvo la puerta. Excepto que esta vez ya he memorizado su forma de caminar y los pequeños hoyuelos que se le forman en las mejillas cuando sonríe. No cabe duda de que quien acaba de entrar en la tienda es la mujer de la que me enamoré antes de conocerla en persona.

Cuando nos ve a Bruno y a mí, se le ensancha la sonrisa y se le marcan todavía más los hoyuelos.

—¿Qué haces aquí? —pregunto. No puedo evitar sonreír cuando la veo.

Ella mira a Bruno, que da saltitos, emocionado, en la puerta de la jaula para tratar de llegar hasta ella. Luego me mira a mí.

—He venido a adoptar a Bruno.

Ojalá pudiera decirle que sí y dejarla pasar delante de la larga lista de espera de gente que ya ha rellenado el formulario, pero las cosas no funcionan así. Su sonrisa se desvanece un poco cuando se percata de mi mirada.

—Bruno ya tiene un montón de peticiones de adopción. Hay lista de espera.

Para mi sorpresa, sonríe todavía más.

—Sí, ya lo sé. Ya rellené la solicitud. Me han llamado esta mañana. Han aprobado mi petición y soy la primera de la lista.

Estoy sin palabras. No he comprobado la lista de adoptantes, por lo que no sé si está en lo cierto.

—¿Eres la primera?

—Rellené el formulario en cuanto me dijiste que cabía la posibilidad de que lo adoptaran este fin de semana. —Estira un brazo para acariciar al perro—. No podía permitir que se fuera con cualquiera.

Bajo la vista hasta el montón de papeles que tengo en la mesa y lo reviso hasta encontrar su formulario de adopción.

—Pero no cumples con los requisitos —le digo—. Bruno necesita una casa con jardín. El apartamento está bien mientras sea pequeño, pero será un perro bastante grande. Necesita mucho espacio.

Se agacha, coge en brazos al cachorro y lo sostiene contra el pecho.

—Me mudo.

Frunzo el ceño. Nunca había mencionado nada al respecto.

—¿Te mudas?

Asiente con una pequeña sonrisa que le ensancha las comisuras de los labios.

—Sí, he comprado una casa.

No sé si habla en serio.

—¿Cuándo?

—La compra se cerró justo ayer.

No sé qué decir. En parte me alegra que sea ella quien adopte a Bruno. Pero saber que se muda y que no me lo ha contado hasta ahora me provoca un sentimiento agridulce. Una oleada de emociones que no puedo describir me arrasa mientras pienso en anoche. No puedo evitar plantearme si esa fue su manera de despedirse, una última noche juntos antes de marcharse a otra parte. Ni siquiera sé si querrá seguir con las cartas después del error que cometí.

—¿Adónde? —pregunto. Soy incapaz de formar una frase coherente de más de una palabra.

Sonríe de nuevo, pero esta vez sus ojos no lo hacen. Saca un sobre de su bolso y me lo entrega.

—Léela cuando me haya ido.

Miro fijamente el sobre que tengo en la mano mientras ella formaliza la adopción con uno de los empleados del refugio. Solo lleva mi nombre, escrito a mano en esa caligrafía que me resulta tan familiar. No tiene dirección. Ni siquiera remite.

Después de que se vaya, salgo, abro las puertas del coche y me siento dentro mientras escucho el sonido de la lluvia. Deslizo un dedo por debajo de la solapa del sobre para abrirlo con cuidado.

Querido Luca:

¿Recuerdas cuando me enviaste todas aquellas cartas al canal de noticias sin poner remite? Esta es mi venganza. Me pregunto si serás capaz de averiguar mi nueva dirección más rápido de lo que yo tardé en descubrir la tuya.

Con cariño,

Naomi

Le doy la vuelta a la hoja y reviso de nuevo el sobre. Luego busco su coche por el *parking*. Ahora entiendo por qué me ha pedido que la leyera después de que se hubiera marchado. Releo la carta con la esperanza de encontrar alguna pista que se me haya pasado por alto, pero no hay nada aparte del tono burlón.

Saco el teléfono y la llamo, pero salta directamente el buzón de voz. Le envío un mensaje, aunque sé que no contestará. Se supone que tengo que buscarla del mismo modo que ella me buscó a mí.

Miro por el parabrisas, que está empapado por la lluvia, y los edificios parecen deformados. No puedo evitar echarme a reír. Me gustaría saber si se sintió así cuando le envié la primera carta al canal.

Pongo en marcha el coche y vuelvo a casa. Cuando llego, reviso el buzón, pero me decepciona ver que no ha dejado nada. Subo hasta el tercer piso. Toco el timbre, pero no contesta. Pongo la oreja en su puerta y escucho con atención un minuto, pero lo único que oigo es silencio. Miro por el pasillo, como si fuera a encontrar alguna pista, pero no hay nada.

Entonces, pienso en algo. Naomi no se quedó esperando de brazos cruzados a que le cayera una pista del cielo. Viajó hasta las ciudades donde había vivido, recorrió las calles de mis hogares, habló con vecinos que ni siquiera recuerdo, como Carol Bell. Tal vez quiera que haga lo mismo.

Corro al apartamento de al lado y llamo al timbre. No contesta nadie. Pruebo con el siguiente apartamento, y con el siguiente, hasta que al fin alguien contesta, pero resulta que Naomi no hablaba mucho con ninguno de sus vecinos, y nadie sabe adónde se ha mudado. Después de llamar a cada puerta de la planta y de hablar con media docena de personas, me siento derrotado, pero no me rendiré.

Estoy a punto de dirigirme hacia el ascensor cuando se me enciende la bombilla. Tengo que pensar como Naomi. Bajo por las escaleras en lugar de coger el ascensor con la esperanza

343

de que me den alguna pista, pero es otro callejón sin salida. Llego al vestíbulo. Joel está sentado en su mostrador y me ignora mientras lee el periódico. Sé lo que me dirá, pero tengo que preguntárselo.

—¿Te ha dicho Naomi adónde se muda?

Me mira confundido por encima del periódico.

—Pensaba que habíais hecho las paces.

—Supongo que eso es un no.

Señala la puerta principal con la cabeza.

—Antes la he visto hablando con la niña.

Miro fuera y veo que Caitlin está agachada en la acera mojada; parece que está buscando orugas. Ya no llueve y ha salido el sol.

—Gracias —le digo a Joel.

Salgo del edificio.

—Hola.

La niña se gira para mirarme con una sonrisa deslumbrante en el rostro.

—¡Hay un capullo en el arbusto!

—Qué bien. ¿Te ha dicho Naomi adónde se ha mudado?

—No —responde sin vacilar. Se da la vuelta para mirar al capullo, pero se detiene y vuelve a prestarme atención—. Ah, quería que te dijera que se iba al restaurante.

—¿A la cafetería?

—Ups. O sea, no quería que te lo dijera. Ella… —La niña gime—. Lo voy a estropear todo. —Respira hondo para recomponerse. Cuando vuelve a hablar, su tono ha cambiado por completo, como si lo hubiera practicado—: Es posible que mencionara que iba al restaurante.

—¿Al restaurante español?

Caitlin asiente.

—En el que hacen esos huevos rancheros tan deliciosos.

Me río del acento tan exagerado que pone para decir «huevos rancheros». Le agradezco la información y me dirijo hacia allí. Cuando llego al restaurante, miro en la sala principal en busca de Naomi. Estoy a punto de rendirme, pero algo me lo impide. Opto por dirigirme al reservado en el que desayunamos hace unas semanas.

En la mesa hay un surtido de envases individuales de mermelada y de crema para el café que forman dos caritas sonrientes. Por un segundo pienso que algún niño se habrá entretenido con esto, pero luego me percato de un detalle. Ha imitado las caras que dibujé en la arena el día que fuimos a la playa. Incluso ha usado los envases de mermelada para que representen su pelo rojo.

—¿Ya puedo guardarlo todo?

La voz de la camarera me sobresalta, no me había dado cuenta de que alguien me observaba. Tiene los brazos en jarras y las cejas levantadas.

—Sí, ya tengo lo que necesitaba.

Con esta nueva pista, salgo del restaurante, cruzo la calle hasta el aparcamiento y cojo el coche. Creo que ya sé adónde ha ido Naomi.

Cuando llego a la playa, no me molesto en quitarme las zapatillas antes de correr hacia la arena. Pienso en Naomi y en cómo chillaba mientras corría descalza sobre la arena ardiente, y no puedo evitar sonreír. Cuando llego a la cima de la duna de arena, tengo los pies llenos de arena. Hoy hay mucha más gente en la playa que el día en que vine con Naomi. Echo un vistazo entre la multitud para tratar de encontrar su pelo cobrizo, pero no está aquí.

Me acerco al agua y camino entre las familias y los niños que juegan en la arena. No estoy seguro de lo que busco, pero sé que tiene que haber algo por aquí. Me detengo cuando llego a una montaña de algas que parece que el agua ha separado del resto. Doy un paso atrás para ver la imagen entera. Las algas están formando un número: 1372.

No hay nada más. Tan solo un número. Frunzo el ceño e intento encontrar algo más en la playa que le dé sentido, pero no hay nada.

Una mujer está tomando el sol en una toalla bastante cerca de las algas.

—Disculpe, ¿ha visto quién ha hecho esto? —le pregunto.

Ella me mira, parece que le ha molestado que le hablara.

—Ni idea —responde con un gesto de desdén.

Miro otra vez las algas. Los dígitos no forman parte de su número de teléfono. ¿Quizá sea una dirección? Pero no ha escrito el nombre de la calle, ni la ciudad, ni el código postal. Saco el teléfono y escribo «1372 Miami» en el buscador. Aparecen varias posibles direcciones.

Libero un suspiro, porque me doy cuenta de que tendría que visitar cada una de estas propiedades para averiguar dónde está. Decido no perder ni un segundo más, vuelvo al coche e introduzco la primera dirección en el GPS. Tardo catorce minutos desde la playa hasta una tienda que parece que lleva una temporada cerrada. De todos modos, me bajo del coche y me dirijo hacia la puerta principal con la esperanza de encontrar alguna pista aquí, pero no hay ninguna. Vuelvo a ponerme en marcha. Esta vez, en lugar de conducir hasta la siguiente dirección de la lista, las busco todas en Google para diferenciar los locales comerciales de las viviendas. Si Naomi me ha dado parte de su nueva dirección, no quiero perder el tiempo yendo a tiendas.

Una vez he distinguido los dos tipos de direcciones, introduzco las de viviendas en una página web de inmobiliarias y le doy a buscar. Esta nueva búsqueda reduce las opciones de forma significativa. Hay una casa en un barrio a unos diez minutos de aquí que coincide con la dirección y que acaban de vender. Debe de ser esta. Escribo la dirección en el GPS y conduzco hasta allí.

La casa tiene el césped verde y unas palmeras en el jardín delantero. El trasero está vallado, el techo es de tejas rojas y tiene un garaje cerrado, así que, por mucho que Naomi esté en casa, no podré ver si su coche está aquí. Todavía no han retirado el cartel de la inmobiliaria que hay clavado delante de la casa, aunque pone «VENDIDO» en unas grandes letras rojas.

Detengo el coche enfrente de la casa, pero en el otro lado de la calle, y salgo. Me planteo ir hasta la puerta principal y llamar al timbre, pero veo que hay algo pegado en el buzón. Cruzo la calle y me acerco. Es un sobre blanco con mi nombre. Lo despego, lo abro y desdoblo la pequeña hoja de papel que hay en el interior.

Querido Luca:

Una de mis cosas favoritas de *nosotros* siempre ha sido salir a la calle a revisar el correo y preguntarme si habría recibido una nueva carta tuya. Vivía cada semana deseando saber qué tontería me escribirías en la siguiente carta. Siempre pensaba en ti. En general, pensaba en qué te escribiría. Durante estos últimos dos años, me he preguntado una y otra vez dónde estabas y por qué no me contestabas. No quiero que volvamos a perder el contacto. Esta es mi nueva dirección. Te deseo lo mejor. Tal vez puedas escribirme de vez en cuando.

Con cariño,

Naomi

Contemplo la carta que tengo en la mano. Estoy muy confundido, ¿por qué querría jugar al pillapilla y que me tomara tantas molestias para encontrarla solo para decirme que me desea lo mejor y que podemos continuar escribiéndonos? Pensaba que las cosas entre nosotros estaban mejor y que me había perdonado, pero esta carta indica todo lo contrario. Supongo que escribirle será mejor que nada, pero esperaba que hubiera algo más. No sé si seré capaz de enviarle cartas ahora que sé cómo es tener mucho más que eso y también lo que se siente al perderlo todo.

Capítulo 39

Escríbeme

Naomi

Está junto al buzón mientras lee la carta que le he escrito. Camino hacia él desde la esquina de la casa. Espero a que termine de leerla antes de decir nada.

—O tal vez podríamos dejar de perder el tiempo y podrías entrar. —Se da la vuelta para mirarme, con los ojos abiertos de par en par, lo que me asegura que no sabía que estaba detrás de él—. No tenemos por qué ir rápido. Puedes venir a verme y, quizá con el tiempo, podrías mudarte conmigo, y así nos dejaremos notas en la nevera y nos escribiremos cartas desde la otra punta del sofá.

Me mira a los ojos mientras sujeta la carta. Como no se mueve, empiezo a pensar que he cometido un error. Quizá no quería nada de esto. Puede que la noche de ayer no significara tanto para él como para mí. Nunca me había expuesto así ante nadie, y, ahora que lo he hecho, me aterroriza su falta de respuesta.

—Te quiero —le digo.

Esas dos palabras parecen sacarlo de su ensoñación. Se acerca a mí y me levanta en brazos mientras sus labios se encuentran con los míos.

Cuando nos separamos, me deja en la acera y me mira con el ceño fruncido.

—Esta carta —dice mientras la levanta—. Pensé que…

No termina la frase, se limita a sacudir la cabeza. Sé que la carta ha sido un poco cruel, pero nuestras cartas nunca fueron agradables. Creo que podemos afirmar que he ganado esta batalla.

Ahora se ríe, y me gustaría saber si también se ha dado cuenta. Me besa otra vez y, cuando se aleja, dice:

—No puedes adoptar a cada animal que acoja.

Creo que esto significa que se viene conmigo.

Epílogo

Dos años después

Naomi

Querida Naomi:

Creo que debería avisarte de que no hay ningún brazalete caro dentro de esta cajita. No quiero que te sientas decepcionada, sobre todo porque lo que hay en el interior es mucho más importante que cualquier joya. Antes de que la abras, deberías saber que, al contrario de lo que afirmas, ajustarte las almohadas no ha modificado ni por asomo el volumen ni la intensidad de tus ronquidos. Te doy una pista: es una caja de tiras para la nariz.

Oh, vaya, he estropeado la sorpresa, ¿no? Se me dan fatal. Espero que te guste el regalo. Incluso te ayudaré a ponértelas, porque soy un caballero.

¿Podrías pasar a comprar comida para gatos de camino a casa cuando vuelvas del trabajo mañana? Casi no queda, y ya sabes cómo se pone Roland cuando tiene el cuenco medio vacío. Muchas gracias. Besos y abrazos.

Con cariño,
Tu marido

Levanto la vista de la carta hasta Luca, que me mira con una gran sonrisa en la cara. Le encanta ver mi reacción mientras leo sus cartas, sobre todo cuando ha hecho algo para tocarme las narices.

—¿Esperas que compre comida para gatos después de que te burles de mis ronquidos? ¿En serio?

Se encoge de hombros.

—Son tus gatos.

—Me engatusaste para que los adoptara —le recuerdo.

—No lo hice. Además, no me burlo de tus ronquidos. Nos hago un favor a ambos.

Me acerca la caja con una mano. La cojo y, con cuidado, le quito la cinta y el papel de regalo. Es una caja de tiras para la nariz con una nota: «Es broma. Ya me encargaré yo de comprar la comida para los gatos».

—¿Lo ves? Contaba con que leyeras la carta primero. De lo contrario, la nota no tendría sentido.

Pongo los ojos en blanco, aunque no puedo camuflar la sonrisa que aparece en mi rostro. Me pongo de puntillas y le doy un beso.

—Además, los ronquidos son culpa mía. Antes de esto, eras muy silenciosa. —Pasa una mano por mi barriga de siete meses de embarazo.

—Esto fue idea tuya.

Lo acompaño hasta la puerta principal para despedirme de él, que regresa al trabajo para terminar su jornada laboral. Le doy otro beso y lo miro mientras se marcha. Todavía sonrío cuando se aleja en el coche. Ya estoy pensando en lo que le escribiré en la próxima carta. Me siento en el sofá, aunque no tengo demasiado sitio, porque Bruno ocupa la mitad del espacio. Agarro el cuaderno y el bolígrafo y empiezo a escribir.

Donna Marchetti es una autora de novela romántica de Nueva York. Cuando Donna no está escribiendo o sumergida en un buen libro, suele pasar el tiempo con su familia y compitiendo en *agility* con su dálmata. En la actualidad vive en Nueva York con su marido, su hija y tres perros. *Hate Mail* es su primera novela y se va a publicar en más de diez idiomas.

Chic Editorial te agradece la atención dedicada a
Hate Mail, de Donna Marchetti.
Esperamos que hayas disfrutado de la lectura
y te invitamos a visitarnos
en www.chiceditorial.com,
donde encontrarás más información
sobre nuestras publicaciones.

Si lo deseas, también puedes seguirnos
a través de Facebook, Twitter o Instagram
utilizando tu teléfono móvil
para leer los siguientes códigos QR: